忆旧与琐记

鼎山回忆录

reminiscence and random notes

董鼎山 著

天津出版传媒集团
百花文艺出版社

图书在版编目(CIP)数据

忆旧与琐记 ：鼎山回忆录／董鼎山著.-- 天津 ：百花文艺出版社，2012.8
ISBN 978-7-5306-6143-7

Ⅰ. ①忆… Ⅱ. ①董… Ⅲ. ①回忆录－作品集－中国－当代 Ⅳ. ①I251

中国版本图书馆CIP数据核字(2012)第191951号

天 津 出 版 传 媒 集 团
百花文艺出版社出版发行
地址:天津市和平区西康路35号
邮编:300051
e－mail:bhpubl@public.tpt.tj.cn
http://www.bhpubl.com.cn
发行部电话:(022)23332651 邮购部电话:(022)23332478
全国新华书店经销
天津市豪迈印务有限公司印刷
*
开本787×1092毫米 1/32 印张 10.5 插页 8 字数161千字
2012年9月第1版 2012年9月第1次印刷
印数：1－5000 册 定价：29.00元

董鼎山　二〇一二年七月于纽约家中

一九三八年在
宁波浙东中学，
身穿学生制服

一九四四年，在圣约翰大学

一九四五年夏，圣约翰大学毕业照

一九八三年圣诞全家福

左起：董夫人蓓琪、外孙女董洁德、外孙女萝拉、董鼎山，二〇一二年新年家庭合影。作者为这张照片命名“2 old 2 young”

左起：外孙女董洁德、女儿碧雅、外孙女萝拉

写作生涯的终结(代序)

董鼎山

十余年前,我在百花文艺出版社出版的《纽约客书林漫步》序言中,以“第二个写作生涯”为题写出了我到美国居留三十年以后再度执笔作文的感慨,想不到今日竟要为一生最后出书的文集写序,我名之为“写作生涯的终结”,不能算是夸张吧?

自从一九八〇年代初期以来,我已出书二十余种,与许多编辑交过朋友,从未遇到像本书编辑一样的知己。他们喜爱我的作品,并主动建议为我出版两本新书,以此作为我九十岁生日的纪念,令我极为感动。多年来他们不断催促我写回忆录,我一直以懒惰为由推却,结果在他们逼促之下,我终于同意片段性写出回忆,先在《散文》月刊连载。不料写到中途,正在我热心供稿之际,突然中风,出院以后,我发现已再不能写回忆。患病的结果,不但影响了我的记忆力，而且也阻断了我的写字能力：写英文不能拼字，写中文错字、白字连篇，常觉得不能随心所欲地写出要写的字，脑科医生谓这是中风伤害脑力所致，要不断操练，终会恢复原状，但我还有多少日子可等？

我当然仍不断操练我的脑力，因此我还在不断写作，以防脑力迟钝，结果是我在纽约《侨报》所发表的每周一次的专栏，短短一千字的文章，亦可借此抒发当作家的灵感冲动。我的大脑仍在努力思考，一有感触就要写出来，这样既能不断锻炼我的脑力，也可鼓起我对余生的兴趣，至于所谓“写作生涯”，已告段落。

不过我凭什么来自号“写作生涯”呢？在写作方面，我一生从事了七十余年(从十四岁开始发表作品)，说不上什么“生涯”，因我从未有一个时期是靠写作收入维生，从未靠稿酬购屋、养家、旅游，乃至坐飞机访问祖国。正如我在少年向叔父表明我的前途意想时被叔父所斥的那样：“你要靠写作维生？一生注定要过亭子间生活？”(“亭子间生活”是当时上海人形容生活困苦的俚语。)我结果听从他的忠告，最终在新闻界与学术界之间找到了足以维生的“生涯”。

我当“作家”的初期经验是，杂志编辑有时会轻蔑地表示:给你发表已经抬举你了,怎么还要稿费?确实,我当年有许多初出茅庐的作家朋友都迎逢了这种待遇。到了今日,我还在提醒作家朋友们,绝对不要自费出版自己的著作。在美国出版界有很多所谓的“Vanity Press”(虚荣出版商),听说现在国内也有这种现象,想发表的作家甘愿自费出书,印了几百本洋洋得意地去送人。我对他们的忠告是:千万不要轻视自己的心血作品,一定要相信自己的东西是值钱的。(不然何必要做作家?)今天我尚在纽约碰到一位在华文报纸发表作品的作家,他甘愿出资三千美元由该报馆出书。不仅如此,报馆(根据它的广告)甚至要求版权也要属于它。我只能劝告此位先生,不要小觑自己,因虚荣而上当。

有人好奇地问我:那你自己在《侨报》专栏经常发表,稿费可不少吧?我说我已到了不必靠稿费维生的地步,写稿不是为了钱,二十余美金一千字,不够带上妻子去中国餐馆吃顿饭。我说我写专栏乃是为了有个发泄感情的地盘。我与编辑约法两章:一、我不能拼音打字,必要靠打字员;二、文章如有更改,必须取得我的同意,因我要保留自由发挥的权利。我把第二个条件看得更重,不然何必写稿?

还有人对我的英文写作收入表示好奇。与中文报刊相比,美国报刊稿费确实到了足以度生的程度(三十年前我在《纽约时报》一篇七百五十字的专论,稿费二百五十美元;一篇六百字书评,稿费一百五十美元;替《巴黎评论》写篇介绍中国文学状况的文章,稿费三百五十美元)。但是稿费虽高,写稿必需编辑邀请,除非你是一位名家。因此我不敢把自家的英文写作与中文写作相提并论。我从不曾梦想在英文写作方面可以达到靠此维生的"生涯"境界。

今年听说国内报刊稿费提高,令我兴奋。也听说市场经济的影响,提高了许多文人的收益,甚至有人可以获得高达百万、千万的版税,这是市场经济的成功。尤记得我的第一本文集《天下真小》于一九八四年初次出版(印数一万两千册)时的情形,编辑兴奋地告诉我,此书在各地书店一抢而空。在美国,我们称之为畅销书。我问编辑,既是畅销书,何不继续再版获利?他腼腆告我,在中国没有这种规例。出书是一种"任务",任务完成,主事者的责任也告终,不必继续再版获利。这种情况,现在当然不会再有了。

整个写作生涯,我的感慨很多。现在就借此地盘再发些老年人的牢骚,为未来作家仗言。真要感谢本书编辑给我这个机会。

二〇一二年七月十日于美国纽约

目 录

从《火烧红莲寺》到巴金
——八八回忆[①]之一

我喜爱写作，不过我不是一个所谓“职业作家”，一生七十余年来的写作，我从未靠笔杆收入为生，有时稿费最多不过足够我回国旅游一次。少年时期我就告父母我情愿一生过“亭子间生活”。今日国内的青年作家似比我们幸运得多了。

我对写作的爱好起于我对阅读的爱好。我不是出身于书香之家，我的父亲是商贾。我于幼年识字开始即狼吞虎咽地看小说：《西游记》、《封神榜》、《三国演义》、《水浒传》，平江不肖生的《火烧红莲寺》、《江湖奇侠传》，张恨水的《啼笑因缘》、《金粉世家》等。终于，好像是一九三四年，

---

① “八八回忆”是作者应百花文艺出版社之邀撰写的一组自传性回忆文章，从二〇〇九年十二月开始持续到二〇一一年八月因中风暂时搁笔，共二十二篇，除个别篇目外，大多发表于《散文》。——编者注

我在初中图书馆发现了巴金的《电》与《家》，这样的启蒙大大地影响了我的生涯与思想。

《电》是这位无政府主义作家第一部成名作品，今日回顾，文笔似并不老练，但是故事（叙述城市知识青年与腐败政府相抗争的暗杀、作乱活动）非常动人，把我迷住，也开始使我的童年思想激烈化（今日这类小说描写的激烈活动可以被称呼为“恐怖主义”）。

一霎时，我放弃了各种武侠、神怪、言情小说，而专在图书馆发掘其他巴金著作，以及现代文学（鲁迅、茅盾）、极左派小说（蒋光赤、穆木天）之类。不久，弟弟乐山也开始跟随了我的兴趣与思想倾向。我们在读了《家》、《春》、《秋》三部曲后把自己指认为那个旧礼教大家庭的三兄弟：我们的大哥南山是思想虽新但服从家教的觉新，我是思想激烈但行止温和的觉民，乐山是言行都激烈的觉慧。我们三兄弟（四弟名山与五妹木兰尚幼小）的后来生活途径似已在那个时期确定。

从巴金小说中所学得的对旧礼教家庭的反抗精神，因为时代的变迁，也令我这个初中生染上了强烈的爱国热情。那时日本侵占东三省尚不久，我们学生常在街上游行高呼抗日口号。某日，高年级学生在游行时发现我家附近一个店铺出售日本商品，乃冲入店铺，把那些商品搬出，放在街上烧毁示众，高喊“抵制日货”，意图激起围集群众的情绪。那对店主老夫妇抵挡不成，在旁放声大哭，在那一刹那，我的小小心灵忽然感到一阵世界的残酷，常人行为的不公平，我流了泪，怨怪那些比我年长的高年级同学们为何要处罚那个可怜的老店主。这个深刻印象确定了我长大以后对事物的看法：什么都有正反两面，把万事看得非黑即白的结果便是专制蛮横的态度。

那时我已发现了自己对看报的乐趣。当时我的出生地宁波有一家在本地销路最广的日报《时事公报》，我由于对时事的兴趣经常前往父亲的颜料店看报，特别留意那报的副刊。有一天看到副刊编辑的征稿启事，我也跃跃欲试。恰好学校一位老师对我的作文很欣赏，常常批了“甲上”，他挑了我的一篇作文发在校刊上，大大鼓舞了我的写稿兴趣。日军侵入东北后，我常感到非常苦闷，满以为历史已在大大转动，地理也在迅速质变，为什么中学校还在使用过时的教科书呢？于是我写了一篇名为《论战时宁波中等教育》的短文，投寄《时事公报》副刊。我从未奢望此类初中生作文会见报，不料在发表后，大概是因为我的意见与许多人的想法相似，在副刊上引起一些反响，编辑甚至来信致谢,老师同学们向我祝贺,从此我的前途方向就如此地奠定了。

我所上的是斐迪初中,一所英国圣公会所办的教会学校,校中老师多是思想新颖的,图书馆中新文学作品的充盈便是明证。此校后来与一座美国教会所办的三一书院合并成六个年级的浙东中学,校址仍在四洲塘我家附近的斐迪(英国学校式的建筑)原址,场地很大,今日乃是包玉刚出资的宁波大学的校园。一九八八年我应邀偕妻前往讲学三个月,看到五十余年前的旧址,很是感慨。校长恰好是曾在当年学生时代参加地下抗日活动时的旧识,他是斐迪隔邻的"高工"(高级工科中学)学生,当时两校篮球队经常往来作友谊赛。

学生时代的地下抗日活动组织也对我起了启蒙作用。我们有个读书会,使我在巴金、茅盾、老舍小说之外另开了一扇窗户。我犹记得,在那个时期,艾思奇的《大众哲学》给了我很大影响,我也开始阅读高尔基、普希金、契诃夫、托尔斯泰,欣赏了肖洛霍夫的《静静的顿河》。记得有一次,与一位朋友旅行,在一火车车厢里阅读《被开垦的处女地》。一位官僚式的乘客在旁看到那书书名,非常好奇,要了去一看。我与朋友,少年的中学生,只能作会心的微笑。我们已经有了对知识的自大感,瞧不起那些轻佻市侩的头脑。

现在我不能相信，短短的初中三年内竟会发生这么多的变化,斐迪成为浙东中学后,校中新来的一位训育主任显然负有国民党使命，教会学校上午的二十分钟祈祷会被摈除了。训育主任似较虔诚的校长更有权威,吩咐我们在他讲话时一提到“蒋委员长”必须立正。我认为这种规则滑稽可笑,在校刊上写文讥刺,不久,慈祥的校长(我还记得他的名字叫寿子鲲)把我叫到校长室,抱歉似的告我,下学期不必回校。我被开除了。

二〇一〇年二月

“铃声”打开了柯灵的门
——八八回忆之二

我在宁波浙东中学初三、高一时期，因为受了巴金旧礼教小说的影响以及反日情绪的激发，思想开蒙，参加了学生政治活动，乃被校中训育主任（国民党员）目为“左倾”。小小年纪经常在梦想去延安的鲁迅文学院学习。听到了朋友中有兄长前往参加新四军便觉得很艳羡。这类天真的少年理想主义梦想是非常单纯的，我也不能怪那位训育主任怂恿那位善良的基督教徒校长把我开除。

父母并不因我失学而发怒，甚至让我独自（十六岁时）旅行，乘巴士与航船前往附近的义乌县一个新开中学去继续学业。那是经过一位对我同情的老师推荐，谓那校的老师们都思想开明。我高兴而去，两个月内即因思乡病而回宁波。父母乃打算把我送到上海叔父家居住。

当时已在上海求学的大哥与三弟常寄我上海《大美

晚报》副刊“浅草”，我对副刊主编柯灵所集的几位散文作家，如晓歌、何为等作品很欣赏，也在学写散文，何其芳的著名散文集《画梦录》好似成为教科书。我大胆地将在义乌思乡时所写一篇短文《铃声》投稿寄去，竟被柯灵看重发表，一时注定了我的前途命运。那时的青年作家们都爱学成名老作家（巴金、鲁迅、茅盾）的样子，用笔名发表作品，我的第一个笔名是“坚卫”，此后就在柯灵所编的各日报副刊中发表了多篇散文，到了那时，我已来到上海，在复旦大学附中进学。

柯灵所编的副刊与杂志是上海孤岛时期最受知识青年喜爱的读物，除了上述的晓歌、何为之外，经常写稿者还有沈寂、徐开垒、沈毓刚、王殊、越薪等，许多名字我都已记不起来。我后来于一九七八年开始经常回国探亲，每到上海，柯灵必要请我们这些门徒共聚。我常在纪念文中戏称我们都是孤岛时期“柯灵麾下一群小喽啰”。这些小喽啰中，何为成为著名散文家，沈寂成为专写上海滩的名作家，徐开垒写了巴金传记，沈毓刚成为《新民晚报》副总编辑，王殊任过驻德大使……

我在复旦附中与圣约翰大学时期发表的文章多是用“坚卫”笔名，后来也用过其他笔名，如“桑紫”（短篇小说）、

“田妮”(诗)等,“令狐彗”是最后一个,后面再述。当时能够发表的刊物很多,有柯灵所编的《万象》、文宗山所编的《生活》、沈寂所编的《幸福》等。敌伪统治时代的一本最新颖动人的刊物名字就是《杂志》,主编姓吴,名字我忘了,我曾用“桑紫”笔名在该刊发表过小说。(记得有一位老报人警告我:不要多用笔名,不然你怎可成名。)《杂志》的内容极为迎合思想开明而又苦闷的青年知识分子。多年以后乐山告诉我,此本在内容上可以冒犯敌伪政府的刊物原来是由当时在伪政府任高职的袁殊在背后撑腰,而袁殊乃是中共地下工作者。

说到《杂志》,弟弟乐山用“麦耶”所写而出名的剧评就是在此刊物上发表的。孤岛时期,美国电影绝迹,苦闷的青年知识分子乃把兴趣转向话剧,戏剧界很热闹,上海有好几个剧院因经常演出而卖座,未赴内地的戏剧人才乃都有了发挥之地,曹禺、于伶、吴祖光等的名剧都被搬出。通过剧评家麦耶,我也认识了不少戏剧界名人,导演如黄佐林、姚克、胡导,演员如刘琼、石挥、乔奇、白文、小凤以及黄宗江、黄宗英兄妹等。那时我不过二十一二岁,而乐山是十九岁左右的大学一年级学生。他这么年轻,对戏剧有如此认识,受到戏剧界名人仰慕,至今回想起来,令我费解。(按:二〇〇一年河北教育出版社李辉编辑的《董乐山文集》收有全部麦耶剧评。)

我们一家四兄一妹中,以年龄相差只两岁的老二(鼎山)与老三(乐山)最亲近。我们自幼即是同样的读书迷,到了中学我开始投稿发表时,他与我同样高兴。不久,他的知识与努力就超过我。(母亲常说,老三比老二更聪明。)他少年开始写作,现在读来还是很成熟。在政治意识上,他比我更前进、更激烈。到了晚年,他对现实大为失望,以为我们少年时期所向往的理想主义乃是乌托邦幻想,容受不了时代的磨折;他在"反右"、"文革"时期所遭受的苦难,令他不能从自己深觉被冤枉了的愤怒中解脱出来,往往把凡事看作"黑白分明,不容灰色存在"。而我在国外的多年(六十三年)生活,则把我塑成为美国知识界的典型自由开明分子,避免对什么都采取极端态度。我们兄弟间后期思想上发生分歧后,一些前曾尊重他,但受过红卫兵熏陶遗毒而出了国的职业反共分子就把我作为诅咒痛骂的对象。

一九四五年八月某晚,我正在家中休养(盲肠炎开刀后的复原)之际,突然听到街上人声沸腾,甚至有人放炮竹,不久,一个邻居半夜敲门,兴奋地告诉我们他刚从无线电中听到日皇已向盟军投降之讯，八年抗战终告结束。我们整夜不能入眠，等不及上街参加民众的庆祝。

那时我刚自圣约翰大学英国文学系毕业，尚未找到职业。上海已不再是孤岛，大批政府官员自重庆前来上海接收，市上一时充满乐观之象。不久我就在新闻界找到职业，文化界朋友众多，至今回想起来，我觉得一九四五年夏至一九四七年夏两年间，是我生活最愉快的一段。

二〇一〇年三月

受艾思奇、邹韬奋影响
——八八回忆之三

我想，在叙述一九四五年夏至一九四七年夏两年间的“生活最愉快一段”之前，先要倒溯我的思想道路。小小的年纪，我在初中时由巴金先生著作开蒙后，对旧礼教社会十分不满，每在街上看到警察唬吓饥饿瘦弱的人力车夫便觉愤愤不平。那次眼见抗日爱国分子烧毁做小生意店主的日本货，便一阵心酸……这些日常生活所引起的疑问就迫使我对人生哲学(一个当时对我尚朦胧的名词)起了好奇。读了巴金之后，其次被我爱上的是鲁迅讽刺丑恶世态的杂文。我的好奇终在艾思奇的《大众哲学》中找到解答。这一本薄薄的、讲解得十分简明的小册子，介绍了我对马克思主义的初度认识。在我小小世界中所看到的强弱、贫富不平等的现象，好像《大众哲学》中都有解释。

另一个对我少年思想有影响的人物是邹韬奋。我把在上海的哥哥所积集的《生活》周刊(后来改名为《新生》)看得津津有味，甚至对杜重远与盛世才在新疆的一段纠葛也发生了兴趣。(试问今日读者中有多少还记得这些名字呢？)

初中时期的求知欲渐渐因我年龄成长而转变了方向。我的第一个女友是我堂姊的密友,她那奇特美丽的名字——曼黛,我至今没有忘记。她于早年去世,可我还记得初次尝到亲吻的滋味。任何人当都会有深刻的初恋印象。

在此同时，纳粹进军波兰触发了第二次世界大战的新闻,成为我们读书小组(中共“民先”——中华民族解放先锋队——领导下)的讨论主题,引发了我对时事新闻的兴趣,一生没有改变。

到了上海进复旦附中,与宁波的组织失去了联系,但我深知,比我小两岁的三弟早在活跃于地下工作,但他避免与我谈论组织关系,而我踏进了上海新环境后,兴趣范围扩大,白天上学之外晚上进了孔另境(茅盾妻弟)主持的华光戏剧夜校,选了剧作课,接触了当时剧艺界名人,如许幸之、赵景深、唐若青、鲁思等。某天乐山的朋友胡导对乐山说,你哥哥高身材,卖相不错,明星公司正在招考演员，何不前往一试？他叫我寄张照片给明星公司应征，不久果然收到回信，请我前往面试。主持面试的是明星公司的老板张石川。我答了几个问题后，张老板对我说："不行，你面相身材都好，不过你的宁波官话行不通。我也是宁波人，只是学不准标准国语。"

我的明星梦一下子就被打破。数十年后我每回国探亲访友，还是腼腆地被人戏笑我的宁波腔普通话，而我的侄儿们年轻一代，早已在学校中学了标准普通话。

我在圣约翰大学的四年中并未参加地下活动，除了读书之外，最大的兴趣是在写文发表，其次是交女朋友。约大学生以"课外活动"（交友、舞会、骑脚踏车出游）著称。我暗中可感到那些思想进步、参与地下抗日的同学们在旁啧啧闲言，把我当作只知白相、不问政事的纨绔子弟。到了后来，他们多成为我以"令狐彗"笔名所发表的短篇小说（述大学生社交、恋情故事）的读者。

大战结束、抗日胜利的那个夏季，正是我在约大毕业典礼中戴方帽子的时候。日军占领期间曾准许美国教会所办的学校存在，不过美国教授逐一被关入拘留营，最后，校长、教授都是清一色中国人，但是在敌伪压力之下，学校不得不雇请一位日本早稻田大学的英文教授。此人讲英语口齿不清咬字不准，常被一些同学们暗中取笑，在职一个学期后即回了日本。一般说来，在“珍珠港事件”发生至二战结束的数年内，日军与傀儡政府在上海前租界中的行为尚不十分暴虐；我只记得行人自外滩(前英租界)过外白渡桥前往虹口(前日租界)时，必须向立在桥口的日军警卫脱帽鞠躬。我有几位相识曾被日军宪兵队抓去质问，其中一位是宁死不屈的柯灵先生！

一九四五年八九月间，于战时前往重庆与内地的政府机关人员以及其他社团人士大批返回上海，他们所带来的法币市价大涨，在使用伪币的上海，其身价一如一九七九年中美复交后华侨回国所携带的美金。上海市面一时由冷清变为繁华，夜总会、跳舞场、酒吧林立(一部分是供应突然大批来沪的美军士兵的需要)，国民政府官员们花天酒地，其行为好似打败了敌人的胜利军。在短短时期内，法币不但回归原值，而且因通货膨胀而大跌。妇女们外出购物，必须雇用三轮车携带大捆的法币。

我在大学毕业后，并不急急找寻职业，因那时乐山与我在新闻文化界已有一些小名气，认识了不少在出版界任职的年轻编辑，我当时一心一意要在报界任职，恰好一位朋友杨复冬(笔名钟子芒，后以儿童文学家著称，不幸于早年逝世)，将我介绍给报界名编陆小洛。小洛正在创办一份名叫《辛报》的小报，他要杨复冬编文艺版，请他找一个能读英文的国际版编辑，恰好我刚自大学毕业。那份报纸乃是国民党党委潘公展出资做后台。《辛报》虽是小报，但与当时充斥市上的风花雪月，专载舞女、歌星、影星韵事的一般小报不同。我们的阵容是：封面要闻版，沈毓刚；里面的国际译写版，董鼎山；文艺版，杨复冬；体育新闻版，陈福愉(笔名桑榆，是当时最享盛名的体育新闻记者)。

二〇一〇年四月

赴美前的报界轻松生活
——八八回忆之四

一九四五年八月，我于约大毕业后，与文化界新闻界朋友们厮混，如此开始了一段我自己以为一生“生活最愉快”的时期，直到一九四七年八月我乘美国邮轮赴美留学。我的所谓“生活最愉快”有三个因素，一是发表欲的满足，写了文章，必有报刊登载；有的杂志编辑甚至上门来讨取短篇小说稿。二是与报界朋友经常相聚，一起过战后上海的繁华夜生活。三是女友众多，随意相交(虽然不一定是肉体关系)，影星、歌星、舞女都有。(我真正所恋上的其实是一位约大同学年仅十七岁的妹妹。)

进了《辛报》后，我的生活程序是：上午十时起身，三时参加朋友们每天的非正式集会。我们在南京路著名的新雅茶室订了一个固定的大圆桌，记者、作家与编辑们随进随出，饮茶闲谈。有时编辑会向作家约稿，有时作家将作品传阅，找地方发表。偶尔，我们所交朋友中天资聪明的舞女或歌星也会参加，她们在娱乐界消息灵通，可以供给当时甚畅销的闲话小报一些专栏资料。入晚，我们用了饭后，分别去报馆工作，下了班后，已近午夜，兴致来时，又一同去虹口的夜总会消遣，上床时间是早晨二三时。

《辛报》态度较其他小报要严肃，除了主持国际特写版编务外，我在杨复冬的文艺版辟了一个名叫“世纪末小品”的专栏，用“令狐彗”笔名叙写当时中上阶级家庭大学生社交生活情况，读者反映良好，后来就继续用此笔名写短篇小说。

在《辛报》时，杨复冬成了我的至友，他的年纪虽轻，在小报界已有名气，帮我认识了不少老报人，如那位号称“江南第一支笔”的唐大郎。在那战后复兴期间，唐大郎之名在上海几乎无人不知。他会写讥刺国民党政府的泼辣杂文，也能写风花雪月，吹捧歌星、舞女、影星的俏皮小品，最令人欣赏的是他的打油诗。后来，从一九七八年开始，我因经常返国，数次途经香港，已以香港为家的他，每次都想与我相逢，终因时间关系而错过机会。于是他在一九七九年《大公报》副刊“大公园”发表了一首打油诗：

怀鼎山

年间相望亦相闻，每抱深情读至文。
讶我老头还在世，怜渠健笔尚凌云。
归来旧燕何曾认，记得歪诗定要焚。
何日江干重聚晤，莫教终世叹离群。

唐大郎不久即逝世，后来北京黄苗子在乐山家中读了此诗，甚为感动，用他的大师书法写在一幅白纸上。我把此幅字画裱出，三十年来一直悬在我家客室壁炉墙上。

至友杨复冬已于早年去世，我至今遗憾来了美国后没与他多多写信，只在后来听到他在解放后转行，以“锺子芒”笔名写儿童文学著名。

在《辛报》的几位同事中，陆小洛进入老年，前来美国加州的儿子家养老，我曾飞旧金山去看望他。他整日与香港和台湾寄来的报纸相伴，不喜美国生活。在上海期间，他以好客著称，朋友们一起赴餐馆用饭，他总以老大哥身份拾起账单付账，你不能跟他相争。沈毓刚后来升为上海销路最大的《新民晚报》副总编辑，应他之邀，我曾于八十年代在“夜光杯”副刊撰稿。他猝然去世那日，正是我回上海数天后准备与老友们相聚的那个上午。消息传来，我觉得好似被人在胸上打了一下闷棍。

著名体育记者桑榆在足球界特别扬名，他是个经验丰富的老记者，在重庆时曾出版了一本《新闻背后》，详述新闻采访、编辑、印刷各种过程，其中插有他个人经历，诙谐有趣。不过由于他的态度傲然，与我们这些小伙子合不来。我们在他发脾气时，总敬而远之，不去理会。他虽傲慢无理，但其实是位软心肠者，后来我又有机会在《东南日报》（自杭州迁来上海）与他共事，对他的印象大有转变。

年轻时我精力充沛，除了写稿、编报、交游外，总感到有多余时间，在《辛报》好似是业余性的。我在约大毕业找职时，对四份大报最有兴趣：《大公报》、《文汇报》、《申报》、《新闻报》。那时思想进步、对写作有兴趣的青年都想加入《大公报》或《文汇报》。我对《文汇报》特别着意，因为柯灵所编的副刊就是在《文汇报》。朋友之中，只有何为得其所逞，当了该报记者，我艳羡不堪，恰蒙《申报》正在招考记者，我前往应征。记得考试是用中英文的，我的录取没有问题。

那时，由国民党政府主持的《申报》招兵买马，要恢复战前的名报身份。作为地方外勤记者，我的顶头上司，主持本市新闻的编辑，竟是美商主办的英文晚报 *Shanghai*

Evening Post 的总编辑吴嘉棠。吴毕业于密苏里大学新闻学院(后来成为我向密大申请的因素),不会写中文,但是对上海市情与地方新闻熟悉,每天上午来报馆指派我们去何处采访,晚上即去英文报馆,我们的采访稿乃交另一地方新闻编辑润色。当时,我的任务甚忙,因为大战胜后,常有美国朝野贵宾访华,第一站就是上海。我所采访过的有杜鲁门总统派来调停国共纠纷的马歇尔将军(他犹如一位极为善厚的长者),驻华美军司令魏德迈将军(身高六尺有余,在陪伴记者们巡视军营时昂首阔步,我们都跟不上。我还记得中央社记者陈香梅穿了旗袍、高跟鞋追跑的狼狈情况),《时代》杂志主人亨利·鲁斯(在上海国际饭店茶会)。

吴嘉棠当时在中美新闻界都甚吃香,后来听说迁往日本居住,终其余生。我所最不能忘记的,是那个在他家花园饮酒聚宴的晚上。酒过半巡,大门口驶进了一辆吉普车,一个制服笔挺的美国大兵扶持一位金发女士下车。吴把她介绍为他的妻子(即将离异)。我见他神情黯然,甚感同情。听说妻子是他在密苏里大学时的同学,来到中国后大概是患了思乡病,美国官兵大批来沪后,扩展了她的交际范围。

我与《文汇报》记者何为常在出差时相遇。某次，一艘停靠上海的英国兵舰上有英国劳工党首相阿特里（战后丘吉尔已败选）的儿子在服兵役，我们前往采访，发现他是一个腼腆的小伙子，没有什么话可说。我们在甲板上闲步，何为问我有没有香烟。当时我尚未开始吸烟，笑称何为是个烟鬼。后来我在一篇文章中提及此事，他矢口否认。何为最终成为极出名的第一号散文家，我回上海时曾会过数面。

我在《申报》工作为期不长，沈毓刚与我同时考入《申报》，可是他成为文艺副刊助编（上司是卜少夫），没有政治压力，而我们采访时事者就受政治牵制，一位王姓副总编辑暗示要我加入国民党。不久我就发现我的凡有政治性的采访稿，都被弃而不用，由中央社所发新闻稿取代，我年轻气盛，向王副总编提出辞呈，他再三劝告也没用。我在《申报》的几个月中，只有一篇采访京剧演员马连良的文稿得到嘉许。

二〇一〇年五月

忆旧带来的遗憾
——八八回忆之五

六十余年后的今日，我常惊叹在青年时期精神的充沛、时间的充裕，不信在短短二十四小时内能做这么多事、见这么多朋友。一九四五至一九四七两年中的所谓我的“最愉快时期”内，我也读了许多书，特别欣赏的是何其芳、李广田、丽尼等的散文，卞之琳的诗。（一九八〇年卞之琳与冯亦代应哥伦比亚大学之邀来纽约访问时，经常来我家，他爱与我妻蓓琪闲谈，也与我谈论他几十年前所翻译的《维多利亚女王传》，一本我在少年时最欣赏的译作。）

抗战胜利后，著名文化人纷纷回到上海。记得我当时所最心服的是巴人（也是宁波人）的杂文，今日提到他，因我多年来一直好奇他后来的遭遇。当时文坛著名的，也有诗人袁水拍，以及写得一手漂亮散文的话剧女演员凤子。

通过剧评家麦耶(弟弟乐山),我也结识了影剧界男女影星名演员,如刘琼、乔奇、小凤、石挥、白文、叶明、沈浩,以及导演,如黄佐临、谢晋、胡导、姚克等。一九七八年我初回上海时才发现在"文革"时期受折磨的石挥(我认为当年中国第一号演剧天才)跳海自尽,沈浩(知友叶明之妻)跳楼自尽,心痛不已,惭愧自己偷生在国外。

著名的《世界晨报》移来上海复刊,我认识了名编辑姚苏凤、名记者田钟洛(袁鹰),以及以翻译海明威著名的冯亦代。由于我们兴趣相近, 亦代与我兄弟俩情如手足,多年不忘。亦代夫人郑安娜在美国新闻处工作,于我来美后介绍乐山进美新处,后来就成为乐山受斗争、吃苦头的原因之一。我们经常在社交生活上一起的另一朋友是李君维,他是张爱玲崇拜者,模仿张的作风,以古怪的东方蝃蝀笔名写小说。他家客室很大,那晚为我告别的舞会就是在他家举行。他的两个妹妹都精于绘画,姚苏凤夫妇是社交舞能手,至今印象犹在。

我的第一本短篇小说集《幻想的地土》(使用笔名令狐彗)刚出版,我就趁那时机送朋友留纪念,我带往美国的几本竟送给了不懂中文的新闻学院老师,现在还感自愧。一九九〇年代某次我回国时, 四弟名山的朋友在社会科学院图书室中找到原本,影印送我,给老友沈寂要去,交上海百家出版社于二〇〇一年再版,书名改为《最后的罗曼史》,加了一篇老年在美所写的。听说今日青年读者对五六十年前的男女大学生社交情况很感好奇。

沈寂也是宁波人,与我同年,仍健在。青年时他帮我在他所编的《幸福》杂志发表小说,老年时期他又帮我在上海找出版社出书,我当然非常感激。遗憾的是,有好几次我应约把数本书稿寄他后,迟迟未出,理由是"出版社上级换了人,取稿政策改变"。可惜这些没有留底的书稿都因此遗失了。我不能怪他,他老了,他已替我干过许多好事了。

沈寂后来进电影界编写剧本,他很会讲故事,当年他的第一个短篇《盗马贼》在柯灵所编的《万象》杂志发表时惊动文坛(另一位经柯灵捧场而出名的是张爱玲)。沈寂对上海十里洋场与黑社会情况非常熟识,后期他所写影射上海大流氓,如黄金荣、杜月笙等生活的小说甚畅销。

某年,谢晋的儿子谢衍来美学习,特别叫沈寂写封介绍信(我与谢晋已失去联系)来纽约见我。我很喜欢年轻有为的谢衍,他也会些英语,要入私立纽约大学电影系学习。来到数星期后,恰好有一电影界名人集会讨论亚洲电影,邀请我去讲讲中国电影。我所熟悉的只不过是一九三〇、四〇年代的电影,正好带了谢衍前去助我。他在演讲中也谈了父亲谢晋的作品。我把他的演讲费一百美元交给他时,他惊喜万分。谢衍年前患癌症壮年早毙,我闻讯后很震惊。不久消息传来,老友谢晋也去世,我想他比我还小了一两岁,更心痛了。(我与谢晋在国内与纽约数次相会,情况将在以后再述)。

我之所以喜爱写散文,可以说是起于何其芳的《画梦录》影响。当时,绮丽、含有哲理意味的散文在青年作家间甚风行。巴金主持的生活出版社所出版的李广田、丽尼、陆蠡等的散文集我都熟读,我后来甚至对解放后何其芳的随军文章失了望。一九七〇年代,《画梦录》曾由澳大利亚一位作家译为英文,但我不信外国读者能欣赏。我自己后来对绮丽散文也转了念,不再学写空洞的所谓“哲理”散文,单是堆砌美丽词句而言之无物的文章没有意思。我想,今日的散文作风已大有改变。在柯灵去世前我曾与他谈论,他完全同意,当年他也欣赏何其芳的散文。

由柯灵选拔出来的作家之中,以张爱玲最出风头。她的名字近年来在台湾、香港又大为响亮,夏志清教授等的捧场似是原因之一。但我不能否认,我们在青年时都是张爱玲迷。她的小说令人神往,而她生活的神秘更引人好奇。她自己设计衣服,服装奇异,但很少公开露面,拒绝报纸访问。李君维等与我当时(仍在日伪时期)很想与她一会,总遭拒绝。她也会写一手漂亮英文,经常在一份德商所办的英文杂志发表。她的神秘,半个多世纪后仍在引人好奇。

我在《申报》辞退后,空闲时间更多,晚上去《辛报》至多三小时即可完成一个版面的编写。当时桑榆恰好应邀去《东南日报》(国民党主办的杭州名报,于抗战胜利后在胡健中主持下移来上海) 充任主持地方新闻与体育版的副总编辑,见我闲来无事,邀我去《东南日报》帮他编辑本市新闻版。所以,有一个时期,我任两个报纸编辑,都是晚上工作,就有赶不及之感,而且《东南日报》社址是在远远的虹口, 晚上交通不便, 要搭乘送报货车回到静安寺路(现在是南京西路)的家。我听了桑榆邀请,细细一想,《东南日报》毕竟是大报,有益我的新闻职业前途,而《辛报》虽态度严正,只是一份被人目为消遣读品的小报,于是,我乃向我所心爱的几位朋友告辞。(当然, 仍经常在新雅茶室聚会。)

我在《东南日报》的时间不长(其时正在办理赴美留学手续),却与当初经常相争的桑榆成了好友,在他的指导下，曾做了两件难忘的事：一是采访中国航空公司空中小姐（当时还是罕事），一是开辟了一个模仿纽约报纸“百老汇”专栏的“南京路”，专门写些有关舞女、歌星、富人的软性新闻，因我消息来源很多。

但是“南京路”并非我的意之所在，而桑榆某次侵犯了我的新闻版，又起了争执。详情我记不起来，好像是两个不同的军警部队，在街上起了武斗，枪声惊吓到了附近居民，闭门不敢出外。桑榆与我商量新闻标题，结果他用了“昨晚共党暴动”六个大字而不管新闻正确。我当时反对也无用，我认为新闻职业道德应该竭力禁止这类不顾新闻真相的编辑方针。我们没有吵架，不过我对前辈的尊崇减了几分。

我赴美前向他告别，他送了我一件贵重礼物，乃是明代瓷器花瓶，上面画了男女春宫图。临我上轮船前（当时尚无喷气客机），一位朋友告我，美国海关调查严正，此类物品不但不准进口，而且携带者恐犯有走私淫物之嫌。我不敢带，留给弟弟保存，现在不知在何人手中，真可惜。

桑榆请弟弟乐山继我职务，同时请我当《东南日报》的驻美记者（没有薪水，仅有稿费）。有两篇通讯我还记得，一是采访一九四八年美国进步党总统竞选人华莱士的报道。那位竞选的民主党是总统杜鲁门,共和党是杜威(纽约州长)。华莱士曾任杜鲁门的农业部长,但思想开明,认为正统民主党太保守,乃自组进步党。他来密苏里大学发表演说,甚受学生欢迎,学生中很多是刚退伍的军人。我用了《东南日报》名片,借同学介绍,与他谈了二十分钟。但他没有取胜，因很多民主党人唯恐票数分散有利共和党。

另一篇通讯有关当时中华民国政府驻美大使董显光。我在密大的莎士比亚老教授看到我的姓,问我是不是与董显光有亲戚关系，他说他与董显光年轻时乃是同班同学。我将此项报道在《东南日报》发表后,引起董显光注意,他乃写信给我,谢谢我帮他恢复了他大学时代的友谊。(按:董显光也是密苏里大学新闻系毕业的。)

桑榆于一九四九年后去了香港。一九六〇年代我曾找到他的地址,向他问候,没有回音。二十余年后,另一来美养老的前辈陆小洛告诉我，桑榆曾在香港向小洛提起我,要与我联系,可惜他把我的地址丢失了。

二〇一〇年六月

印度巡捕·人猿泰山·红发女郎
——八八回忆之六

即使在写回忆时，我也犹豫着不愿离开上海。我自幼生长在宁波，于“七七事变”后去上海念高中(复旦大学附中)，进圣约翰大学，毕业两年后出国留学，估计在上海居留一共不到十年。而这十年成为我整个生活中最重要的一部分，现在写到即将与父母告别离国之际，还是在留恋当年的上海，在电视上看到上海世博会的各种准备以及各国展览场所造的超现代奇异建筑，有如隔世之感。写此文时，我已有八年因老而病不能回国，对未来世界式的上海只能遐想。

我于一九七八年在留美三十一年后初次回国，以后约每年一次，最后一次回上海是二〇〇二年(二〇〇一年“九·一一”事件发生，我的机票是九月十三日，只好退票罢行)，恰好能在北京与亲友一起庆祝八十诞辰。我还记得，那年，天津的妹妹木兰恰是七十岁。她在庆宴上宣告，在这个席上，两位寿翁的年龄加起来是一百五十岁。我看看坐在旁边的小侄孙们，不知他们小小的脑袋中会留下什么意味。

我偕四弟搭乘京沪铁路所新置的卧车，十分舒服，次晨到了上海，由朋友开车来接。北站人潮拥挤，但已重新修造，不如我于一九七八年初到时的简陋。四处都是现代化新建高楼，而我并没有回家的感觉。在我记忆中的上海，乃是静安寺路（现南京西路）的大光明影院与隔壁的咖啡馆，霞飞路（现复兴西路）的罗宋（俄罗斯）餐室、法国蛋糕铺与国泰影院，外滩的华懋饭店（现和平饭店），前法租界的茂盛梧桐树下的马路，辣斐大戏院，苦干剧团（黄佐临、于伶、石挥），以及南京路的新雅酒店……这些都是我经常涉足的地方。最甜蜜的记忆是偕了女友，晚间在霞飞路巴黎电影院看了外国电影后，漫步梧桐树荫影下的清静马路，停留在一个三角路口的普希金铜像下谈情说爱。

那时的法租界也住居了不少自苏联革命后逃来上海的所谓“白俄难民”（在东北的哈尔滨也有），他们不免带来俄罗斯意味。有的难民出身富贵，但有的因生活艰苦而落魄。有一次我在街角见到一个年轻金发但是肮脏不堪、显然因卖淫为生而感染了花柳病的女郎坐在地上向行人讨钱。这种印象很令我难忘。

另一个我所不能忘记的是兆丰公园（现中山公园）。圣约翰大学(现法经学院校址)一般男女学生都是骑了脚踏车去辽远的校址上课。广大的公园恰好挡住了学校大门,为了避免转弯抹角,我们都索性把脚踏车锁在公园门口，购月票进公园步行直达校址。在天气晴朗的阳光下，这一段偕了同学步行的时间，是我每天心情最感愉快的辰光。

在约大(当时校长是沈嗣良),我所选读的英文系系主任是慈祥而又严正的苏荷小姐(Miss Soho)。她不是美国人,好像是出生在美国的华裔,从未结婚,戴副眼镜,难得露出笑容,学生们对她十分恭敬。另一位我们所敬重的莎士比亚教授王文显,后来他曾写过一个英文剧本,翻成中文后剧名叫《委曲求全》,曾在辣斐大戏院上演。此外,那时已在剧艺界成名的姚克会操英语，也曾应聘在约大教戏剧课。我还记得与他在课上讨论尤金·奥尼尔的剧本。

我所最不能忘记的是教授一年级英文的贝雷第小姐(Miss Brady),她也是未婚,来自美国明尼苏达州,年约四五十岁,喜欢在校园后面的广大草地上打高尔夫球。我们几个她所喜爱的学生一有空就替她扛沉重的球杆，她也教导我们如何击球。打过球后，她就邀我们回到她在校园中所住的小洋房去喝咖啡，吃吐司。我曾以她为话题写了一篇散文发表，她知悉后对我很不悦。

另一位英文教授，在后期升为教务长的是以编《西风》月刊著名的黄嘉德。有一时期，他与他弟弟黄嘉音所编的《西风》几乎与林语堂所创的《论语》杂志齐名。他们的想法很灵巧：模仿当时美国最流行杂志《读者文摘》(*Reader's Digest*)，选译了他们认为中国读者会感兴趣的文章，出了一本介绍西方文化、有趣而又不枯燥的《西风》月刊，销路很广。我出国后一直在怀念这些教授，猜想他们在一九四九年后的境遇。后来贝雷第小姐回了美国，姚克去了香港，其他诸位，除了黄嘉德，均影踪不明。

一九八六年我受纽约市立大学资助应邀前往山东大学讲学，一到那里就获悉黄嘉德曾经任过山东大学教授，现在济南退休。我闻讯大喜，立即托人打电话与他联系。他邀我到他家晚饭，说恰好他的一位亲戚从南方带回来一条鱼。饭后与他谈谈过去，我见他老态龙钟，甚觉凄然。黄嘉德是一位研究萧伯纳的专家，嘱我回美国后替他搜集一些有关纪念萧伯纳活动的资料。我深知萧伯纳已不在美国吃香,不但没有讨论他的新书,没有关于纪念这位讽刺大师的活动,甚至各大学的英文课中也没有研究萧伯纳一门。我写信告诉他时他极感遗憾。

如上所述,我们那时去约大上学,每天骑脚踏车,风雨雪无阻。脚踏车是我随身携带的物件,某次我购了一辆旧跑车,更觉方便。这样的车没有刹车,也没有其他附件,极为轻便,可扛着上楼,车链与车轮直接连在一起,须要慢慢停车,用熟了后,毫无问题,可是要突然停车便有危险。我熟练了此跑车后,与同学们常在前往兆丰公园的愚园路上赛车,有时也与驶在马路上的小汽车竞赛。开汽车者往往小心,慢下来让我们取胜。

问题是,愚园路上也有捷快无声的无轨电车。某次我在赛车时,突见一辆无轨电车转了向,迎头向我驶来,我来不及停车,与它的车头相撞,幸未伤及身体,可是我所心爱的跑车就此折坏,不能用了。母亲把我斥责一顿,此后所购新车就不如跑车有劲了。

在"珍珠港事件"爆发、日军侵入上海的租界区之前,英租界警局雇用戴了头巾的印度人当巡捕。他们都身材高大,蓄着漆黑浓胡,在小孩子们眼中威风十足。那时我尚未入大学,某次骑了脚踏车在静安寺附近的愚园路十字路口(旧时百乐门舞厅大门前)闯了红灯,被指挥交通的一个魁梧印度巡捕一把抓住。

“茄德里,马得里,行里去！”他高嚷。

他们的印度话“茄德里,马得里”很难懂,但是“行里去”我听得懂,因为他们把巡捕房(警局)称呼为“行”,以为是上海话。我被他揪住我的脚踏车,随着他去附近的拥挤嘈杂的巡捕房外停车处。印度巡捕走了,回到他的岗位去。我挤在人群中,等待付罚款,过了十几分钟,没人来理,我就骑上车溜出来。与那印度巡捕的交接,很具喜剧性,我现在回想起来,还是不禁发笑。

被高大魁梧的印度巡捕抓去巡捕房后,我突然起了一阵对自己瘦弱身子的自卑感,决意加入一位赵先生(名字忘了,当时很有名)所开的健身学院去锻炼身体,主要方法是用铁器举重。每次去了健身学院,回家筋疲力尽,但是约三个月后,我在大镜子前顾影自怜,果然发现我的胸部肩部与手臂的肌肉已在逐渐发达。我的努力起劲,使我成为那些新来学习举重的瘦削少年们的领头者。锻炼一年半后,我在大学校园中傲然阔步行走,热天所穿的汗衫更显出我胸部肌肉的发达、手臂肌肉的健壮,自觉地感到一些女同学投来的眼光。(就是在此时期,我听戏剧界的朋友之言，没有自知之明地前往明星电影公司应试演员的招考，被那公司老板同乡人张石川一句话打断了做电影明星的美梦。）

中学时期的女朋友我已逐一隔离，进入大学后，女友也并不多。那时我的课外兴趣多半集中于写作与发表。值得一提的是一位波兰裔的外国女朋友（约大因是用英语授课，颇有几个外籍学生），满头红发，满脸雀斑，又傻又可爱。某次一同散步时，她见到我在草地上一株大树旁一举手就迅速升上树枝坐下来，敏捷犹如电影中的人猿泰山，此后她就经常跟住我，随着我在校园散步。大战结束后听说她以难民身份到了美国。

那个夏天，我偕朋友去静安寺路上一个游泳池（一九四九年以后一度曾改为杂技剧场），蛮想在公共场所展露自己的强壮肌肉，朋友见我换了游泳裤，禁不住大笑，原来我的健身术虽发达了我的上身肌肉，但下身的双腿看来瘦削犹如鸡腿。

此后我再也不敢炫耀自己的身体了。

二〇一〇年七月

从祖父建观音阁谈起

——八八回忆之七

在网上偶然看到一篇题名“百年董宅”的博客，大为好奇。文章是述兄弟作家董鼎山、董乐山的家族历史的。许多有关我的上代祖先事迹，连我自己也毫无头绪。我不知那位化名的作家是从哪里挖掘题材的。据他说，“坐落在宁波江北白沙街道的董宅是一座望族的宅第”，董家家世可以回溯到四百年前，历代“诗书传家，人才辈出”，有文字记载的“可追溯到明朝的董世登”。

我不知董世登是谁，据说他的儿子董守瑜做过高官，下几代因时代的变迁而成为赤贫，“书香门第”的董家读书人中终于出现了商人，而这位商人董振甫是“近代宁波帮的代表人物”，是“宁波历史上一位有名的商人”。

此文所说的董振甫就是我的父亲。我一向并不认我父亲是个特殊人物，只知道他后来又成为赤贫，于“文革”

时期因病而逝世。其时我的女儿碧亚刚在纽约出生不久，我听弟弟说，他持着这个混血婴儿的照片，在里弄中向邻居骄傲地介绍他的外国孙女。

给我印象较父亲更深的是祖父董顺来。振甫经商发迹应该自顺来的发财叙起。祖父去世时我仅十一岁。他的故事就一向令我神往。据说他是屠夫出身，后来替一个德国颜料商看管仓库。第一次世界大战爆发，此德商仓皇逃回德国，把仓库中的颜料全部给了他。他赚了钱，在江北岸购了地皮，造了两进两层楼的房子。我就是在那座房子中生长的。

我记忆中的祖父是位严正、难露笑容的老人。他对孙儿们，除了长孙(我的兄长南山)之外，好似并不宠爱，难得与我们逗玩。不过我对他的一生成就却着了迷。他是个虔诚的佛教徒。他相信他的财运乃是观音菩萨福施。他不但吃了素，而且将大部分财富花在慈善施舍上。他的最大成就是在宁波三十里外的乡下购了一座小山，在山坡上建了一座拥有四十个房间的大庙宇，名之为观音阁，向外公开，欢迎乡下人前来烧香拜佛，远途的可以在庙中过夜。

替祖父经理观音阁事务的是一位身材瘦长、非常能干的女远亲，我们称呼她“长长妈妈”。孙儿们有时坐了船爬上山去观音阁度暑时,我们的安全就成为她的责任,因乡下土匪众多。长长妈妈雇有数个忠心的佣工,都是祖父的徒弟,粗壮而虔信观音菩萨,拜我祖父为师,期望来日可以升天。我还记得某个晚上,警犬(我们叫它黄狗,经常与它奔玩)大吠。长长妈妈起身把我们叫醒,一面吩咐佣工做准备, 把几个孩子领到一个可以移动墙板而不露痕迹的密室内隐藏。那个时期,宁波经常有土匪绑架富家子弟索巨款的新闻, 长长妈妈早已有了准备。孩子们又惧怕,又兴奋。结果反而因为那只是一场虚惊而失了望。我曾用"长长妈妈与黄狗"为题写了篇故事,在美国一个儿童刊物发表。

这件我所难忘的儿童时期的故事, 后来常常令我联想起《安妮日记》(*The Diary of Anne Frank*)的故事。安妮是个荷兰犹太女孩,纳粹侵占荷兰时期,好心邻居把她全家隐藏在一个密室中(正如观音阁隐藏了我们的密室),以免被纳粹恶徒抓去送往集中营。但是结果秘密被败露,安妮终于在集中营煤气室丧生。战后有人在阿姆斯特丹住宅区残垣中找到了安妮在那个被关闭的密室中所写的日记, 叙述出少女在发育期间对长大后未来生活的想望与憧憬,读来断人心肠。此日记出版后畅销,也曾数度上过舞台，摄过电影，是暴露纳粹毫无人性的恶毒思想与行径的最好明证。

另一件有关观音阁经验的事件特别令我震惊。在我离国赴美几个月前，长长妈妈告诉我们，一个名叫阿齐，曾在那个惊恐的深夜保护过我们的佣工，自己焚火造化，升了天做菩萨去了。我们听了吃了一惊，即连信佛的长长妈妈也对阿齐之举不以为然。我当时觉得乡下愚民，听信道听途说，被神话所迷，自以为在世间已做了不少功德，可以焚身升天，去天堂过另一种快乐生活。我也不免责怪祖父（他每个早晨盘坐在床上，闭眼念念有词，自以为在与观音菩萨通话）。他的过度虔诚招致了一个无知愚民迷信丧生。

祖父确信自己神通广大。我某次剧烈肚痛，祖父谓不必去看医生，由他在我肚腹上按摩一百次，即可痊愈。按摩完了后，他问我觉得如何，小孩为要取悦老人，只好点点头。母亲终于瞒了祖父送我去看医。不过母亲到了中年后也开始吃素，烧香拜佛，后来是患了胃癌逝世。她谢世时我到美国已有十二年，哀伤不已，写了一篇《十二年游子的悲痛》在一本英文国际学生刊物 *View* 发表。我最痛心的是说起离国时与她最后告别的情景：我兴高采烈地与乐山跳入朋友的汽车到轮船码头去，也不回头一望。多年后妹妹木兰告诉我,我走了后,母亲大哭怪我“没有良心”,也不转头向她挥手。当时我满以为在两年后读完硕士学位便可回国,而两年后恰是一九四九年,要再等待三十一年才首次返国探亲,父母都已不在了。

我对父母的印象可用四个字解释,一般人的说法是“严父慈母”,我家却是“慈父严母”。母亲在年轻时火气甚大,孩子们一有错处,就要受她责打。我们不敢爬树或者奔跑过快。她怕我们受伤,却束缚了孩童的活力,成为我长大后参加学校运动犹豫不决的原因。她督促我们的功课。她的识字知礼引起邻居与亲戚的尊重。我也听到某次她向邻居夸言:“我在桌上放了作为零用的数百铜元,我的孩子们绝不敢偷用。”她说得绝对准确。我们如偷取一两个铜元,我就可以想象一个满脸怒气、手持鸡毛掸子的母亲了。

妇女识字在当时乃是很罕有的。母亲出生在上海富家,曾在法国教会学堂上学。我记得在小学五年级时,一个同学向我借小说,我说我母亲正在看,尚未看完。同学满脸怀疑、轻蔑地对我说:“别瞎说了,你母亲怎会识字?”

我称父亲是“慈父”,可用一件小事表明:我大概是五岁时,因顽皮触怒母亲,打我的屁股。我大哭,父亲把我从母亲那里一把抱过去，那一刹那我可看到他的泪痕，那一刹那我永远不能忘。又有一次，我们孩子们已整备了行李，等待一位亲戚带我们前往观音阁。因为天色阴沉，我们兴致大减，不愿成行。父亲严声说，什么都已准备好，亲戚也已来了，不能临行改变主意。果然，那天风雨交加，我们要坐船还要爬山才能到达观音阁。后来母亲告诉我们，那个晚上，父亲躺在床上，一面流泪一面叹气，不能入睡。而我们其实风雨无阻，玩得很好。

抗战初期，宁波曾被日本轰炸几次，学校暂停课，我们全家搬往乡下汪董村避难。所谓“汪董”，因村民都是汪姓或者董姓。在那期间我读了许多书，小说与马克思理论都有，思想开始萌芽，对社会上不平等情事深感烦恼，等不及回学校与朋友相聚。那时我已参加学生抗日地下活动(后来发现是共产党的地下工作)。我还记得我们小组织的领导人是位极为精明、讲话井井有条犹如作文章的青年人，后来他做过驻丹麦大使。八十年代我有一次回国，到北京他的寓所去见他。他早已退休，满头白发，我们谈起青年时期的作为，不免唏嘘。

一九八八年我受联合国开发计划署资助，应邀偕妻前往宁波大学讲学，居住了两个月，并邀乐山夫妇自北京前来共聚,其他参加我们的还有四弟名山与侄儿森林。少年时在宁波的一些“战友”都来看我,他们有的白发,有的缺牙,有的受了积年的委屈要我来帮他申冤(好似从国外回来的人一定有办法似的)。最使我痛心的是有一位心直口快、性格爽朗、聪明而受大家尊敬的“战友”在“文革”中“牺牲”了。

这么多年在国外，这样的信息总令我非常难以接受……

二〇一〇年八月

初当记者·初尝歧视
——八八回忆之八

像我这一辈老人,“五·四”两个数字只不过代表了一件可以想象的历史大事;可是“九·一八”、“七·七”“一二·九”这些数字所给我的感触就不同了。我深深记得“九·一八”给我幼小心灵带来的羞辱感;“一二·九”令我要快快长大去北方参加学生运动;“七·七”时我恰在上海,兴奋地听到一位杨姓女童子军向闸北国防军队献国旗的故事。今日身处纽约,最令我心惊肉跳的数字当是“九·一一”。我曾亲眼看到天空浓厚烟雾,亲耳听到人们哭号,亲嗅到空气中的酸溜气味。这些数字简单而明确地代表了人对世界大事的记忆,而我是在第二次世界大战与抗日战争的气氛中成长起来的,当年听到纳粹德军进攻波兰新闻时的震惊还是记得很清楚。

一九四五年二战结束,抗战胜利后,我刚从圣约翰大学毕业,考入《申报》当外勤记者。不久,英国选出新首相,选民摒拒了战时功绩伟大的丘吉尔首相,选出了工党领袖阿特里来处理和平复兴大事。其时,一艘中型英国兵舰前来上海,停靠在外滩码头,招待中外记者参观。恰好阿特里的儿子也在此舰上服役。这位年龄不到二十、身材瘦高的水兵一时成为记者追逐采访的对象。他羞羞答答地回答的态度还深刻地印在我的脑海中。这是我首次感到“无冕之王”的种种方便。此后,我也有机会见到由杜鲁门总统派来调停国共争执的马歇尔特使,统率驻华美军的魏德迈将军,《时代》周刊与《生活画报》的主人亨利·鲁斯等名人。这样的方便更增加了我对新闻事业的兴趣。在少年时,我曾对父母声言,我要做作家,情愿过穷苦的亭子间生活(记得那时只有鲁迅一类作家才有号召力,足够赚得维持一个中等生活的稿费)。后来发现,做专业作家根本不可能谋生,许多都另有职业,不是教师,便是记者。因此,我往美国留学的主课不是英美文学,而是新闻学。

一九四七年秋我初到密苏里大学新闻研究院,美国民主、共和两党正在热烈准备初选运动,筹划次年的总统大选。共和党选定了纽约州长杜威为总统人选,而民主党的现任总统乃是因罗斯福病逝而由副总统继任的杜鲁门。他虽曾下令在长崎、广岛丢了原子弹而结束大战,但声名仍不如杜威响亮。思想较为进步的民主党人以及其他所谓左派思想分子另组了一个进步党推出当时的农业部长华莱士作为第三党候选人。这样的做法当然分散了民主党实力,很为人所不满。

但是华莱士在青年群中还是颇得人心。那时,退伍军人已纷纷返家,在国外见过世面——特别是那些在农村生长的土包子——许多退伍军人因有政府津贴,可以免费进大学,都不放弃这个特别权利。一时,美国各大学中多了一批年龄较大而成熟的一年级生。这些新生对政治有兴趣,特别注意进步党活动。华莱士乃趁机前往各大学校发表演说。一九四八年春,他也来了密苏里大学。当时我自己因思想关系,在校中所交朋友都属民主党中较左的学生团体。我们一起去听了华莱士演讲。在他的记者招待会中,我也用了上海《东南日报》的名片参加,与他握手相谈几句。他见到在这小小的大学城中,竟有一位外国记者来采访,似乎很高兴。美联社一位摄影记者替我们照了相,我立即把照片寄给了上海的老父,令他高兴了一下。

华莱士当然没有当选。我与朋友相谈,问他们为何不投他一票。他们说,他们不要共和党当选,如投了华莱士一票,反而削弱了民主党票数。而我竟是这么幼稚,连这一点常识也不懂:你可以思想前进,但在实际政治上,你必得取胜,不要天真地浪费你的票数。果然,天真的进步者显然不少,一般报纸舆论都预测杜威必会当选。你可曾在历史书中看到那张著名的新闻照片——杜鲁门笑嘻嘻地向记者指着一份日报的封面, 大标题是:“杜威取胜”。杜鲁门虽因华莱士而失去不少票数,还是胜利了。

位处美国中西部的密苏里州, 正在内战时期的南北分界线上,因此仍保持了许多南方传统,即使在我们较为开明的大学城中(如哥伦比亚,有三所大学,除了州立大学之外,其他是两所贵族性的私立女子大学,专门培养南方闺秀), 黑人住区也完全与白人住区隔离。黑人不能在餐馆进食,只能做工;在电影院中,他们必得坐在楼上;乘公交车, 必在后座等等。我就读的新闻学院虽是公立大学,本州学生免费进学, 但黑人学生直到五十年代才由州议会通过法律准许入学。

因此,在我们国际学生群中(也有皮肤黝黑的印度人、阿拉伯人、南美人等,没有非洲人),对这类种族隔离习俗很看不惯。特别是印度学生,有的竟在头上包了头巾(好似我在上海所见一样),以免被误认为黑人。印度学生因为肤色而在美国社会所遭受的歧视，我也亲眼所见。一般而言，华人学生颇受外宾似的礼遇，有时我与女同学或两所女子大学的女生交友、看电影和参加舞会，都无障碍。但印度学生的遭遇可不同。某个周末，我与一位皮肤特别黝黑的印度朋友去附近大城市圣路易斯游玩，中午进入一个自助餐馆，向柜台后的一位中年妇人要菜。她瞟了我们一眼即说："你们这些孩子(you boys)上楼去！"印度朋友一听，马上转身就拉了我出去。我当时不懂，以为到楼上进食又何妨？后来才恍然大悟，那位妇人把我的印度朋友看作了黑人，叫我们上楼去黑人进食的餐室。

当时密大的学生团体中，除了"兄弟会"、"姊妹会"以及教会团契之外，尚有思想进步、成熟学生所组成的"民主党学生组织"与"进步党学生组织"。那时正是国内国共内战激烈之时，校园中经常有讨论会。某个晚上，我应邀去一位教授家中聚会，听一位外来学者的演讲。集会听众都轻声细语，好似不敢大声喧闹，以免惊醒邻居。不久，一辆汽车开到，一位身材高大、面容尊严的黑人大踏步进入客室。他就是主讲人，乃是外埠一个黑人大学的名教授。我今日所记得的不是他的演讲内容，而是当时所感到的黑人于晚上进入白人区做客的聚集者小心翼翼的气氛，六十年后想起来,真觉可笑。

我在大学城内有时也偕朋友于星期日去做礼拜,不是为了宗教信仰,而是为了社交机会。哥伦比亚有许多不同教会(长老会、圣公会、循道会等等)的教堂,我们去做礼拜,总受欢迎。每个教堂于周末有社交性的集会,专门欢迎大学生。哥伦比亚通常人口两万余,学期一开始,学生数目使人口增加一倍,餐馆、干洗铺、花铺、酒吧等等生意兴旺。同时,我受教堂牧师的介绍,经常应邀去乡区小教堂演讲。大战结束刚不到三年,许多乡民对中国局势非常有兴趣,特别是因宋美龄战时在国会的演说仍深深印在他们脑中。

他们把中国当作是战时盟友,不明了国共战争的真实情况,而我恰是一个年少气盛、向往革命、憎恶国民党官员贪污而思想纯洁的青年,因此我的演讲大失那些乡民所望。例如,他们在问问题时期望我称颂蒋介石、宋美龄,而我所说的意见恰是相反。通常,演讲完毕后,教堂必布置茶会,款待外来演讲者,有礼貌地随便交谈。某次,在一个这样的茶会中,我突然发现无人理睬我,慢慢地理解到他们对我所说不以为然。我不愿逗留,乃请牧师开车把我送回校园。通常,教堂必赠送演讲者一笔小小的“车马费”。

这次我没有收受，说是捐给教堂吧。

我经常劝告有意前来美国留学者，不要直赴大城市如纽约、旧金山、波士顿等，特别是纽约。纽约不是纯粹、真实的美国。它是个人种复杂、语言众多、三教九流、习俗各别、同类人集居的各种社会合并的国际大城市。要学习真正的美国，你必须到中西部与南方的小城镇去居留一段。在那里，特别是城外的农乡，你才可以遇到居留已有数代的真正的美国人，他们不一定见过世面，他们思想保守而待人处世态度纯真。他们信教助人的热心是真诚的。但是，这类小城镇也在变化。近年来，有好几个小城镇的教堂好意收容了很多伊拉克、索马里难民，不料他们迅速繁衍，而且招来亲友移民。忽然间，小镇也产生了贫富不均，种族、宗教不同的隔阂。不同教徒之间起了冲突，社会不再安宁，犯罪也开始滋生……

这样的景况，将是未来美国的缩影。

二〇一〇年九月

莎士比亚教授与大使
——八八回忆之九

我进了密大新闻学院后，首先感到的便是：人生地疏，讲英语不流利，不能与同学相竞争——特别是在被教授派出做外勤实习之时。我开始很觉难堪，后来也习惯了，而且被采访的人们往往非常客气，同时，由于他们对当时中国的情况好奇，反而把我当作采访对象向我问询。

我除了选读新闻学主课以外，也在英文系选了几门。我对读书的兴趣使我将图书馆当作书房。新闻学院本身的图书馆不大，但是它所搜集订阅的各地大报范围极广。在这里，我开始迷上《纽约时报》，养成每日必读的习惯，六十余年未停（到了纽约后，我自订《纽约时报》，每天早晨送到我的公寓住室门口，我一早醒来第一件事就是开门拾报。出外旅行时，我叮嘱门房替我收集，回来后花了许多小时将每日积报迅速浏览一遍）。新闻学院所订的世界各地的报刊以及美国各大城市日报与杂志极多，长了我的知识,后来对我为国内刊物写作取材很有帮助。

我更喜欢大学里的总图书馆。由于我是研究生身份,进出藏书库非常容易,可以自己找书。每个研究生都有自己专用的书桌,作为研读与写论文之用。我还记得在此书桌上完成的一篇莎士比亚论文很受莎士比亚专家教授的欣赏。这位老教授经常邀我前往他家过节(感恩节、圣诞节等)。某次他告诉我,在他当学生期间,曾与一名也是姓董的同学交好,问我与之有没有亲戚关系,可不可以替他代为联系。此事将在下面详述。

当时(一九四八年),美国颇出了几位后来得享盛名的大作家。在这几位二次大战结束后的青年作家中,有两位我特别注意。某日我进入总图书馆大厅,见到展览窗内有两本新书,两位作家的照片具有不平常的吸引力。一是满头鬈发、神态粗犷,好似要找人打架;一是金发蓝睛、面目姣好,横躺在长椅上,两眼盯住你,好像与你逗情。

今日美国文学读者马上会认出我所描容的两位作家是谁:前者是诺曼·梅勒(Norman Mailer),他的以作战经验为主题的《裸者与死者》(*The Naked and the Dead*)刚问世;后者是被公认为同性恋者的杜鲁门·卡波蒂(Truman Capote)，新书名为《别的声音，别的房间》(*Other Voices, Other Rooms*)。这两本是他们的处女作，立即受到读书界佳评，列入畅销书单。

还有一位我在图书馆书库中"邂逅"的著名作家是当时在百老汇已出了风头的剧作家田纳西·威廉姆斯(Tennessee Williams)。我的戏剧课雷蒙教授推荐我阅读正在百老汇演出的《欲望号街车》(*A Streetcar Named Desire*)的剧本。雷蒙教授还顺便指出威廉姆斯也是密苏里大学的毕业生，我好奇心大发，前往藏书库中找到本校毕业生所写留存的博士论文与硕士论文。果然，在硕士论文书架上，我找到了田纳西·威廉姆斯一篇以剧本作为论文的原本，是用打字机打出的，并有作者签名与其他笔迹。据我记忆，这部剧本之名是*Candles to the Sun*，好像是写于一九三六年。看到一位已享大名的剧作家处女作剧本的原来打字稿，是一件很兴奋的事。

这三位我初到美国时即发现的大作家都已去世。威廉姆斯(一九一一——一九八三)享年七十二岁，也是位美国文化界著名的同性恋者。某次他与另一著名同性恋作家戈尔·维达尔(Gore Vidal)应肯尼迪总统之邀去白宫做客。两人在花园中指手画脚地谈话，看见肯尼迪俯在栏杆上所凸出的屁股,大表欣赏地取笑(他们的谈话给站在一旁的另一作家听到)。卡波蒂年寿很短,不到六十岁(一九二四—一九八四)。他的同性恋癖更是明显，举止行动正如上海人所说——“有点阿姐式”。他常是纽约高等社交界宴会中的贵客,有时借用那些名士贵妇作为写作材料,讽刺过分,终被社交界唾弃。

梅勒则是一位喜爱女性的男子汉,酗酒,爱交朋友,结婚离婚多次,女友众多,最后所娶的是一位南方乡村出身的少女,她因身材美丽苗条而成为时装模特儿。二人站在一起,男矮女高,男老女少,很不相称。他的寿命较长(一九二三—二〇〇七),去世后,他的爱妻曾写出一本回忆录做纪念。据她说，她的写作完全是因丈夫教导鼓励而成。一九六〇年时,我曾与梅勒初次相会。那时,我常于周末去格林威治村朋友处，与兴趣相似的青年人厮混。某次，一位青年作家建议大家去参加梅勒家的派对。当时的惯例是,你只要带了一瓶酒,即使未受主人邀请,亦可前往,主人一般是来者不拒(英文名称是“crash the party”)。那位建议者与梅勒只有一面之交。我们三人便合资购了一瓶威士忌前往。我还记得,当时梅勒手持酒杯站在门口笑眯眯地欢迎客人。那晚派对详情我记不起了,印象最深的是次日《每日新闻》封面附了照片的新闻：梅勒酗酒，刺伤发妻。此事想是在我们离开后所发生。妻子没有起诉，梅勒也没有坐牢，不过此项事故后来成为女权主义者攻击梅勒的把柄（一九六〇年时他已出了三部畅销作品），也成为文学史上一个有趣的注脚。

我在密大新闻学院所选的几门主课，都是最起码的基本常识：采访（如何质问，以求获悉通常易被忽略的重要事实），写稿（态度必须客观，不渲染，不夸张），编辑（尽量去除文章中的虚字，文字必须简洁明快），做标题（如何找出字母尽可能少的词，在小小面积中抓住新闻要点）……我虽已有记者采访经验，但是用另一种文字来执行编辑与做标题的任务就有困难。我也选了一门"特写"(feature writing)，即是如何写专题报道。这方面我有过经验，用英文写"特写"与用中文写，在性格与体式上并无不同。这一课教授所定的规律是：学生在课上所写的专题，可向正式报刊投稿，如被选中发表，你在学期结束后的成绩可升一等（例如，你如得到B，在报上发表后，B升至A）。那年（一九四八年）正是国共内战爆发剧烈之时，美国新闻界对中国的情况非常关心。我心血来潮，在班上写了一篇约三千字的有关陈独秀生平的报道，教授看了，鼓励我向报纸投稿。我选了美国中西部著名大报《堪萨斯城星报》(*Kansas City Star*)投稿，不久就收到编辑来信接受，并附了一张十五美元支票。我向教授报告后，他与我同样欣喜，把我的分数从 B⁺(乙上)升为 A⁺(甲上)。我向朋友们炫耀，结果花了这十五元钱请大家吃饭。

这是我第一次用英文在美国报刊发表稿件的经验。

莎士比亚专家韦斯特福尔教授与他的家人在《堪萨斯城星报》上看到我所发表的文章，也兴奋不已，鼓励我继续努力。他问我在上海时的新闻界经验，我告诉了他，并说自己还是非正式(没有工资)的《东南日报》记者。他忽然笑逐颜开，问我当时国民政府的驻美大使 Hollington Tong 是不是我的本家。我说 Hollington Tong (董显光)与我同姓，虽然他姓氏的英文拼法是 Tong，我的拼法是 Tung，他不是我的本家，但我知道他是密大新闻研究院老校友。当年他于密大毕业回国后，曾在国民政府外交部当过新闻官，现升为驻美大使。韦教授笑嘻嘻地说，他与董大使在校中是同窗好友，叮嘱我有机会向董大使问好。

两天后我就用此题材写了一篇专题报道，寄《东南日报》发表。不料，身处华盛顿的董显光果然看到，写了一封信向我致谢，并问韦教授近况。我把此封英文信转交韦教授。这两位多年不见的老友终因我的帮助重新取得联系，令我非常高兴。

在我出国前一星期，上海出版界友人把我用令狐彗笔名所写的几篇小说结集，取名《幻想的地土》。那晚，在李君维(笔名东方蝃蝀)家所开的告别派对中，我把自己的第一本作品分送友人，只留下一本带到美国去。当我把这本小小册子拿给韦教授看时，他大为好奇，细细察看，问我各种有关中国文字的问题。我终将书赠给了他。

四十余年后回国时，四弟名山的一位朋友在社会科学院图书馆中找到了一本《幻想的地土》，替我拷贝了一份，我惊喜交集，结果由老友沈寂取去交上海百家出版社，于二〇〇一年出版，书名改为《最后的罗曼史》，因我加了一篇后年在纽约所写的小说。听说这本书没有销路，追不上当年的令狐彗。

二〇一〇年十月

乘越洋邮船·忆两位校友
——八八回忆之十

一九四七年时，喷气客机尚未开航空，我们是乘邮船来美的。从上海到旧金山船行十七天，途中在火奴鲁鲁靠岸一天。同学中也有乘坐通常客机的，需时至少四天，沿途要在关岛等处停留加油。不过十七天的船行并不令我寂寞无聊。上了船后，好似进了美国国境，船员当然都讲英语，只有一个华裔能用广东话杂了普通话与英语，在扩音机上广播向乘客报告船上的每天节目：晚上举办舞会；犹太人新年(每年九月)到来，依照犹太人惯例庆祝，等等。千余船客大部分是中国留学生与遣往美国的犹太难民。(约六年后，某天我在纽约街头行路，一位白发老太太把我拦住，用上海话夹杂了生硬英语，问我是不是来自上海。一听我说是，她高兴得把我拥抱住，说她也是来自上海，虹口的犹太区。)

二次大战时，著名的“总统”号奢华邮船都被政府征用，改造为装运兵士的运输舰。大战结束后，邮船公司才逐渐把“总统”号邮船再度改造，恢复为民间交通工具。但我们所乘的“戈登总统”号尚未归还当年豪华，我所乘坐的所谓二等舱，每个房间共有二十个上下铺床位，据说运兵时是连长以上的中级军官宿舍，浴室厕所都是公用的。所谓头等舱是四人一舱，由高级军官占用。至于三等舱呢，那是船底面积广大的统舱，有数百个床位，原是兵士睡铺，现改为客船乘客所占用的床位，男女不分，床间只有布幕遮隔。如此情况今日绝不可能，但是当时战争结束不久，来不及改造，何况船客多是难民与学生。少数“头等舱”客人，都是曾在日军拘留营中吃过苦头的遣返美国的侨民，如传教士、教师、商人等。吃饭时，三等舱客人像兵士一样，持了盆子排队取食。头等、二等舱客人则都围坐在长桌上由黑人侍者服务。父亲替我购了二等舱票，并非因为疼爱即将出国的儿子，避免起居不舒服的统舱，而是因为三等舱票已经售完。

留学生中有公费自费两种，都须经过严格考试(特别是英语能力)由教育部批准，再由外交部发护照。批准后的好处是，自费生可凭护照购买外汇，当时美金官价远比黑市价低,因此父亲用外汇购置二等舱不算太贵。另外他用官价外汇替我换了九百元美金，以为足可作我在美国居留两年的费用（六十余年前的九百元今日估计可值两万美金吧)。密苏里大学因是公家所立(州立),学费不高,而且我尚取有奖学金。当然,父亲与我都未想到两年后的国情剧变。

父亲给我的最后一封信中（新中国成立后中美之间不久便邮递不通),劝我暂时不要回国。没有家里接济,我像其他美国穷苦学生一样,必要找零工为生。当时,在大学图书馆做工,每小时工资三角五分,但在餐馆工作,工资是每小时六角五分,当然我宁愿去餐馆工作,洗碗托盘都干,有时还能取得一两角小费,而且头厨兴致高时,还会给我们一盘火鸡翼腿食用。且让我在这里把当时的工资与日常费用作个比较:租房每月十五元,汉堡包每个两角五分,一盒正常午餐六角五分,首轮电影票五角,二轮电影票两角五分，一杯咖啡五分。(听说当时在纽约坐地铁,单程是五分,今日纽约地铁价是两元两角五分,涨到了四十五倍。)

我出身中产阶级,带有深深的所谓“小资产阶级”观念，而这类观念竟要到了最富有的资本主义美国才能消除，今日想来令我自愧喟叹。开初，我在餐馆中穿了白制服收盘抹桌，极为腼腆不安，但是看到美国学生也在公然毫不在乎地做如此低卑工作，便慢慢放心，不久便去除了这类小资产阶级成见。餐馆女主人夸奖我的工作努力后，我更觉自豪，托了盘子在餐室中大步速行，毫不觉得不自在，这样的经验奠定了我进入美国社会后的自信力。同时，我也有机会与所谓蓝领阶级的美国人，如厨工、女侍者等交了朋友。他们对我毫无偏见，也有两位女侍者对我钟情，但他们与黑人工作者却无社交来往，黑人所做的是最低贱的打扫清洁工作，其他如洗碗清盘、抹清餐桌、招待客人的工作都给学生们抢走了。如此经验，一二年后便使我完全忘记了自己在国内的中上级身份。试想，一个自命具有进步思想的中国富家青年竟要到了美国资本主义社会才去除这类势利成见，这怎么会没有讽刺意义？

在一九四七年至一九四九年之间，多数中国留学生都同情中共革命。我加入了一个基督教留学生团契组织，开会时经常讨论中国时势。某个暑期我去芝加哥近郊参加一个全美性的中国留学生团契年会，发现领导人物都是中共革命的支持者，后来，其中有多位应周恩来的“为人民服务”之召，搭乘预定的印度客机免费回国，其中有几个朋友在后来的运动期间吃苦，有的甚至在"文革"时期遭殃。我听悉后非常痛心，至今尚自感幸运，如果父亲未加劝阻，如果在那时我也回国，以我直爽耿言脾性，在那疯狂不安宁的时期，一定会不是被杀便是自杀。

在密大校园中，我交了两个知友，都是向往革命成功的热心者。一名李绍基，出身于上海富有家庭，无论在政治思想方面还是为人方面都非常成熟。我把他作为长兄看，在他领导之下，我们十几个留学生经常举行读书会讨论时势。我钦佩他的论理与讲话才能。他已有了妻子，也是同学，他们在校园附近一位教授家租用一个房间养育新生婴儿，房东太太对他们很爱护。因此消息传来(大概是在一九五一年)，他们一家三口竟被移民局逮捕勒令出境，我们听了十分惊惶。听说联邦调查局(F.B.I.)一直在注意他的行止，相信他是中共所派的地下活动分子。

他们回国后，我一直没有消息，直到一九五五年某日，在《生活画报》(*Life*，乃是当年最流行的美国图片刊物，因不能与电视竞争而停刊)上看到噩讯。一九五五年，第三世界各国在印尼万隆举行会议，李绍基乃是周恩来总理随员之一，在一架先行飞往印尼做准备工作的专机上失事丧生。据说台湾特务敢死队行刺目标是周恩来，在那架先行飞机上偷偷放了炸弹，但没有击中目标。《生活画报》所登的新闻图片有一张是“哀悼李绍基烈士”的。我认出了他的笑容，伤心不已，一面又担忧他的遗孀与孤儿福利。

另一个要好的朋友是回国后任过周恩来亲信译员、协助筹备创刊中共首份英文报纸《中国日报》的冯锡良。我第一日到了哥伦比亚的密大校园，首先见到的就是这个善良、友好的中国面孔。他一听到我是上海圣约翰大学校友，更是亲切，指导我如何找寻住所(学校宿舍已完全客满)等等。第一日我所住宿的是当地最昂贵的“老虎旅馆”(Tiger Hotel)。密大的橄榄球队取名“老虎队”，因老虎乃是密大的标识。于橄榄球(美国人称为足球)季时，老虎队与他校球队比赛，老校友大群回来观看，多要住在老虎旅馆。我当时不知，旅途疲倦，在城中心找到第一个旅馆就住进去。招待者很客气，因球赛季尚未开始，生意平平，后来我才知道这是当时最昂贵的旅馆。

“戈登总统”号船行十七天后到旧金山靠岸(其实我所踏足的第一处美国国土是夏威夷岛的火奴鲁鲁，其时还是属地，尚未成为夏威夷州)。我去当地著名的唐人街游玩，吃到了多天未尝到的中国菜，到旅行社去订了前往密苏里州哥伦比亚城的火车票（当时飞行尚不普遍）。车行四天，但沿途看了不少西部景色，以后再无机会，直到四十二年后退休之后。

四天车行，到了哥伦比亚后，看到第一个迎上面来的中国人当然很高兴。冯锡良已来校数年，对当地情况很熟，而且交友广阔，两度被选为校中国际学生所组织的环球同学会会长。他的英文学识令人肃然起敬，许多外国留学生也很爱戴他。他在校中娶了一位也是来自上海的女同学玛格丽，毕业后一起回国服务。二十世纪八十年代我经常回国，某次曾到他家做客。那时他好似已是《中国日报》或英文《北京周报》主编。玛格丽不久患乳癌逝世。锡良后来娶了一位美丽贤惠的李女士去夏威夷养老。

他于二〇〇六年回国时在北京逝世，生前得过联合国与各种国际荣誉。一九八五年他获全国首届总编辑“慧眼奖”奖杯，但我觉得他所感最大荣誉当是于一九八四年母校密苏里大学所颁的“密苏里新闻事业卓越功勋章”。遗憾的是，我当时因妻病未能以校友身份参加密大颁奖典礼。我想也正是那一年，他顺道来纽约我家访我。

二〇一〇年十一月

朱蒂与丹娜

——八八回忆之十一

六十余年前我初进美国大学校园时所体验的生活印象，当与今日的留学生大有不同。那时，经过八年抗战后，我们初次出国的好奇心，当然远超过今日的年轻留学生。进了美国大学城，第一个印象是校园的整洁与通常相遇的市民的彬彬有礼，我好似进入了中国古语所谓“礼仪之邦”。人人在银行、邮局、公共汽车车站自然排队，而且在前面留下空隙，不必把呼吸吹在别人颈后。(我还记得，三十余年后初回新中国时深感国人习惯难改。某次去一书店，我开了门，让一女士先入，不料随后一群青年人鱼贯而入，毫不在意地把我当作守门人。在旁的友人笑说，你若替人开门，永进不了书店。八十年代，我与妻子在西安机场飞往武汉的飞机旁排队登机时，舱门一开，我背后一位衣冠整齐提了公事包的官僚式男子，一个箭步，抢过其他乘客而先上飞机，弄得排着队等候的一群外国游客目瞪口呆。我自己因健康关系已八年没有回国，但我可想象。进入二十一世纪,这类现象恐已消失。)

虽然大战结束不过两年，密苏里大学的外国留学生已不少,来自中国的也有三四十名。我们自组中国留学生联谊会,经常集会交谊。但我不久就觉得练习英语会话至要,课余应该与美国学生多多结交。在大学校园中,社交机会不少，有的热心的教授甚至会特别邀请外国留学生吃饭或者参加节日如感恩节之类。每个大学都有各种“兄弟会”或“姊妹会”组织,门户观念甚深,绝不会邀请外国学生参加。因此,一群国际学生自组一个“寰球同学会”,经常举行交际舞会,来者不拒,结果成为校园中最享盛名的学生交际组织。由于外国学生多半是男性,我们就邀请美国女生参加，好在哥伦比亚城另有两所昂贵的私立女子学院，学生们在周末巴不得被请到密大校园来与男生交际。

那时密大外国学生约有两三百名,欧洲籍、亚洲籍都有,奇怪的是来自拉丁美洲的与中东阿拉伯国家的特多。我还记得一位身材高大、皮肤白皙,显然来自富贵家庭的阿拉伯男生，交女朋友极为容易。他的妹妹也很白皙美丽,并不戴头巾,羞答答的很讨人喜欢。可是她难得与男生交友,可能是因为哥哥的管束。多年后我在报上看到一个名叫里亚(Reid)的学生,在叙利亚任了高级外交官。他确有待人接物的礼貌与风度, 在交谊会中偶然见到一位中年妇人(当地市民对不同文化发生兴趣者),他会弯腰吻女士的手,一副欧洲贵族男子气概,使那些出身中西部农家的妇女受宠若惊,乐不可支。里亚显然早在学生时期已学会了一些外交门槛。

中国学生多是用功读书的, 很少参加国际学生活动(除了我们三四个)。当时大战刚结束两年余,我在国际学生中发现了有三四位德国学生,甚为好奇,因为战时德国毕竟是敌国,后来与一德国女生闲谈,才发现他们原是反纳粹地下工作的生还者,获得奖学金来美求学。日本留学生则没有。

中国因为是战时盟国,留学生很受欢迎,常被当地社会团体与教堂请去演讲, 他们心目中的女英雄是战时来美国国会演讲的宋美龄。但是当时正是国共内战期间,青年留学生普遍同情中共, 因此他们的谈话不易被一般美国人接受,有时反而引起不愉快的争论。在一九五〇年左右的时候,国际时事三个最热门的话题是:中国内战、以色列立国，以及后来的朝鲜战争。学校经常邀请国际名人来演讲，某次中国著名教育家晏阳初也曾被邀为论坛贵宾。作为一座农乡的中西部学府，密大每学期总请来自大城市如纽约的交响乐队或歌舞剧团来表演，使可开开“乡下人”的眼界。学生中对戏剧有兴趣者自组剧团，在校内演出，我去看过本校校友田纳西·威廉姆斯处女作名剧《玻璃动物园》(*Glass Menagerie*)，很不错，其中演主角的后来去纽约百老汇谋职，成为职业演员，小有名气。

我在校园所交的第一个女友名叫朱蒂，她年纪虽轻，对时事意见却非常成熟。某次我与她在一咖啡室谈话，她问我中国有没有犹太人。我说有，多是来自欧洲的难民。她问我对犹太人的意见，我道出了当时的一般成见，说犹太人都是吝啬而爱赚钱，不太诚实。她听了，好似受了创伤的动物，轻声说，“你可知道我是犹太裔？”我一时窘住，说不出话来。这一次教训令我学得：不要随便听信成见，不要随便胡言。

校园中有许多学生来自美国大城市如纽约、芝加哥等，而大城市中往往集居外国移民。当时我们中国人到了美国，以为凡是淡发高鼻的都是道地美国人，而其实来自大城市的，如意大利或犹太移民也要把他们的土生子女送来中西部大学熟悉真正的美国。当时我们不知,初来美洲大陆的英国与北欧移民(多是黄发蓝睛)下代往往歧视后来的南欧移民(多是棕发棕睛)。这类歧视,到了今日黑人当总统时期也仍有存在, 特别是南方诸州。在校园中,本州学生很会分别来自外州的学生,他们的“兄弟会”或“姊妹会”很少有邀请外州学生参加的。

朱蒂和我因为对时事的兴趣与思想的相似 (都是左倾),很谈得来,成为好友。一九四八年夏我初去纽约,她陪着我乘地铁到她家用饭。她的父母都是和善的知识分子, 谈吐行止与我在哥伦比亚城所遇到的当地居民毫不相似。后来我才发现,朱蒂的父亲原来是位格林威治村享有大名的艺术家。

朱蒂在密大只待了两年,即回纽约新闻界找寻职业,后来失去联系,我一直记挂着她。在这里不免想起,另一位来自纽约的同学 Marshall Loeb(也是犹太姓)毕业后在《时代》杂志找到职业,某次与我在地铁车站匆匆相遇。他在退休前已升为《时代》副总编辑。

我在哥伦比亚城住了五年。由于邮递不通,我与家里失去联系,父亲既不能接济,我乃不得不靠打工维生,洗碗,做堂倌,为友人家油漆房子,在养鸡场杂务,什么都干。

某次,郊外一个富家请客,因我有餐馆服务经验,把我与另一美国学生用车接去当餐室侍者。工作结束后,我们侍者回厨房进食,看见黑人洗碗工已在用饭,正要坐下去,主人马上把我们拉往另桌。我一时了解了美国南方陋习:不能与黑奴共席。

为了保持学生身份,我每学期至少选读两门课。同时,美国虽常被咒骂为"美帝",它的救济世界灾祸的慷慨,却也是为人所乐道的。中国政局的改变,立时引起国会参议员的注意:如何处理留在美国没有金钱来源的数千中国留学生?国会终而通过法案,把我们当作难民身份,在校时有经济辅助,离校后可获得绿卡。所以,我虽留校五年没有家庭接济,生活尚过得去。

我在校期间,曾交过好几个女友,值得一提的是,交友时间较长的一个名叫丹娜。她是附近史蒂芬斯女子学院的学生,来自印第安纳州,父亲开殡仪馆,相当富有。但那当时年仅十九岁,女子学院开周末舞会,学生常不得不到密大来找寻舞伴。经朋友介绍,我与丹娜初次约会即一见钟情。她褐发蓝睛,甚为秀丽。我发现她很天真,性情善良,开始发生爱情。那个夏季她放暑假回家,把我的照片放在卧房书桌上,被她父亲看到,大为震怒。秋季回校后,她把父女对话详情告诉我，说她对我的感情不变。我们仍照常约会，但是根本谈不到婚姻。毕业后，她去佛罗里达州当小学教员，我曾自纽约乘飞机去看她(一九五二年，我还是初次坐飞机)，共度了一个星期，玩得很痛快。次年她来纽约见我，也相处约一个星期，感情开始淡化，分手后我们只偶然通信而已。我后来一想，她来纽约初意是想嫁我的(当时美国少女都惧怕成为老处女)，后来大概发现我们之间热情已减，终于听信了父亲之言，决定与我分离。她的父亲无疑存有对异族的偏见，但我不能怪他，丹娜若嫁了我，我们绝不会百年偕老，走到我目前所享受的四十七年的美满婚姻生活。

二〇一〇年十二月

一件不愉快经验的教训
——八八回忆之十二

二次大战结束后，大批中国留学生前往美国各地大学。往往，在偏僻城乡中，来自中国的青年男女成为当地居民好奇瞩目的对象，在密苏里也不例外。因此，我们在哥伦比亚城的三十余个同胞在集会时常常互相叮嘱，行为要有规矩、有礼貌，以免有失面子。不料我到密大后，在三年内就有三个中国留学生被捕的事情，新闻登上当地日报，引得其他学生很不自在。

不过，这三个学生的被捕，事后证明并不重要，登上报纸只不过表明记者编辑们对异国人的一举一动大惊小怪而已。

六十多年前，我们初到美国时，所得第一个深刻印象便是超级市场，各种丰富商品整齐排列，随顾客任便拣取后，前往收银机旁的服务员处付钱出去。超级市场现在国内也甚普遍，可那时我们刚自战后的穷苦国家出来，立时感到美国民间的富有，而超级市场的随便任拣，也证明了这个国家的井井有条，人人自由行动，好像无人管束。因此，不久消息传来，一个来自山西省的同学因偷取食品被捕，我们大为惊讶。有些好意同胞甚至前往警局探望，要探个究竟。

后来我们才知晓，这位同学在出门付钱时，一手持着大衣，被收银员发现他的大衣下藏了一包饼干。市场经理乃报警将此同胞捕去。他的被捕，似证明了店主对我们这些异国人的行动特别瞩目。据此同学供称，他在付钱时心不在焉，一手持了其他物品，忘了大衣下另一手持了饼干。警局认为他的供词可信，不了了之，将他释放。他的解释是否可信，我们不知道，所奇怪的是美国人确有一些慈悲心肠，有好几位老太太觉得穷苦学生饿肚子，反而邀他前去吃饭，当然，他都谢绝了，有好几天，他不敢出门面人。

另一个被捕的同学，事情可就严重了。哥伦比亚城郊外发生一件谋杀案，在晚上，邻居看顾儿童的一个中学女生，被发现遭人强奸勒毙，手指甲上留有血痕，似证明她在死前曾与凶手挣扎。警局发现后，立即通知全城各个餐馆，如果发现洗碗工人或侍者脸上有血痕的马上报警。这些做零工的多是黑人与学生。凡是有这类罪案发生,警局与民意第一个怀疑的往往就是黑人。恰好我打工的餐馆有一个洗碗工人(是我所介绍的中国学生)于中午前来上工时被老板娘发现他的脸颊上有两条好似被指甲抓破的血痕,立即报警,将他捕去。其实这是他在自己修理汽车时使用器械不慎而造成的, 经警局化验室验了血后证明他是无辜的,才将他释放。这项事故,很令中国学生群惴惴不安。小城市的警局颟顸无能,多年后此项谋杀案尚未解决,民间谈说,相信凶手是黑人。

我在小学时期,就对汽车发生兴趣,那时宁波街上极少汽车。我家附近甬江边的树木茂盛的英国领事馆,常常大门一开,就有一辆马车出来,车夫坐在高凳上,一手挥马鞭,一手牵马,里面坐的当然是领事或领事夫人,好不威风。记得五岁时随着父母坐轮船赴上海探亲戚,首次坐了汽车,很感好奇,把汽车夫(那时不叫“司机”)看作有特殊技能的人。中学时代搬往上海后,汽车就不稀奇了,当时,当地只此一家的出租汽车公司名“祥生”,在上海几乎人人知晓,老板名周祥生,他的后代子孙之一,后来就与我在纽约见过面。

六十多年后的现在,恐怕很少上海居民还记得“祥生出租汽车”，也很少人会记得当时的电影明星梅熹。鼎鼎大名的电影明星很多，金焰、陈燕燕、高占非、胡蝶等等，我为什么偏要提出次等明星梅熹？因为他有一辆自己驾驶的汽车。某次，我在静安寺附近的愚园路角上的百乐门舞厅门前看到梅熹带了女友开车好不自在，就觉得很艳羡，我羡慕的对象不是他的女友，而是他自己驾驶的小汽车。那时我只十六七岁吧，就一意希望自己长大后也有能力购车驾驶。不久，我又有机会乘坐在联合国善后总署工作的朋友所驾驶的吉普车，在静安寺路(现南京西路)驶行，与路上行人相识者招手，自鸣得意，当时更觉得自己非有汽车不可。

当时上海富翁(以及官僚)，凡是有车的都有车夫服务，费用不低。我父亲的朋友中有几个拥有汽车，另一个朋友替他的儿子购了一辆摩托车。他儿子与我年纪相仿，学习驾驶之后，常常让我坐在后座上飞驰在上海街头，在汽车、电车、人力车、脚踏车之间驶行穿梭好像是在向撞车的危险挑战。不久我就谢绝了他的邀请。

到了密苏里大学后，看见青年学生大多有车代步，很有几位中国同学购了旧车。战后汽车工业不必再赶造军车而返回原业，福特、雪佛莱、克莱斯勒纷纷制造新车出世,竞争得很厉害。民间有能力者都要购置新车,因此,战前所制造的旧车出售价格很低。我在校两年后,经常在餐馆打工,有了足够维持生活的费用。同时,密苏里大学将研究院外国学生作为本州学生看待,不必付学费。我还保留了父亲给我的九百元美金,觉得足够有实力购买一辆旧车了。于是我带了一位来自夏威夷的华侨同学,在本地报纸上找到旧车出售广告后,前往郊外一个汽车修理加油站。出售者恰是该加油站主人,旧车是一九四一年出品的福特厂水星牌篷车。我的朋友试开了一下,觉得一切都完好,二百美元值得。我之所以被说服,最重要的一点是,原来的车主既然是修车匠,一定会把他的车保养得好好的。我付了钱,由那位华侨朋友开回我自己的住处门口,高高兴兴,完全没有想到购车后会带来的种种麻烦。

我的第一个体验是,学习开车,不能靠朋友或亲戚,不然必因自己的笨拙和教导者的不耐烦而遭受责骂,甚至会吵起架来,只有职业教练才有耐心,第二项就是必须了解开车的危险性。年轻人冒失,我在取得驾驶执照后(当时密苏里州领取驾照不必经过考试,登记付费即可),兴奋不已,不久即开始自己行车,某晚在停车时,撞毁了邻车的边缘。照道理,你应该立时报警,或是因晚上不便,写一字条留在车窗上，说明自己电话地址，表示负责，使车主可来找你索取赔偿。汽车出事，无论毁车伤人，如潜走不报警，即触犯了“hit & run”(肇事逃逸)罪，是非常严重的。我撞了车后，心中惴惴不安，不知如何处理，就索性回家睡觉。第二天早晨，果然有两名警察前来将我捕去。好心的房东太太劝我不要担心，不必请律师，只要照实供认即可，至多罚款而已，不会坐牢。我被捕恰在上课之前，乃带了书包与笔记坐警车去警局。小小的公堂中已有几个人坐着，后来听说是本地的两个报纸记者，因为“hit & run”不是普通新闻，何况犯者是个外国学生。一位满脸严峻的中年法官出来，把我教训一顿。但他认为我是外国来客，不懂当地法规，遂把我从轻开发，不但将我释放，而且不必罚款。我如释重负地回到课堂，可还是惴惴地不能专心听讲。当然，我还有一个问题：如何赔偿被撞的车主？我新购了车，尚未保险，所有损伤要自己全部负担。果然，那个也是学生的车主不断打来电话，向我要钱。我告诉他我在餐馆打工，没有积蓄，只能分期付款。后来我才明了，他被撞了车，反而赚钱，因为他的车保了险，得到保险金之后又收了我的钱。

不久我把车保了险，开车非常谨慎，未再出事，唯一伤脑筋的是老爷车经常抛锚,不能驶动。教我开车的朋友骂我“麻木”,偕我去换了新电池,就再无问题,而学得了一条经验。

在那数年中,我确实得了一些开车的乐趣,在周末经常开车带了女友去郊外清静地区“neck”。那一带是男女学生经常停车 neck 的地方,也有胡闹的小伙子们前来打扰。在美国社会,因为人人有车,这种青年行为是极普遍的现象。“neck”是美国俚语,意即搂了脖子热吻爱抚。汽车的发明大大方便了男女幽会,未成人的中学女生怀孕乃是常事,密大几个女生就因此被送回家。此种风习至今不变,近日读报得悉,专家调查统计谓,十来岁的男女学生中绝大部分承认已有性经验,有的甚至是同性的。我猜想,进入二十一世纪后,世界各国男女青年似乎都比我们这一代早熟,也有性经验,而汽车,给了青年人不受吵扰的极大方便。

二〇一一年一月

“既是外国人，又是中国人”
——八八回忆之十三

我在密苏里待了五年，到一九五二年才获得硕士学位，主要是因为在此期间，与家里信息不通，不能得到父亲资助，一面又担心国内情况，报上信息极少，偶然才在加拿大报纸上看到一些新闻(当时新中国不准美国记者入境)。我花了很多时间打工赚钱维生，餐馆老板娘很赞赏我的勤快，加了工资。五年中我与很多本地人交了朋友，生活不错，临别时依依不舍。记得一位来自希腊的留学生竟与本地报纸的一位女记者结了婚，留了下来。我的中国友人中，有一位经我介绍到餐馆工作后，竟对此门营生上了瘾，离校后丢弃经济学本行，去别的州开设了中国餐馆，生意兴隆，多年后我在纽约与他相见，他已是一位衣冠楚楚的富翁了。

一九五二年六月，我偕了也是来自上海的朋友徐鼎臣一起开着我的老爷车去纽约,我们开车谨慎,在路上走了两天两夜（为了预防旧车胎爆胎，我还购买了四个新胎)，在公路边的汽车旅馆过夜。汽车旅行是观赏各地风景事物的最佳办法。我在黑白隔离的密苏里州(当时密大尚不容黑人学生)过了五年后,开车途经宾州匹兹堡郊外时，突然感觉到民间气氛的不同。我们在公路旁停留,进一个公路上货车司机所常用的小餐馆用早饭，坐在高凳上，接受柜台后一位金发白肤的少女招待。她态度殷勤，与我们随便交谈。一位高大黝黑的货车司机推门而进,一屁股坐在我们旁边,女招待笑容满面,向他说早安问好。这黑人显然是个老顾客。这是我五年来第一次见到黑白普通人之间的自然交流,突然领会到,我们已开车离开美国南方而进入北方。当然,那时即便是北方,黑白之间的自然社交还是罕见的。马丁·路德·金博士的黑人人权革命还要等待十余年。

傍晚开车自新泽西州开上乔治·华盛顿大桥时,远望灯火辉煌的纽约市,起了一阵兴奋而充满期望的感觉。我于一九四八年暑假曾乘“灰狗”(Grey hound)公共汽车前来纽约游历一周,住在便宜的青年会旅馆(Y.M.C.A.),这次已有早来纽约的朋友安排,方便极了。我们开车直到哥伦比亚大学近前，由两位密大同学赵振嵩(学经济)与许牧世(学新闻)带往哥大附近专门招待学生以及一类薪资不高者的旅社居住，两人一间，浴室与厨房是由四房八人共用，每天早晨有黑人女佣整理房间，每人每月房租十五元。我们吃饭在附近一自助餐室，咖啡每杯五分，汉堡每个两角，生活负担并不高，那是当时纽约的一般留学生的生活标准。多年后，某次回国时，与老友谢晋会聚，他跟我商榷正在筹备拍摄的一部描写当时富家留美学生生活的影片《最后的贵族》。他的布景设计师正在设计留学生住所，在美国杂志上剪下了许多关于卧房客室的布置图照，与我讨论。我不禁哑然发笑，因为那些图片都是给富豪家庭主妇作参考的，中国留学生即便是国民党高官家属(片名《最后的贵族》即出于此)，也与我们无所不同。那只不过表明多年的隔绝造成的国人对于美国情况的不了解。(这里也顺便一提，谢晋后来率队来纽约拍片时，曾带女主角潘虹及其他工作人员来我家一叙。他与长子谢衍的悲剧性去世，至今想来还令我凄然。)

到了纽约后，第一件要务是找工作。由于我对纽约的生疏，虽然拿了新闻学硕士学位，还不敢立时前去美国各大报纸、杂志觅职。我首先由朋友介绍去纽约大学会计部当了个普通的办公室职员,周薪四十元,可以糊口了。中午休息时,我常坐在附近一座公园里吃三明治。朋友们有时指手画脚,羡慕公园旁一座高达十五层的当时目为豪华的公寓大楼,没有想到十五年后我与妻子蓓琪也会入住这所公寓的十一楼,且一住就是四十余年,每天早晨我都可以在窗口眺望这座我经常带着幼小女儿前去散步的公园。如今女儿与外孙女就住在邻近的新建公寓。回想起来,感慨万分,半个世纪的时间,好似一忽儿就逝去了。

在纽约过了半年后,我就想去新闻界各大机构如《纽约时报》、《时代》杂志、《新闻周刊》等碰碰运气。当然,我没有先见之明,自以为正在新中国成立不久之时,凭着一纸密大新闻系的硕士文凭应该有点希望。其时正是美国人民对中国极为好奇之时,而北京则把承认台湾国民党政府的美国视为敌人,拒发美国记者入境签证。我自想,有过在国内报纸的任事经验,深懂两种文字,应该有个机会,至少可以帮助翻译中文文件或新闻稿。其实不然,我送去就业申请书后,第一关的面试(interview)就通不过,理由大致相同:一、我是外国人,说英语仍有口音,写英文尚有不顺之处;二、我是中国人,在一九五〇年代,美国社会因为中国乃是大战盟国之故虽对中国已有好感,但是民间仍歧视黄种人,即使新闻机构也不例外。

不久,我写信给各报刊编辑部直接自我推荐,都无回音,只有《新闻周刊》的国际新闻编辑来电邀我过去一谈。他的名字我一时记不起来,说话带有法国口音,原来他来自比利时。他的用意很好,叫我不要过分失望,他初度来美找工作时也有过身为外国人的障碍。他认为以当时的国际形势,我深通中英两国语言,求职不会有困难。他又告诉我几个对同中国交往有兴趣的非政府民间机构,说不妨一试。我谢过他的鼓励,自信心恢复了一些,但已失去了横冲直撞的勇气。同时我不免想到了纽约华埠中文报纸的机会。当时纽约华埠有三份华文报纸:一是国民党办的《美洲日报》,二是以北京为背景的《华侨日报》,三是自称中立的《联合日报》。纽约由于是复杂人种合居的城市,不乏各种外文日报,其中以中文日报最多。我因为每日看《纽约时报》,对中文报纸向来不注意,把《美洲日报》与《华侨日报》视为宣传工具,要探悉中国大陆消息时,就去时报广场一个专售外文报纸的报摊购买一份加拿大报纸来读,因为获准驻留中国的加拿大报纸记者成了一般美国人(包括新闻业人士)的中国新闻来源。

当时,由《时代》杂志老板亨利·鲁斯资助创设的华美协进社(China Institute)已成为上城华人(与下城唐人街相对),以及留学生的会聚社交场所。有人告诉我,在社中任事的一位姓严的先生(可惜我忘记了他的名字,他不久因患心脏病猝死,一般好友都称呼他的绰号“海怪”,表示亲昵之意),来头众多,何不与他一谈。我找了一个时间去看他,发现他是一位极为热心、说话爽快、讨人喜欢的人。我们一谈如故。他听了我的履历,说没有问题,马上打了电话,叫我去华埠的《联合日报》社见一位吴敬敷先生。

吴先生看了我的履历,立即雇请我为首版国际新闻编辑,月薪二百五十元。此报馆编辑记者只四五人,规模甚小。吴敬敷只写批评国共双方的社论,其他凡是有关英译的事都由我承当。一位编写华埠地方新闻的梅昭宁先生成了我的好友,他是广东籍,却娶了一位来自西印度群岛的黑白混血美女为妻。他们周末常去格林威治村一个思想进步的教堂参加社交舞会,有时邀我同去,因而我的交友机会扩大,认识了一位金发蓝睛、身材纤长的小学女教师,名叫琼恩。不知怎么的,我们一见钟情,互相爱慕。我们相处虽不过两年,她却成为我一生中最恋念、最因分手而感到遗憾的女友。

我进了《联合日报》后,华埠三报竞争得很厉害。我报国际新闻的扩张，以及有关中国客观新闻的增多，显然帮助了销路。我的职务是每日细读《纽约时报》、《华盛顿邮报》，挑出有重要性的国际新闻以及有关中国的新闻翻译出来，做出标题，排版，自作校对。校对完了，即可回家，工作极为轻松，每天至多五六小时，不过星期六也要上班。

吴先生很欣赏我的工作，请我到他家用饭，介绍他的妻子程育真。我们相见，哑然失声，原来程育真正是著名侦探小说译者程小青之女。她在上海时与另一女作家施济美经常在那时上海的杂志如《幸福》、《万象》等发表短篇小说，虽然我常用笔名，她也知道我是谁。

我在《联合日报》一共工作了十一年。在此期间，职业事务轻松，社交生活愉快，可是不能打入美国报刊，总是于心不甘，于是开始写英文小说与散文向著名杂志《纽约客》、《星期六文学评论》(后来改名《星期六评论》)等投稿。《纽约客》接收外来投稿的标准极高，一直拒绝我的稿子，但编辑有时在回信中写上几句鼓励之词，总令我觉得尚有希望。而《星期六评论》却迅速接受了我叙述童年生活的短篇散文。该刊主编是著名报人 Norman Cousins，与我联系的编辑名为马丁·勒文(Martin Levin)。经他手，我在该刊发表了多篇散文，也有数篇被收入《星期六评论》散文集中。马丁夫妇不久与我们夫妇成为了好友。他当时也在《纽约时报·书评周刊》辟有一个评论小说的专栏。通过他,我也结识了不少在文艺新闻界任职的朋友,有的有名,有的无名。

在《星期六评论》发表文章,以及后来在《纽约时报》与其他刊物发表文章,给了我一些安慰和鼓励。与此同时,我也开始与住在格林威治村的文人、诗人、艺术家厮混,周末赴意大利餐馆、咖啡馆、酒吧等,与朋友相聚,结交新的女友非常容易,自以为属于格林威治村"青年作家群"。我们经常讨论文学、电影、艺术、戏剧,夜生活与周末生活非常愉快。

二〇一一年二月

《海外论坛》、《自由中国》及其他
——八八回忆之十四

在密大时所交几个女友中，我与丹娜相处最好。她来自印第安纳州，父亲是当地一家殡仪馆老板，母亲是中学老师，思想和那些靠近南方的中西部美国一般人士差不多，相当狭窄。某次丹娜回家乡过暑假后返校，向我诉说父亲见到她的卧床旁边放了一张我们的合影照片，大为震怒，把她责骂一顿，指她怎么会爱上“那个中国佬”。她告诉我，她对我的爱情不变，反而加深了一层。我听了当然很感动，来到纽约后对她念念不忘。不久她在佛罗里达州找到小学老师职业，曾来纽约两次见我，我也于圣诞节时飞往佛州看她一次。那是我首次乘坐飞机，四个小时即到达（坐火车需要十余小时）。当日下午与她躺在沙滩上享受阳光海水，想到辽远的纽约，好像是在另一世界，深觉时代变化的迅速。一九五〇年代初，喷气客机与电视尚在萌芽时期,我坐的是老式飞机。

但丹娜毕竟是个来自中西部的女子，不喜纽约的嘈闹与人种的复杂。那时纽约的社会仍保持人种自然隔离,例如黑人集居哈勒姆贫民窟,华侨集居于唐人街,意大利人集居于唐人街隔邻的“小意大利”等等。当时,在纽约最繁华高贵店铺林立的第五大道，行人都是衣衣冠楚楚的白人,难得看到黑人,华人更是稀少了。我们自哥大附近住宅区坐地铁与双层公共汽车去第五大道，总有乡下人上城之感。我带了丹娜去参观联合国总部与洛克菲勒大厦中的NBC电视广播中心,令她大开眼界。两年后,她第二次来纽约见我,共处了一星期,双方都觉得心情趋向冷漠,不能谈婚论嫁。她回去后寄还给我大批合影照片,表示断绝关系。

我不觉得伤心,深知我们各有自己的生活,自己的朋友。在此期间,我除了在《联合日报》工作外,还用心英文写作,经常在《星期六评论》上发表文章,这给了我极大鼓励。此外,我在纽约的国际学生会的周末社交舞会也很活跃，记得当时的会长陆续有埃塞俄比亚人古伊与意大利人汤尼,伊朗人达里亚修,美国人伊玲娜等。后者三位都成为我的好友,直到他们逐一病逝。汤尼的法国妻子玛丽安与住在法国的儿女至今仍与我们联系。伊玲娜是我当时特别喜欢的那种女人。国际学生会办了一本名叫*View*的杂志，由我主编，伊玲娜在旁协助，双月刊出得很顺利，也使我们那些喜爱写作的朋友有个发表的地方，可惜后来因资金不够，不到三年就停刊了。在此期间，我也曾为一些小型期刊翻译了台湾报纸的社论。同时，我心血来潮，与一位深懂西欧各国文字的朋友比尔合编了一本名叫*Editorial Anthology*的双月刊，专载各国报纸社论。我所负责的是中文部门（当时新中国的发展极受美国舆论界注意，我在台湾、香港，以及新加坡报刊找材料）。不过这些刊物都因经济拮据、读者不多而夭折。我不能忘记，某天比尔愁眉苦脸地向我致歉，说他已没有钱继续出刊了。此后不久我就与他失去联系，但我自己在情绪低落时常在思念他。

初到纽约，我在哥大校园附近居住的地方，好似上城的唐人街，华人不少，乃是学生、教授与其他知识分子集居之地。所谓"物以类聚"，不久我就结交了许多朋友，特别是爱好文艺的，其中之一是后来以史学家扬名、刚于年前病逝的唐德刚。他当时活跃于一个名叫"白马社"的组织。这个留学生的文艺组织是出于胡适的鼓励。一九五〇年代,胡适已在纽约退休,可是他的精神犹如少年,喜与青年人为伍。经唐的介绍,我也曾与他同席用饭,觉得他神情和婉,态度随便,毫无官气(他曾任国民党“驻美大使”)。我也立时想起幼时阅读他的《四十自述》给我的印象。“白马社”的社员中,后来有许多蜚声国际文学艺术界,除了胡适与唐德刚以外,如果我的记忆不错,其他还有周策纵、王方宇、顾献梁、周文中、蔡宝瑜、黄伯飞等。我们经常聚餐,摆龙门阵,谈谈世事与文艺。那时许多留学生对祖国大局太不熟悉,又不能与亲友通信,甚感苦闷,这些聚会在心理上很有帮助。

不久,唐德刚笔兴与“发表欲”(他自己的用词)大发,苦于无处发表文章,乃有意集资自办刊物。某个星期日,几个喜写文章的朋友在聚餐后高谈阔论。记得好像是一九五六年(?),我已搬往中城与密大新闻系同学史蒂文生合住在一所比较像样的公寓内,经常坐地铁前往上城哥大附近参加。在唐德刚鼓吹下(而他系受胡适鼓励),我们同意合作创办一个名叫《海外论坛》的刊物,自己出资,寄香港印刷。我们之中有几个犹豫不决,因为专业难找,也有的仍在餐馆打工维生,要每月掏腰包捐献一些钱出来相当困难。但唐兄慷慨激昂地激励我们道:“胡适之当年凑资办《新青年》也很困难，今日他与杂志在中国新文学史上占了重要位置。”

由于德刚的热心，《海外文坛》居然一共出了两年，胡适也发表过文章《曹雪芹小像的考证》。其他社员有周策纵、赵振嵩、伍承祖、董鼎山、顾献梁、马仰兰(马寅初女儿)、林振述(笔名艾山)等。可惜这几本刊物都给遗失了，国内一位文友向我讨取，竟无从应答，只把我所记得的事情告知他。

由于了解国内情况的困难，我不得不读台湾香港报刊找点信息。那时蒋介石专政抑制言论自由的措施颇引起民怨，特别是知识界的不满。也是在胡适鼓励下，国民党一个名叫雷震的官员创办了一份《自由中国》半月刊。经胡适的介绍，我也成为这个杂志的专栏作者，每半月一次，主要是谈论国际时事，特别是美苏关系，以及有关美国、苏联政治状态的变化。雷震与我成为经常通讯密友，但从未会过面。我记得当时特别敬服的作者是一位名叫殷海光的教授。在我所注意的国民党暴政下，竟有这样一份看重言论自由的刊物如期出现，我为自己能够做些贡献而高兴(后来我也发现著名小说家聂华苓，在我写稿期间还是该刊一个小编辑。另一女作家於梨华，也开始在

《自由中国》发表小说而成名)。这样一份名副其实的刊物当然不能在国民党专制下的社会中持久。《自由中国》被迫停刊(大概是一九六〇年,一共也生存了好多年),雷震被捕入狱,新闻传播国际间。友人设法营救无用,甚至胡适的说项也毫无效果。数年后雷震出狱,郁郁谢世,我至今遗憾未有机会见他一面。

在此期间,我虽已搬到中城居住,但仍与上城哥大附近的朋友们保持联系。与我合住同一公寓的鲍勃·史蒂文生仍是密大新闻学院的老同学。他来找职与我的运气不同,一到纽约就在美联社找到工作,起薪每周七十五美元,较我在华文报的收入稍低一些。所不同者是他可以级级上升加薪,而我则在薪给上是滞留状态,偶然加薪一次,并没有医药保险、养老金制度这类福利。

鲍勃是个大好人,但他饮酒过度,懒做家务,幸有他的老母常来探视,清理房间,偶尔替我们烧菜。我可看出鲍勃自幼被娇养惯了。在那时期,我们所交朋友都是喜爱玩乐、嗜酒开派对的美国青年。鲍勃的哥哥詹姆斯是个所谓“自由职业者”(即经常失业)的话剧演员,戏剧界朋友众多,但多是初出茅庐的外地来的青年,希望来日成为明星,虽无正常收入,但社交生活随便而丰富。某次詹姆斯心血来潮,要导演一出有关美国西岸的剧本,其中有一个华人角色,他找不到人,一定要我充数。我坚拒不成,上舞台跑过龙套。这类演出乃是由演员工会主持,主要是让戏剧界导演与舞台监督在无名演员中物色人才。那次上演者中颇有几个被正式导演聘去。不料数天后我下班回家,史蒂文生老母告我,有人打电话找我,要我去参加正在演出的《花鼓歌》(乃黎锦扬所著小说改编)的旅行剧团去各地演出。史母说她相信我当然没有改行的兴趣,代我谢绝了。请想,我一生竟有两次有人要我当演员!

鲍勃后来结婚迁居华盛顿,在一政府机构任职,与我长期失去联系。他于二十年前去世时,我在《纽约时报》见到讣闻,他最后一职好像是劳工部或商务部新闻发言人。他的老母一定很骄傲。

我也独自搬到东边中城的公寓,是朋友买了房子后让给我的,房租每月九十元(二十世纪六十年代)。此后我的业余社交生活也大有改变。

二〇一一年三月

终身伴侣的选择

——八八回忆之十五

一九五〇年代艾森豪威尔任总统期间，朝鲜战争刚告结束，美国民间充满太平气象，是二次世界大战胜利以来一段最和平乐观的时期。青年人已不必惧怕被征兵服役，而大群退伍军人多是见过世面、思想开通的人士。在这样的气氛中，我加入了格林威治村纽约大学校址附近的一个教堂。牧师布道话题一般都涉及社会问题，挺有兴趣。但我赴教堂主要还是因为可在周末社交活动中有机会接触女性。当时中国留学生如要找寻朋友，多去中城的华美协进社的周末社交舞会。华美协进社乃是《时代》杂志创办人鲁斯的基金会所支持，因他出身是在中国的传教士家庭，对介绍中国文化的慈善事业特别热心。

我于一九五二年自密苏里初到纽约时，便常与朋友去华美协进社找异性对象(英文称之为“Date”)，数个星期后发现自己不够资格，知难而退。原因是：战后来美国的女留学生大多出自富贵家庭，态度势利得很，在初遇时因外表而相互吸引后，即要询问对方在哪个大学、念的是什么。学医，学工程、科学等可以通过，如果你是学文科的(文学、新闻、历史)，那些要找终身伴侣的美女芳心就冷却了。几次我约了一位美女吃饭看电影，发现她出外无论远近，必要叫出租汽车，进食必要昂贵的法、意菜馆。她出身富有，对我说凡事都应有“气派”。她谈话时甚至摆出一副傲慢姿态。我大起反感，赶快将她放手，再也不接应她的电话。这样，我就想通了，美国少女中多的是美丽朴实的，例如丹娜，何不去那个思想开通而不歧视华人的教堂活动中去找寻对象呢？

我遇到的第一位谈话投机的少女是纽约大学学生卡洛儿。她娇小玲珑，母亲是犹太裔。也许由于家教关系，她喜爱读书，注意时事，思想左倾，与我一谈，即互相发现我们在政治思想与读书方面，兴趣相合，见解相同。不久我就经常于星期日上午去“布鲁克林高地”(高级知识分子集居地，有“布鲁克林区的格林威治村”之称)的她的寓所喝咖啡，谈论文艺与时事。就是在那里我遇见了我一生难忘的琼恩。

琼恩身材纤长(穿高跟鞋时比我更高),金发蓝睛,完全是北欧少女风度。她与卡洛儿合住一个公寓。我首次与她见面的印象是:她俯身在地上拾物,宽大的衬衫下露出半乳,我眼睛一瞟,被她察觉,红了脸向我微笑。就在这一刹那,我突然感到我们心灵相通,触了电似的。此后我们经常约会,也不去顾及卡洛儿的醋意。

琼恩祖籍挪威,当时年约二十三岁,高高身材,颇有模特儿风度,其实她的职业是小学教师,特别喜爱儿童。她有一种相互矛盾的特性,正是这个特性把我迷上:一方面她十分正经,谈起政治与文学来头头是道,令人不得不对她的智慧拜服;另一方面她又十分爱玩,朋友众多,由于她的妩美,为她倾倒的男友颇不少(等于我的敌手)。我首先当然是被她的容貌与媚态所吸引,但是某个下午,与她谈论了数小时, 话题自毕加索谈到一九二〇年代的巴黎文人集居地,纽约的格森威治村,海明威,亨利·米勒,美国青年作家在巴黎创办的《巴黎评论》文学杂志,弗兰克·哈里斯的《我的生活与爱情》,D.H.劳伦斯的《查泰莱夫人的情人》,托尔斯泰,契诃夫,高尔基,以至肖霍洛夫的《静静的顿河》等等。我发现我们竟无话不谈,就是这样的一个下午,令我完全堕入了爱河。当时美国邮政局管制严格,不准“淫诲”艺术作品进口，一个朋友自伦敦旅游回来，偷偷带进了两本“淫书”，《查泰莱夫人的情人》与《我的生活与爱情》，在朋友间互相传阅。我与琼恩同时阅读，我们间的“秘密”情爱又提高了一层。

在一年半的时间里，我们经常于周末相会，赴剧院（特别是百老汇以外的），听古典音乐会，上格林威治村的价廉物美的意大利餐馆，在中央公园散步等等。她也喜欢中国菜。鼓励我替她做菜，我挑了一个洋葱青椒炒牛肉丝试了一下。其实我根本不会烹调，只是因为做此菜方便，切了肉丝，洋葱与青椒，放在一起用酱油与酒一起热炒即成。又煮了白饭，我们席地而食（卡洛儿此时识相，已另找男友出游。）我在这里细细描写，因为我觉得那是我青年时期最罗曼蒂克的一个晚上，至今难忘。

今日回想，我只能责怪自己当时的天真，一堕入爱河，就想到终身偕老，而人家不一定是这么想的。琼恩是个典型的见过世面的纽约女郎，年纪虽还轻，经验却老到，在与我相遇前已交过几次男友。这类社交老练的女郎的想法与男士们相同，要多多结交男子，体验生活后才能安顿下来。一年半后，我们间的感情就冷却下来，我们各另有所钟，终于决裂。她主张婚前必须交友自由，在这方面我的思想比较守旧。我们仍经常通电话，谈论我们所喜爱的文艺方面话题，有时偶然一遇。但我已不愿继续保持这类关系，某次在热烈争吵中我将电话挂断。她此后当然再不来电了。奇怪的是，五十余年后我对她的智慧与美丽仍有深刻印象。

在此期间我在国际学生会活跃，朋友众多，国籍不同，真好似是个小小联合国：以色列人，阿拉伯人，俄罗斯人，德国人，西欧、北欧、南欧人，以至非洲黑人等等，都在一起交谊，毫无争端，相互和睦得很。可是在找寻对象方面，挪威裔的琼恩已给了我很大影响。我深深记得我与终身伴侣蓓琪初次相遇的印象。在一个朋友的小小公寓的派对中，我与好友汤尼（意大利人）席地靠墙而坐，旁边坐了两位高身材的金发女郎。谈话之间，我与汤尼随便地说："我口渴了，谁替我们去取啤酒？"这两位女士马上起身说，"我们去取！"简单直爽，毫无忸怩之态。她们的自然大方，立刻吸引了汤尼与我。相谈之下，她们果然是北欧产品，茜茜里亚来自挪威，蓓琪来自瑞典。我们四人一时成为好友，经常一起出游。可惜的是茜茜里亚毕业后不久即回了奥斯陆，汤尼终于娶了来自法国的玛丽安。他于年前因癌症病逝后，我们仍与玛丽安及其三代儿女有接触。

蓓琪的故乡是哥本哈根对岸的马尔默，瑞典第二大城市。她的祖籍是马尔默郊外农家,北欧诸国农村往往是产生朴素、大方而美丽少女的大本营。世界高等模特儿好像都是北欧出身。我对蓓琪一见钟情,显然是延续了琼恩的影响,可是她的朴实、自然、温柔体贴、毫不自私的性格,远远超过琼恩的深懂时事、文学、艺术但喜玩乐逗情的优点。与琼恩分手后,我又一度曾与助我编写国际学生刊物 *View* 的伊玲娜交好。不知为何,我们虽然性格相近,她虽对我呵护周到(无论是编刊物或相约出游),我却总燃不起那个我为琼恩倾倒时所感到的火花来。她不及琼恩美艳妩媚,也许是个原因。但伊玲娜在朋友之间是个深受大家爱戴的大好人,非常成熟懂事,当时她在纽约大学外国学生顾问处任职,国际学生们把她当作大姐看待,有什么移民身份或其他问题都向她讨教。我与蓓琪结婚后,她就与我断绝来往,一生独身,晚年患癌症而逝世。我一直把她记挂在心中。今日我写此文时突然想起,三个在我生命中的重要女性(丹娜除外)都是北欧裔,伊玲娜是数代美国人,但她的祖籍也是挪威。

我与蓓琪相识时就发现她与琼恩的最大相异处是她从不计较我对她的款待,什么都要为我省钱。某次看了电影出来,我正在犹豫到哪个餐馆进食,她看到附近有家麦当劳,就一溜烟推门进去,其实我并不欣赏那些廉价的汉堡包,宁愿找一家意大利餐馆(我特别喜爱蛤蜊通心面)或中国菜馆,纽约中城多的是。

蓓琪学的是医药化验,在马尔默市立医院实习后,来纽约大学医学院进修。我们相识时她正在纽约一家医院当化验师(女儿碧雅就是在那医院出生),经常在周末与我相会。她不像琼恩那样喜爱出外游乐,甘愿坐在我那小小的公寓中静坐闲谈或看书(那时黑白电视尚是新奇事物,我尚未购置, 一般知识分子以为看电视太浪费读书的时间)。由于她的工作时间不正常,我索性给她一把钥匙,使她随时可进入我的公寓。不久之后, 我每次工作回家,一见室内打扫得干干净净,就知蓓琪来过,有时还可以在冰箱中发现新鲜的水果和蔬菜。如此的作为,令我深深感动,但是我们从未论及嫁娶。

她有个名叫安特丽的比利时籍好友, 曾是她在马尔默医院工作时的顶头上司,分手之后,一直通讯。某次,蓓琪与我闲谈之时, 提起安特丽受非洲某国一所大医院高薪雇用,要她介绍一些欧美医药化验专家。安特丽问她有没有意向去非洲工作。蓓琪告诉我,她正在考虑,因安特所乃是她的挚友,非常可靠,前往非洲不是问题。

蓓琪此言，把我这个正在享受单身光棍生活的傻瓜一下子击醒。我已三十出头,应该是想到终身伴侣的时候了,如果于此时将一个性格如此善良、简朴、体贴的女性放手，以后还会再有机会找到同样的福气吗？我听她说后，开始还是无所谓、不在意的态度,而通宵思索之后,我想我的不在意的态度一定伤了她的心，第二天马上打电话请她过来,向她道歉,说她不能去非洲,因我无意随她去非洲,而我一心想与她终身偕老。这无异是求婚。她说她要考虑一下。数天后,她告我她已通知安特丽,谢绝了她的邀请。那个时期,非洲各国要求独立,乱事众多,很不安宁,我们与安特丽通信数次后,就没有了音信。我们另有一个也是女性的瑞士好友,被联合国派去非洲任事,后来不知去向,音讯全无。

一九六一年四月二日,愚人节后一天,我们在雪花纷飞下,在我家附近一个路德会教堂成婚,只请了几个好友证婚,婚礼后在一朋友家饮香槟酒庆祝。那年恰是肯尼迪当选总统就职的第一年,美国全国充满乐观气象。过去半个世纪来,美国政治与国际时势经过多次变化。屈指一算，写此文时刚进入二〇一一新年，也恰是我们的金婚纪念年。

友人们半开玩笑似的指我受蓓琪“要去非洲”一言的威胁,被逼上梁山。瑞典亲戚后来告诉我说,她们以为一定是蓓琪怀了孕,叫我无路可退,放弃了光棍生活。两个揣测当然都是错误的,我一直在庆幸自己的幸福,而碧雅直到我们成婚六年后才出世。

二〇一一年四月

告别新闻业·赴瑞典探亲

——八八回忆之十六

我于一九六一年放弃单身汉生活与蓓琪成婚后，应允她必在两年内偕她回瑞典探娘家。她的父母当然很急切要与我会面，但是由于我在华埠《联合日报》工作的关系，不能请长假，当时已深感必须另找出路。《联合日报》在我协助报主吴敬敷的主持之下，着重国际新闻，销路抢先了当地的其他华文报，占了第一位。但我自恃在上海《申报》、《东南日报》、《辛报》的工作经验，加上一纸密苏里大学新闻学院的硕士文凭，很有英雄无用武之地的感觉。当时中文报纸读者有限，尚未到大批中国移民前来美国的地步。我在美国新闻报界遭到了“既是中国人，又是外国人”的歧视待遇，开始对前途渺茫很觉忧虑，有了妻子就更加感到不安。

某次我在哥伦比亚大学附近一家咖啡馆与知友唐德

刚(当时他任哥大东方图书馆主任)闲谈,诉出自己的苦衷,他马上表示同情。我还记得他当时说的话:“以老兄的中英文写作技能,限制在唐人街的报纸上,很可惜。但是打入美国新闻界这么困难,进入大学教书又需要博士学位,你是喜欢读书的,何不再去哥大攻读一个图书馆学硕士学位,一年后即可读完,找职容易。”(那年恰是约翰逊总统“大社会”政策拨款充实教育经费期间)

他的忠告调转了我的生涯方向。我乃辞去报馆职务,向哥大申请图书馆管理学系攻读硕士学位,立即被批准入学。这下我放了心,于一九六三年春偕妻飞往瑞典。

我向新婚之妻也曾做了第二个承诺:学习瑞典语。为此我曾在纽约大学夜校学了三个学期瑞典语。没有想到学通瑞典语也带来了另一果实:在女儿尚未出生之前,我们就决定婴孩一出世所听到的第一个语声不应是英语,而是瑞典语,这是碧雅目前满口流利瑞典语的原因。幼儿学习语言最快,而学习语言,听觉是最重要的因素。不到三岁时,碧雅便能左右应对自若,一面向小朋友说英语,一忽儿向我们说瑞典语。由于蓓琪来自南方,土音很重,我们三口去北方的斯德哥尔摩旅行时,一个东方小女儿的瑞典土音很使京城人士逗笑。碧雅于一九六七年出生后,我们几乎每年夏季都去瑞典度假，碧雅成长后说瑞典语犹如土生（可惜的是她没有如此训练自己的女儿萝拉）。朋友问我她的华语如何，我只能腼腆作答：不行。在她八岁时，我帮她在联合国周末中文学校注册，每星期六上午一次，不久，她的倔强性格开始反抗："我的朋友们每星期六都可以不必早起，我为什么要起得这么早去上中文学校？"这是美国小孩首次对中国爸爸的反抗。而我不愿与她吵闹，却至今对她不习华语深怀遗憾。

蓓琪的家是在瑞典南方第二大城市马尔默郊外的小村，隔海便是丹麦京城哥本哈根，乘渡船不过一小时。那年初夏，蓓琪早了三个星期回娘家，帮助父母做迎接女婿的准备。我单独乘飞机先到哥本哈根，蓓琪来机场接我。我初到北欧，一下子就得到深刻的好印象：高度现代化，清洁，生活标准高，井井有条，居民衣冠整齐而彬彬有礼，城市中没有贫民窟等等。近几年来，由于中东难民的增多，在各城市集居一处，生活靠政府救济金，也产生了贫民窟现象。二〇〇五年夏，我全家(加上外孙女萝拉)去马尔默探亲，发现城市中心原来是整洁的方场(市民喜欢坐在这里晒太阳息足）已经变为乱七八糟的各色人等的聚集点，有人摆了摊头出卖杂物。戴着头巾的中东难民(移民)

坐满了板凳,嘈杂喧哗的气氛犹如纽约时报广场,四周的奢华商店已然他移,本地居民,特别是老年人,已对此地敬而远之了。亲友们说,他们甘愿接受时代的变换,但是他们也怪政府收容大批难民的政策过分宽厚，令国家失去了整洁安宁的北欧本色。我的看法是：由于飞行的方便，世界已成为了一个大熔炉。例如,美国东北一个小小的佛蒙特州,数年前教会人士好意收容了来自索马里的难民，由于他们的繁衍与远亲近戚的参加，把几个原本清静的小镇变成了美国大城市的缩影。瑞典,也只不过是随着世界其他各地进入了二十一世纪而已。

蓓琪父亲是个老好人,他已退休,一生没有周游世界的机会,做梦也没有想到未来女婿是个黄帝子孙。听说我要来,蓓琪说他已经开始温习英语。不久我们就用我的瑞典语与他的英语交谈,相处甚好。蓓琪的母亲更是体贴有加（我的岳父于一九七八年初秋正在我们准备做首次返中国之行时患脑溢血病逝。正在我们犹豫不决,拟改瑞典奔丧时，好心的岳母马上打电话来劝我们还是回中国去“探活亲戚”,而不必去瑞典“看死亲戚”。好心的她终在养老院去世,享年九十六岁)。

我们在瑞典居留了一个多月，由一对年轻朋友开车到处游玩，有时跨海去哥本哈根(有“北欧巴黎”之称)。久了我就发现了瑞典人与丹麦人之间的区别。虽然在外貌上他们很相似，多是金发碧眼(挪威、芬兰人也是如此)，但是在性格上有异：瑞典人较拘束保守，丹麦人则开朗得多，因此瑞典南方人都爱跨海去丹麦京城，一到那里，就开怀畅饮，醉酒闹玩，好似换了一个人。

我初到蓓琪故乡时，当地居民从未见过中国人，都对我好奇而又客气，地方报纸甚至来采访我。去过多次后，他们都把我当作熟人看待。到了目前，亚洲人在北欧已不足为奇，瑞典朋友们有的甚至还领养了中国、韩国、泰国的婴孩。数年前我在马尔默一家银行看到一个美丽的东方女职员，满口瑞典语。这些孤儿在成长后完全为瑞典人，丝毫不受歧视。

第一次访瑞典，我因为要体验乘坐豪华游船，回程不坐飞机而订了船票。那天整理行装到了哥本哈根码头时，突然被拒登船，原因是我们曾去柏林旅游，从西柏林进入东柏林，护照上打上了东德政府入境证章。轮船服务人员说，我的美国护照没有问题，但蓓琪的瑞典护照进入美国恐怕有问题，此人告诉我们去美国领事馆求援。那天恰好是星期六，领馆关门。正在我们束手无策之时，一个在领馆门口守卫的美军问我们有什么困难,我们告诉了他,他立即打电话把一位周末值班的女领事请来, 开门接待我们。女领事听了我们的苦衷,说没有问题,写一封官方信函,证明蓓琪是美国公民之妻,持有绿卡,应准许入境。我们立时放心。与那位女领事谈话时,我们发现我有一位密大同学,考入国务院学习外交事务,正巧与她同班,当时正在菲律宾当领事。

飞行只七小时,船行须九天,船舱舒适,饮食丰富,晚上有舞会,我们一点也不感到寂寞,在船上还与一对希腊与德国的年轻夫妇交了朋友。我在船上所唯一惦念的是未能见到《星期六评论》,因那时我正在该刊物频频发表随笔散文。

以后我们每年暑假必返瑞典一次。那时纽约飞哥本哈根的飞机乘客有权在途中另一城市停留数天, 我们乃趁机游了伦敦、巴黎、阿姆斯特丹、奥斯陆等地。一九六六年夏,蓓琪怀孕三个月,我们还去了巴黎,毫无不便。犹记得在一家夜总会中邂逅了一对英国青年夫妇, 谈得很投机, 决定一起去另一家夜总会饮酒跳舞。到清晨告别时,两位女士洒泪依依不舍。我想,这或许是任何旅行者都有过的经验吧。

碧雅于一九六七年一月出生。该年我们去瑞典时,她的年龄只不过五个月。次年我们带她去奥斯陆,借了邻居的婴儿车,旅行毫无问题。我们发现在这方面,北欧比美国更文明:上公共汽车时,司机会跳下车帮助婴孩上车;排队上渡船时,船员一见旅客带了婴儿车,立即挥手让我们先上船,等等。到了四十余年后的现在,纽约街上的巴士司机尚未学得此种礼貌。(关于我对瑞典的印象,可见于《初访瑞典探姻亲》,收在一九八八年人民日报出版社出版的《留美三十年》中。)

一九六〇年代中期,正在我经常访瑞典亲戚之时,也惦念着我在中国的亲戚,中美虽然已开始通邮,信件却仍很稀疏缓慢,其间我得悉母亲已于一九五九年患胃癌去世。每想到她在临别时因我毫不回顾向她挥手而伤心大哭,仍觉凄然。在国内"大跃进"运动期间,报上信息不多,只能偶然见到农民挨饿饥荒将临的报道。弟弟偶然寄来的信只暗示民间各物缺乏的现象。他并不向我们求援,因为邮件包裹的投寄根本不可能。恰好我们在瑞典时,发现中瑞之间特别友好,乃托瑞典亲友代为邮寄一些食品衣物。但是远水救不得近火。且不去谈我们这一代,我每想嗜酒爱食的父亲在晚年期间的生活苦难,就要流泪。但他至少在去世前看到了外国小孙女碧雅(“洋囡囡”)的婴儿照。

也是在那个时期,哥哥南山告诉我,嫂子患了肺结核,国内药物缺少,希望我能寄一些“特效药”。幸好蓓琪的朋友中有一位医生,虽是心脏病专家,但与他的朋友肺科专家谈论后,得以购买了些药品寄去。药品是否“特效”我不知道,但对家嫂而言,至少得到了心理上的安慰。她也早年病逝,幸而大哥儿孙众多,后期生活不算寂寞。

二〇一一年五月

总统遇刺·妻子手术
——八八回忆之十七

我于一九六三年秋进哥伦比亚大学图书馆系攻读时，因为对欧美文学已很有修养，而且已在美国文学刊物如《星期六评论》之类经常发表文章，教授们自己也是爱读书者，所以在课室内外对我往往另眼相视。我的散文随笔大多自述童年经验，由于读者多是学校教师，尤其是女教师，我常常收到读者来信，她们对我故事中的中国背景特别感兴趣，说是可以借我的故事启发学生。

图书馆系学生都对作家们特别尊重，听说我在中国已有一本短篇小说集(《幻想的地土》，笔名令狐彗)出版，更觉艳羡。对我个人来说，在同学们中交朋友机会更多。有的同学后来成名为图书馆学专家或图书馆馆长。我的兴趣既是书的内容而非书的管理，于是老师便鼓励我专于资料参考咨询部门。我读了许多参考书，同学们常常比赛谁看的《大英百科全书》最多。但是这些参考书在今日电脑信息时代根本没有大用,但我至少养成了有报必读、有书必看的习惯,有了这些信息藏在我的脑袋中,有人要问问题,我便不必打开电脑。其实电脑信息是在我就职中途将近退休时(一九八九年)才大规模流行的。

在哥大攻读时期,一个最难忘的大事是肯尼迪总统被暗杀。那个秋间的晴朗的下午,我在图书馆的阴暗书库中做研究,半途出来想抽支烟休息(那时烟瘾尚未戒除),外间日光照耀着美丽的校园,我见到草地上学生们成群聚谈,有的高声激昂。正在疑惑之间,一位相熟的女同学满脸泪痕地对我说:"你听说了吗?"我心头一冷地疑问:"什么?"她说:"他死了。"我问:"谁?"她说:"总统被暗杀了。"我身心一震,也哭出声来:"怎么会发生的?"那是我在美国一生中四次公开痛哭的第一次。在回家途中,见到地铁车厢中许多乘客都在阅读下午报《纽约邮报》,男的流泪,女的泣哭出声。我想到当年罗斯福去世出丧时,京城路旁挤满群众,流泪目送总统灵柩驶过马路。在美国,公民们这样的强烈感情表达都是自发的。

一九六〇年代从此成为二十世纪美国社会最动荡的时代。我称之为"社会革命",青年群众间的反越战情绪,对黑人处境表示同情，以及女权运动和性解放活动（避孕药刚出世）等等，把美国自维多利亚女王时代以来的拘谨转化为二十世纪的开放。我自己与许多朋友也参加了经常在周末举行的反越战游行与同情黑人民权的游行，那时的青年群众多是所谓“左倾”的自由主义者，他们蓄长发，留胡子，穿牛仔裤，听披头士，生活自由不检，有时会遭到保守分子的咒骂侮辱。

我拿到图书馆学硕士文凭后，谋职并不困难。我原意是想进入新闻机构，管理他们的文件档案，又可以中文知识作助。我在《新闻周报》与档案室管理人相谈，但是条件不够，薪水不及纽约市立大学高，而且福利制度（医药保险、假期、养老金等等）都不很理想。如此，我就走入纽约市大的怀抱，受到他们的欢迎，而且有几位哥大同学也同时就职。今日听到《新闻周报》亏本、几乎要关门的消息，颇感自慰。我自市大退休二十一年来，至今都在享受丰厚的养老金与慷慨的医疗保险。至于《新闻周报》，则已被一巨富购去，聘请著名女编辑蒂娜·勃朗(Tina Brown)主编。此英籍女编辑在杂志界声名极高，曾替《名利场》(*Vanity Fair*)与《纽约客》(*The New Yorker*)当主编赚钱，我前曾著专文详述她的生平。她同时在网络上也设有讨论时事的网站,名为“The Daily Beast”,常有尖刻文章发表。

我在纽约市大图书馆的第一个职务是人文部门的参考消息咨询员,不久,我的责任又包括了社会科学部门,都是我的爱好。我们的收藏极多,包括世界各地的英文报纸杂志之类,我因此可阅读众多,工作变为乐趣,不久就升为整个参考资料部主任,凡是新书的购买都要经过我手。挑择新书者除了同事之外,还有校中的文学系、社会科学系等教授。他们经常与我交谈讨论新书,采购与否由我作最后决定。新书大批到来,排列在我办公室的书架上,我可随便取阅,替教授提意见。市大图书馆高级人员都是教授级,不久我就被升为正教授,并随时被他系教授们请去讲课。那时好友唐德刚已被市大聘为亚洲研究系主任。教材偏重中国历史与文化,便常请我去讲课,某次所讲的是我已经常为其写稿的《读书》月刊。那时,国外对新中国好奇,就连《纽约时报》也逐渐认识到了《读书》在中国学术文化界的重要(《读书无禁区》[1]一文大受关注)。

由于越战激烈,美国青年经常应征入伍去充当炮灰。我在那时期最痛心的是,在我部门打工的学生们一个一

① 原载《读书》一九七九年创刊号,作者李洪林,三联书店出版。——编者注

个地来向我告别,其中一个我最喜欢的后来充当了炮灰,消息传来,我有好几天不乐,参加反越战游行更是热心。约翰逊总统每次遣送上万数目的青年参与战争,大大引起人民反感,最后终于被迫放弃竞选连任。

在此期间,我的个人生活也发生了重大变化。女儿碧雅于一九六七年出生是一件最使我高兴的喜事。我常常向一对不要儿女的好友宣扬有了儿女的乐趣。但他们喜爱旅行,以为有了儿女好似背了不需要的包袱。他们晚年生活极为孤寂。

我一生最感幸福的事是老妻的健在。我说这话大有原因。蓓琪自年轻时因风湿症发烧未治,伤害了心瓣作用,曾经三度心脏手术,保持心瓣的灵活,三度心脏手术都告成功。虽然她身体衰弱,其他病痛也有,总算活到八十一岁老年,同时还要照顾我。

蓓琪第一度开刀是一九六九年,那时医生说,此类修补心瓣的手术新发明不久,至今病人在动手术后最多只活了九年。当时我也不顾未来,不想她三度手术全部成功(后来两次是一九八六年、二〇〇二年)。至于那位名扬国际的外科专家本人,在第三度救了蓓琪命后,在两年内竟也因心脏病猝逝。

我清楚地记得一九六九年十月下旬那个蓓琪开刀的早晨。她于隔夜已经进了医院。在她住院期间,我们雇了一个正在美国旅游的十九岁的名叫克立斯蒂娜的瑞典姑娘来照顾年仅两岁有余的女儿碧雅,她是朋友之女,十分可靠。碧雅不会说她的长名,称呼她为蒂娜。两个女孩相亲犹如姐妹,后来蒂娜自己生儿育女后,曾邀请已年满十三岁的碧雅前往瑞典去照顾她的顽皮小儿女。我们供给蒂娜吃住,周薪四十美元,星期日放假。双方都很满意,夜间碧雅与蒂娜同睡客房。

蓓琪开刀的那个早晨,我因通夜未睡,心情极为紧张担忧。当时曾写了《被妈妈遗弃了》一文,记述我们父女二人的境况,抄录一段如下:

> 清晨七时,两岁半的碧雅从她的房中起身出来,进入我们的卧房,照她的惯例,一骨碌地爬上蓓琪一边的大床,两膝弯跪,两手撑住身体,俯身问我:
>
> “Pappa,Var Ar Mamma? ”(爸爸,妈妈在哪儿?)
>
> 我睁开眼也用瑞典语作答:“你知道她是在医院里,我昨晚早就告诉你了。”
>
> 碧雅显然不信。她转身向浴室的门凝视好久,还

是持了同样姿势。平时的清晨,蓓琪如不在床上,当会是在浴室中。

“Pappa,Var Ar Mamma? ”碧雅又问了。这次她没转头看我，好像唯恐一扭头就要失去母亲在浴室中的形象。

“妈妈不在浴室里,妈妈在医院里。”我说。

碧雅还是不信,向浴室门注视了好久,好像一头受了惊动的动物似的,谛听浴室内的动静,或希望门开出现了她的母亲。

过了一会儿,她撑着原来的姿势,慢慢地转过头来,含着泪,无可奈何地第三次发问:“Pappa,Var Ar Mamma...”不过这次话里已没有了问号，好像是怨诉,好像是怪我不能立即交出她的妈妈来,也好像是理会到即使是强有力的父亲也同样束手无策。

她没有大哭大闹,只是满脸热泪地怨视着我,要我作答。她的小身体还是一动不动地撑着原来的姿势。

我没有也不能作答,我只无声地俯过身,将她一把揽入我的怀抱中,父女一齐“哇”地哭出声来。

此后碧雅一听到母亲身体不适即要愠怒。二〇〇二年,蓓琪最后一次开刀,她陪着我一起去医院等候医生给我们佳讯(此时已是我需要她来扶持了),幸好一切顺利。

蒂娜在蓓琪痊愈后,在我家住了将近一年。她家与我家成为好友,经常互相访见。现在她自己也已儿女成群,还有了孙儿。

二十世纪六七十年代是美国最具革命性的时代,肯尼迪(昵称鲍比)与黑人运动领袖的马丁·路德·金博士的被暗杀,更引起了社会动荡,青年不满,吸毒成为习惯,所谓"嬉皮士"(Hippies)成为不修边幅、吸毒、性解放者的代名词。披头士的流行造就了好几位尚未成年的百万大富翁青年。许多知识分子,包括大学教授们,都成为了思想开明的左倾分子。这样的潮流引发了后来保守分子对现状不满的反应。今日美国政治名词中所谓"茶党"或"牛康派"(Neo-Cons,即 Neo-Conservatives)的那类势力就是对当年过分自由气氛的反动。

我在上面说过我曾四次因政治处势而痛哭流泪。第一次是肯尼迪总统被暗杀,第二次则是他的弟弟罗伯特也被暗杀。当时民间因为对约翰逊总统政策不满,大部分人把未来希望都寄寓在故总统之弟罗伯特·肯尼迪身上。

他不但反对越战，而且同情贫苦民众，一向憎厌白人的黑人们对他也特别有好感。我们都相信，在总统竞选中，罗伯特·肯尼迪必能取胜于约翰逊。他的被杀，消灭了广大民众的希望，他的灵柩从西岸用火车运往华盛顿时，全国民众都借着电视观看了这一悲剧性的结局。火车途经全国各地，在电视画面中铁路沿线城市乡村的老百姓都列队在铁轨旁向罗伯特致爱致敬，其中有许多贫苦黑人，他们甚至随着火车奔跑挥手告别。这类自发的对政治领袖的敬爱，令蓓琪与我坐在电视前感动得不禁哭出声来，后来听其他朋友说，他们也有着同样感受。

二〇一一年六月

卅一年后祖国初度印象
——八八回忆之十八

在那时期(职业安全、妻子健康复原、女儿带来天伦之乐),我当然更是思念家乡。父母都已去世,大哥儿女成群,可是我住在美国,消息极不灵通,偶然在加拿大报纸上读到"大跃进"以后国内的饥荒情况,更对家人福利担心。后来又在报纸上大惊失色地看到夏衍与罗瑞卿戴着高帽子游街被红卫兵责打的照片,更是心惊肉跳。美国传媒界的朋友,包括《纽约时报》名记者哈里森·沙立斯倍雷(Harrison Salisbury),纷纷来电向我问询,但我自己也在闷葫芦中,又能说什么?一面又更急切地想回到祖国。

当时(一九六〇年至一九七〇年代)美国各地一些对中国友好的人士成立了美中人民友好协会(Us-China People's Friendship Association),我也加入了,经常参加集会,希望打听一些国内实况,一听到几位会员获准签证前往中国游览参观，非常艳羡。后来唐山大地震发生，中国谢绝外界援助，更令我又惊骇又好奇。

那时中国已与加拿大建交，美国人凡是有意与中国交往者，可由驻渥太华的中国使馆代办。于是我开始了申请入境证持久战，每隔几个月向驻在加拿大的中国大使馆写信，但回信都是拒绝，我还记得信上签名的领事名叫纪立德。

某个晚上，我听无线电广播，一个惊人的新闻令我兴奋：美国总统尼克松派他的亲信基辛格秘密途经巴基斯坦赴北京访问。这一新闻给我带来无比的喜悦：看来中美之间就要建立关系了，看来我回到祖国的梦想就要实现了。

一九七二年秋，我因胃溃疡必须进医院开刀，躺在病房里，听到整个医院的电视机中都在播放尼克松访华的各种新闻：他与周恩来总理在宴会上举杯，他与夫人游历杭州西湖……我为不能坐在家中细细观看新闻而深感失望，但是这一新闻带来的鼓舞却令我提早康复出院。

不久中国派来临时代办黄镇驻华盛顿。我更加努力地向黄镇大使请求签证，果然华盛顿代办处寄来一封信，告知我的签证已经获准，在信上签名的还是纪立德。

尼克松访华成功后，美国许多团体和旅行社纷纷筹组去新中国旅行事宜,对此有兴趣的人之多,使得许多旅行社因此赚钱，有的甚至成为专门代办中国旅游的商业机构。当时在华美协进社任职的一位朋友告诉我,该社也在筹备组团包下一架访华专机,我遂报名参加。一九七八年秋,十一岁的女儿碧雅刚刚升入初中一年级,我们与她的老师商量此行，老师认为碧雅刚刚升入初中就缺课不妥,恐怕有碍后来的功课。但是蓓琪与我都相信这是给孩子成长知识的最好机会,不可轻易放弃,何况国内的亲友都急切盼望认识这个美国女孩,我们不能让他们失望。我们最终说服了老师,让碧雅缺课一个多月到中国去。

我们搭乘包机从纽约起飞,先去香港,机上除了少数美国人外，都是久居美国回国探亲的同胞。到了香港,我第一个感觉是真的回国了,所见都是中国面孔;第二个感觉是我因不懂广东话,讲话还是用英语,与妻女在一起,更有身处国外的感觉。

我们在九龙搭火车去罗湖,提着沉重的行李,蹒跚地通关,首次见到接待室外的五星红旗,才突然感到三十一年来的回乡梦已经实现。我兴奋万分,向妻女指点、解释她们生疏而我熟悉的东西。我们由中国国际旅行社派员接待,在边境坐火车去广州。

在广州，我首次发现中国面孔反被自己同胞歧视的现象,没有金发碧眼的妻子在场,我一定会吃亏。我们期望住进一家较为舒适的宾馆，但被中旅人员送到隔壁的华侨旅馆(因我毕竟是“华侨”),房间内陈设简陋,女儿碧雅的床是一架临时搭起的行军床。碧雅提出抗议,于是行军床成了爸爸的睡床。吃晚饭时,我们前往隔壁的外宾餐厅,一位老同胞见到蓓琪,用手指点着左边的外宾餐厅,而我是“华侨一家”,必须前往隔壁华人就餐的地方。这样的安排令我大倒胃口,想到即使在黑白隔离的美国南方,自己都未曾受到如此的对待。蓓琪与碧雅大大不解。到了北京,我们想住进北京饭店,却又被分配进交通不便的华侨饭店。后来回到美国,传媒界的朋友告诉我一件相关的大新闻：当时 CBS 最有影响的新闻主播沃尔特·克朗凯特(Walter Cronkite) 带了一群技术人员与两位副经理前往中国作首次实地采访,他们订了北京饭店的房间,但是两位副经理因为是华人,也被安排住进了华侨饭店。

克朗凯特大怒气,立即命令采访团全部回美。中旅社所不能令人理解者是：此二华人必须接近主播人才能顺利行事。中国国际旅行社的死硬规则反而损失了一个可以借 CBS 主播大名宣传新中国的机会。这类在初期歧视同胞的例子众多。回美后,《纽约时报》专论版的主编邀我写一篇三十一年后返回祖国的印象,我念念不忘自己的初度经验,写了一篇字数有限的短文,于一九七九年三月十日在《纽约时报》上发表,题目 *In China, "Foreigners" are more equal than others* 系编者所撰,现将全文译出如下:

在中国,外国人较其他人更为平等

去年十月,我在出国三十一年后首次返回祖国探亲。因为要在自己祖国被目为中国人,我甚至想要购穿一套"毛装",使自己可以混合在同胞人群中。当然,这并不可能。

虽然我尚未忘记如何讲中国话,但我的发型、我的时式眼镜框,以及我多年来在美国学得的行为举止,马上就会暴露出我的真相来。

事实是,我偕我的瑞典裔妻子与在美国出生的女儿甫一踏上国土,就被当作外宾来看待。

开始我觉得很不自在,不久就发现,被当作外宾,在行事上的确很方便,可以打破繁文缛节的官僚作风。所以我接受了对外宾的礼遇,原来要穿“毛装”混入人群的想法就此放弃，这主要是为了旅行方面的种种方便。

外宾到处受到优待,不过,即使在他们之间,也还是有所分别。招待外宾的旅馆分有两种:高级旅馆是招待非华裔外宾的；凡是含有中国血统的外宾或者华侨,则被分配到次等的旅舍去;而北京饭店新建的奢华的一翼则是留给特别重要的外宾的。在饭店门前，一排高高的树屏遮住了齐集的老百姓望向进出车道的视线。好奇的群众成日成夜地聚集在大门外,希望窥看一下另一种生活作风是怎样的。

不可避免地,一个新的“贵族”阶层也就此而生:那些为外宾服务的人。和过去一样,这些服务人员在应付其他的同胞时,采取的是一种自恃重要的态度。

旅馆进出口的门房拥有某种特殊权力。他们审查来访者,查看访客的许可证。有时,正像我在广州华侨宾馆所看到的，乡下人前来看访外国回来的亲戚时,常常受到无礼的对待。某晚在上海国际饭店,我见到鲁莽的门房几乎与一群青年打起架来，因为门房不相信那些访客的身份证明。

在国际饭店，柜台后的服务员不准一位宾客的亲戚上楼探视。此亲戚次日要陪外宾去北京，问那服务员购买二等车厢火车票，他傲然作答道："我们这里只出售外宾所需的头等票。"

在上海，我们前往原来的高等住宅区——前法租界闲逛，要回旅馆时，到街角的一个出租车站去查问。屋外停了五六辆汽车，我弟弟进去一问被拒，出来对我眨了一下眼睛，说："你何不去试一试呢？"我心中有数，带了妻子进去，屋内有五六个人抽烟闲谈，我用上海话说要车，马上就有人站起来，把我与妻子和弟弟一起送回了旅馆。在北京时，为了要在一家较好的餐馆订座请我们用饭，我的表弟必须先在工作单位取得一封"介绍信"，说明是招待外宾亲戚的。我们一行人先被引入一个餐桌已经准备停当的小房间，后来经理一见到我们之中有一位金发妇人，立时又把我们请到隔壁一个较大的设有沙发和安乐椅的房间。我的妻子毫不在意，而我的亲戚们却心领神会。

我们离开中国出境时，在广州坐火车去九龙。两个满是金黄胡须的高大外国人，横躺在头等车厢的座椅上，每人占了四个位置，双脚放在对面椅上，不顾其他来找座位的旅客。他们手持茅台酒对饮，谈笑，瞌睡，打鼾，形同过去的殖民主义者。

我坐在旁边，不免测想，如此的优待外国人，会不会是走上了另一个极端了呢？

此文发表后，引起传媒界的关注。美联社总编辑与我联系，要我连续写六篇文章，详述一个离家已三十一年的华侨的回国经验与观察所得，由该社分布全国的各地方报纸连载（后来听说国内内部发行的《参考消息》也译载了）。过去的老朋友也纷纷与我取得联络，在香港《大公报》编“大公园”副刊的潘际坰兄也写信来约稿。这又是后来的事了。

从广州去上海，我们坐的是软席车厢，与另一位也是回国探亲的女华侨合用，我们各谈自己在外国的经验。车厢相当舒服，且有大厨前来请我们逐一点菜用饭。女儿碧雅占了一个上铺，非常自在得意。

我们在车上过了安适的一夜，次日天气晴朗，沿途我向妻女指点农田与乡村建筑，她们好奇地问了许多问题。车到上海北站，已经入夜，我们十分兴奋，期望亲戚们在车站等待我们。火车慢慢地驶入站内,我向窗外探望,在零星的电灯泡的昏暗灯光下,看见我的哥哥、弟弟、妹妹与侄儿们的笑脸逐一在窗外鬼影一样地闪现, 他们追随着慢慢停下来的车厢。这时,我再也禁持不住,放声而哭,蓓琪和碧雅也一起落泪。三十一年后,我终于回家与亲人相聚了。母亲早已在一九五九年病逝,父亲去世于一九六七年(碧雅就出生在这一年一月)。弟弟来信曾经告诉过我,那年父亲去世前,还曾持着一张婴儿照片,走向弄堂里向邻居们骄傲地显示他的"外国孙女"。

与亲人们洒泪相聚后, 我们被中旅社接待人员送到南京西路(原静安寺路)人民公园(原跑马场)对面的国际饭店安顿, 只准三弟乐山陪我们同去。一进饭店登记后,门房即命乐山回去,说是太晚了,不许他与我们一起上楼去卧室长谈。蓓琪觉得奇怪,几乎要抗议,乐山则劝我们不要闹事,乖乖地回去,约定明日再见。这成了我到上海后的第一个印象:连旅馆接待客人的普通职员,也是权威人物。

国际饭店在我于三十一年前去国时, 乃是上海最高的一处建筑物,也是最奢华的现代风格旅馆。我们年轻人要赶时髦,常去三楼的昂贵咖啡厅喝咖啡,听录音机里播放出的西方音乐。现在回来,觉得并没有多大改变,客房西式家具,也是舒适干净,与广州的华侨饭店大相径庭。

我们旅途劳顿,在客房睡了一下后,次日精神百倍。十一月天高气爽,我的第一个愿望就是要乐山带我们去原法租界散散步,回忆一下我在青年时期最爱游荡的几条梧桐荫蔽下的街头,也去看看普希金的铜像,向蓓琪指点那里是我当年初交女友谈情说爱的地方。我们在淮海西路(原霞飞路)一家尚存的法国蛋糕铺买了奶油蛋糕,准备招待下午来国际饭店看望我们的年迈姑父姑母,然后招了一部本地少见的出租汽车回了饭店。

回到房间后,我们召唤茶房为我们准备咖啡与茶点待客。那位穿着白制服的六十来岁的茶房,显然是旧时代留下的老资格职业侍者,看见外宾,极为高兴,因为已经多年没有用武之地了。姑父姑母到达后,茶房就推进来一个装有轮子的小桌,在雪白的台布上放下了热腾腾的咖啡壶与精致的咖啡杯,又把我们买回的法国蛋糕排列整齐,为客人倒咖啡殷勤服务。在过去,如此细心的服务值得大笔小费。新中国既禁小费,我猜想他一定是保持了职业性的骄傲,现在有机会在外宾面前一展身手,给他带来了一阵的自信与自豪。

姑父是我家第一个上大学的亲戚，毕业于圣约翰大学,与我是前后校友。他尚未忘记英文,与蓓琪很谈得来。姑母则与蓓琪一见如故,拉着她的手讲话,问长问短,要姑父和我从旁翻译。喝了咖啡、吃过蛋糕后,她不免忆起旧日的奢华生活。她显然艳羡我们的处境,坐在我们套房的沙发上,和我们笑说:“可以把我们藏在你们的衣箱中带去美国吗?”

我心头一酸，立时想起了晚年受了苦难不能享受后福的老父老母。

二〇一一年七月

从《读书》谈到靳羽西、谢晋

——八八回忆之十九

我自幼即向往北平(北京时称),在小学时代,北平大中学生所发动的“一二·九”抗日爱国运动就使我十分神往兴奋,巴不得快快长大能去参加学生游行。此次一回到上海,我就要求三弟乐山带我前往北京游览,并与已在北京定居的几位老友相聚。乐山一口应允,在上海的几天里,大哥南山邀请许多亲戚在我以前所熟悉的新雅酒店用饭。我的印象是,上海市面虽然破破烂烂,不复昔日的繁华漂亮,但是餐馆烹调术仍保持了原来的质量,酒店饮食十分可口。宴会完后,我望着满桌剩饭,不禁开口道,这么浪费真可惜,在美国,无论贵贱餐馆,我们都可叫堂倌打包带回家去。此言一出,几位侄媳妇马上从皮包中取出早已准备好的塑料袋,将剩下的菜肴带回家去。大哥说,她们原以为在外国客人面前如此做,显得太寒酸。其实我们倒觉得,浪费食物才是最不当的行为。我的另一个印象是国人看到外国人时的反应。某晚我们在人民公园旁的西藏路散步,看到一家点心铺尚开着,敞开的餐厅食客满座,沿街窗口喷出一股热气腾腾的香味,靠近一看,原来是我在童年时最喜爱的酒酿圆子。我禁不住推门而入,满餐厅的食客齐刷刷地抬起头来注视我们,蓓琪,特别是碧雅,在众目睽睽之下,感到非常不自在。碧雅更害羞,把面孔藏在我的臂弯中,但酒酿圆子还是吃得津津有味。

我们在路上行走时, 常受到好奇的青年人的尾随围观。这么多年来,原本满是国际风味的上海市,已经变成了罕有外国人的大乡村。但是也有在外滩散步的老人上前与我打招呼,有的甚至是旧时圣约翰大学的校友。这样,我才渐渐有了回乡的感觉。

我们乘火车去北京时,买的是软席票,弟妹们睡的是硬席。我觉得非常不好意思,但是他们说硬席已经比三等硬座好了,不要我充阔佬似的多花费。

到了北京,我们由中旅社办理住进简陋的华侨饭店,我首次体会到服务人员爱理不理、没精打采的态度。我们到柜台去询问有关旅程事项, 那几位正在坐着抽烟看报的员工竟没有一个起身满脸笑容 (如我们惯常所期望的那样)地接待客人。结果,在我大声质问之下,才有一个懒洋洋地起身过来,妻子嘱我说话小心,不要令他们恼羞成怒。而我回国观察新社会成果的热心却冷了一半。

乐山通知了几位老友后，过去的知友冯亦代先来饭店看我。我等了好久,才见亦代气冲冲地进来,原来旅馆门禁森严,来访者必须先在门房登记并出示身份证明,才可获准入内。亦代当时还是民盟要员,但他不是个喜欢自大招摇的人。我们谈话不尽，回忆我出国前的上海时代(当时他是《世界晨报》的编辑,与姚苏凤同事),谈起几位已经去世的老友,不禁唏嘘。就是在那个时候,他谈起正在国家出版局代局长陈翰伯的领导下，与几位朋友筹办一本取名《读书》的新杂志,要我供稿,报道美国文化情况。我一时犹豫不决,说自己多年未用中文写作,恐怕白字众多,成语生疏,不能胜任。亦代与乐山立时回答,主要看内容，文字可以由他们来润色。他们说国人因多年闭关,对国外文化现状太不清楚,而我在美居留三十余年,是做这类“启蒙”工作最适当的人。我勉强答应。如此,我不知不觉地开始了人生中的第二个中文写作生涯，更没有料到后来会在青年读者间引起如此之大的影响。

在《读书》筹备会的招待宴上,我首次见到了自幼即听闻过大名(通过“一二·九”学生运动)的陈翰伯,以及其他编辑部人员,如范用、沈昌文、陈原、史枚等。我钦服他们在谈话时的自由空气,后来《读书》所发表的李洪林《读书无禁区》一文,更坚定了我支持《读书》的决心,几乎期期都有文章发表。我已记不起第一篇写的是什么,写了多期后,三联书店的朱志焱先生替我编了第一个文集,取名《天下真小》(一九八四年出版),并以我在《人民日报》所发表的一篇纪念中美友人相聚的随笔当序文。此书据说销路甚佳(可惜当时国内尚无再版风气),尤其在大中学生中风行,后来我在国内外遇到的中年以下的人大都提及此书,令我心下大慰。又数年后,开放时期来临,邮政畅通,旅行无阻,我觉得自己报道国外文化情况的任务已无必要而搁笔,同时,《读书》编辑部人员也大有改换,着重发表严正的学术论文。我是主张文笔必须轻松的,一本杂志要畅销必须注重“可读性”,原来的编辑沈昌文也有同感。听说《读书》编辑部后来经过几番变动,销路如何我也不知,因为长期不再收到(原来是赠阅我的,每月必寄来一份),我也不能判断它的可读性。我所悲痛的是老友冯亦代、范用等一个个地先我而逝,现我年近九旬,想起当年,颇有恍若隔世之感。

我所引以为自慰的是介绍了美国的新思潮进入中国。有一次,在《未来的冲击》(*Future Shock*)作者阿尔文·托夫勒(Alvin Toffler)位于纽约的家庭酒会上,我与他谈及《读书》杂志,希望能介绍他的新著《第三次浪潮》(*The Third Wave*),他一口应允,我乃与乐山接洽,先在《读书》发表片断,再全书译成中文出版。不过我也告诉他,当时中国尚无版权制度,出书后他恐怕收不到版税。他说无妨,能在中国有这么多的读者已使他心满意足了。此书译本出版后,托夫勒在中国名气大扬,中国未来学会请他去演讲,所到之处备受欢迎。返美后,他给我一个小简,中谓:"想不到与老兄随口一谈,即造成如此风浪,都是您的功劳。"当年我曾邀请他夫妇二人到家用饭。后来听说他的夫人病逝,他自己也已老迈不堪,有失当年风采。我所尤其伤心的是,一直抱持自由主义思想的他,政治思想后来竟变得极右保守,叫人想来想去想不通。

也是在他家的那个酒会上,我与靳羽西初次相遇。当时看到这位娇小玲珑的中国姑娘,摸不准她是谁,以为她一定是时装业的,后来才知道她是自制电视节目《看东方》的。与我熟悉后,她曾两度邀我一同回国帮助摄制她的节目。她在国内影响很大,是个精明的企业家。后来,她靠着她的面孔与名气开始制造化妆品，生意极佳，国内几乎无人不知靳羽西的名字。她成为企业家后，我们兴趣相异，我已好久没有与她来往。几年前曾见到她的老父参加我们的文艺集会，老迈而行路困难，往往有一护士相伴。我想到自己也因年迈而难得外出，不禁黯然。

我于一九七八年初次回国，以后平均每年一次，直到二〇〇二年是最后一次。此后因老年病弱，停止长途飞行，每听到朋友回国之行都艳羡不已。偕靳羽西初次回国是一九八五年冬，那年秋应老友谢晋之邀去长沙参加《芙蓉镇》摄制讨论会。冬间又应靳羽西之邀作她《看东方》节目的顾问，一行七人（另有两位制片人、一名摄像、一名录音、一名女实习生），费用都由羽西负担，沿途这么多人彼此之间毫无龃龉，极为愉快。

我们与当时尚在萌芽阶段的中央电视台取得联系，凭着羽西的交际天才，摄制工作非常顺利。我们并蒙政治局常委胡启立与中宣部长朱厚泽接见邀宴。我与胡、朱二位谈得很投机，他们向我问长问短，对外间世界非常好奇。他们毫无官气的态度，令我深感欣慰。其他国内大员，我很少见到。在上海的一所旅社中，正在与老友、《新民晚报》副总编辑沈毓刚叙谈之际，房间电话铃响，上海市长汪道涵要来访我。我与他谈得很洽意，显然，我在《读书》所发表的文字与后来的单行本《天下真小》引起了一些影响。现在一想起这些思想开放、追求知识的官员们，心头还是有一阵温暖感，不禁回想起自己在少年时充满理想主义的革命观念。今日的新一代官员，我已没有机会谋面了。

谢晋邀请讨论《芙蓉镇》的摄制，不但令我有机会赴长沙一游，也使我有幸与几位文化界名人相聚，其间有陈荒煤、李陀、小说家古华，以及来自香港的电影界名人许鞍华等。谢晋是我青年时代就结交的老友，记得他在孔另境所主持的华光戏剧学校学习导演时，我还是复旦附中的学生，也去夜校学习编剧。当时的老师都是戏剧界名人，如赵景深、许幸之、鲁思、唐若青等。特别是中国戏剧团主持人唐槐秋的女儿唐若青，在戏剧界名气极大。她进教室上课时，一副大明星的风姿。我的编剧学得没有结果，而谢晋终成了电影大导演，名扬国际。他的作品《鸦片战争》、《林则徐》等在美国放映，我曾被邀请演讲介绍并参加讨论会。当时，一般美国观众已经发现了所谓“第五代”导演，如张艺谋、陈凯歌等。那时我对新导演的作品尚不熟悉。在长沙时，我们白天讨论，晚上看电影，我首次感到陈凯歌的作品《黄土地》给我带来的震撼，想不到中国电影已发展到能运用如此新颖的手法。此后，每有张艺谋、陈凯歌的电影在纽约影院上映，我必会前去观赏。

在长沙的讨论会上，陈荒煤是老评论家，我当然很拜服，不过最感惊喜的是发现了一些思想老练、见解高人一等的理论家，如李陀等。他一针见血的异于常人的精辟见解，令人难忘。可惜我身在国外，很少能见到他的著作。

谢晋举行从影五十周年纪念活动的那次，我也应邀前往杭州参加。在那个场面浩大、历时数日的纪念会上，我也遇见了剧作家白先勇以及来自美国的几位制片人(他们都是谢晋之子谢衍的朋友)。那是我初游杭州，由谢晋的秘书王宁女士带领在西湖坐船观览，度过一段极愉快的时光。

在北京时，通过乐山，我遇到了不少旧相识，如吴祖光、丁聪等，也结交了我所景仰的黄苗子、郁风等。认识吴祖光时我尚年轻，他已是位大名鼎鼎的剧作家了。此次去他家中拜访时，也见到了他的夫人新凤霞。其时吴祖光的新编京剧《三打陶三春》正在上演，他给了我一张戏票，可惜的是当时的北京交通极为不便，出租汽车稀少难觅。我由人带了坐公交车去戏院，听说公交车在晚上十一点即停驶，因为不愿也不敢在北京街头迷路而回不了旅社，只好在散戏之前挤公交车回去了。这是我对当时北京的一个不快印象。某年回国时,与萧乾夫妇通电话,他们请我到他家吃晚饭。我问晚上回来叫车是否容易他们不敢保证,我怕无法回来,只好辞谢了他们的邀请。这是我当时最大的遗憾。现在的北京、上海这样的大城市,在街上找车召车比纽约还方便,给外来访客带来不少方便,这是一个大进步。

二〇一一年八月

受恶毒诬枉的兄弟深情
——八八回忆之二十

我于一九七八年初度回国之前，已在美国的研究中国问题的专家学者之间听到三弟董乐山的大名。他所主持翻译的纳粹德国历史《第三帝国兴亡史》在中国引起的声誉也已传到美国学术界，因为那时中国人能够读到希特勒当政时期的事迹与影响,实是一件不寻常的新闻。因此，我也急急地想与弟弟见面谈谈那个翻译大工程的经过。他开始不愿我带妻女前往他家,特别是不愿在外国亲戚面前深感寒酸。在我们坚持之下,他终于答应,警告我们他所住的房子仍是旧日新华社（当时他在此主持新闻翻译工作)分配的宿舍。我们一群人(也包括了四弟名山夫妇与妹妹木兰)过去一看,果然,一个小小的房间分配给他一家三口。两张木床,一个木桌,没有座椅。我们这许多人都挤在他们的床沿坐下。木桌就是他的工作室。厕所和厨房都在外面与人共用。我一坐下来，就要索看那本著名译作。乐山在床褥下抽出三本破烂的《第三帝国兴亡史》上册，说下册给儿子的朋友借去，至今未还。我看到亲弟弟在这种环境下工作维生，心里一酸，不禁流下泪来。妻子蓓琪也说，“这太不公平了。”当时乐山已被调至北京第二外国语学院当英文教授，却遭受这般待遇，当然是不公平。他因为曾在战后美国新闻处工作，自一九五七年开始，经过“文革”，到平反之前，共吃了二十年的苦。尤其是他在少年时代还比我更早(也更激烈)地参加了革命，而今竟沦落到了这种贫苦的程度，也难怪他在晚年的生活中始终难以释怀，念念不忘他在初期革命时的贡献。我不能责怪他晚年对我的怨恨，因我在海外多年，对国内的看法是出于美国思想界的思路。在一九九九年一月他罹患肝癌去世前的几个月内，他火气极大，即便我打电话去问候，他也只是冷言作答，不愿与我谈话，还拒绝了我前去探病的请求，令我极度伤心。

我此前已经写到过，在我们五个兄弟与妹妹间，乐山与我只差了两岁，意气相投，是最亲近的。我们看同样的书，讨论同样的政治思想，对社会现状同样不满。那时我们只不过十来岁，都已在发表文章诗歌，发现了自己未来生涯上的道路。多年后兄弟终结的不同,我是万万想不到的。在我们迷读巴金的《家》、《春》、《秋》的时候,他已在谈话时把我们三兄弟的立场表明：大哥南山是思想温和的觉新,我是较为开明的觉民,而他则自比为最激烈的觉慧。他在初中时期即加入中共的地下抗日活动，而我的活动就没有他那样起劲和认真。也正是因为他从小就投身革命,晚年生活受了怨气和恶待,终而至死不能释怀自己一生吃过苦受过难的命运。他于一九九九年一月十六日去世。最令我痛心的是,他始终不能原谅我思想转变,与他相异。五十年来，他在政治思想剧烈变化的社会中生活，而我则是在思想多元的美国学术界生活，我们各自的思路当然走向不同。我自认是美国思想界的自由派(我并不喜欢用这个名称,觉得“开明”、“进步”更为适当),对社会与政治的看法是宽宏大量,研究各种尺度,绝不把凡事视作非黑即白,即便在黑暗中也会去搜寻一些光明的点滴。乐山也许是受到了政治灾难的影响，思想发生了一百八十度的转变,憎恶自己在少年时期的天真。在这种气氛之下,他对世事的看法也采取了十分固执的态度,对我在国外发表的可观时论和书评深表不满，读后常常在我文上附一个小条子表明他的不以为然。我记得最清楚的是,一九九七年秋间,他已患病,我与四弟名山去看他与他的夫人畹君。当时我刚刚在香港一杂志发表了一篇名记者伯恩斯坦(Richard Bernstein)与另一作者 Ross H. Munro 合作的新书《将来的中美冲突》(*The Coming Conflict with China*)的书评。伯恩斯坦早年曾任《时代》杂志驻北京记者,向被目为中国问题专家。他的结论是美国最终会与中国发生冲突,不仅如此,他甚至还认为中美之间会爆发核战争。这最后一点我不认同,便以书评者的地位说,两位作者可没有想通核战争的后果,以世界各国所贮藏的核弹之多(仅美苏便共有数千枚,冷战时期的疯狂军备竞赛所致),中美之间如果爆发核战,不但两败俱伤,甚而还会扩大化至毁灭全球。早在一九五〇年代,我就曾参加了著名社会主义领袖诺曼·托马斯(Norman Thomas)所领导的反核运动,想不到今日的美国媒体居然还在讨论核战的可能性。乐山在我们谈话时说到这篇书评,对我大加斥责,使我很难接受,但出于对他的病情考虑,我闷不做声,不加争论。他的愤怒态度,甚至令坐在一旁的畹君与名山都目瞪口呆,不能相信他的火气竟至如此。这是我们最后一次相聚。

我们这样的一对亲密兄弟到了如此地步,当然令我非常难受。侄儿亦波最后去探父病奔丧回美，我问他他父亲临终前有否给我一句遗言，他说没有。我心头一冷，深感兄弟之间还没有把话说明就分手了，难过之极。其实我们的最后一面绝没有争论，只是他发脾气，泄了他多年冤屈的积愤，把我当成出气筒而已。四弟名山对我表示同情，畹君则向我道歉。而令我不解的是，此事传出后，某有识之士说，“就此事而论，我靠乐山一边，不是鼎山一边。”一位专以骂人闻名、自称“右派时论家”的人，在他的网站连续发表言论，把我当作攻击目标来提高身价，用了什么“大是大非面前没有灰色地带”、什么“董乐山为何不原谅董鼎山”的题目。他的意思是，大是大非都是绝对的，其间没有灰色的过渡地带，什么都是非黑即白。他把主张言论自由的美国传媒如《纽约时报》、新闻电视台 CBS、NBC、ABC 等都指骂一遭。我实在不明他的指责是何意思，只能揣测他在童年时受过红卫兵的熏陶，把世界上的什么景象都看作非黑即白。后来，我在一篇他写到法西斯主义的文中才发现，原来他的哲学祖师竟是那位以《自私乃是美德》一书著名的安·兰德，我多年前早已在《博览群书》一刊发表一文详细介绍过。(题为《利己主义文学复活？》，收入百花文艺出版社于二〇〇一年出版的《纽约客书林漫步》

一书。)

我的猜想是，这位以骂人为能事的所谓时论家可能是于童年时受到过红卫兵的训练，自以为可以随意找到一位年长知识分子责骂。我还记得,他曾著文将一位去世的受人敬重的名记者大骂特骂。此公在美国住了这么久，根本还未明了民主自由思想的发挥到底是怎么一回事，红卫兵经验给他所奠立的根基,他还不能飞跃脱身。他不知如何对待美国式的自由，反而批评美国的重要媒体的立场。这样说来,他可不是有查禁此类媒体的意向?他还热诚地称扬董乐山所译的乔治·奥威尔的名作《一九八四》、库斯勒的《中午的黑暗》等等,却不知道乐山翻译的这些名著(另有一本是曼彻斯特的《光荣与梦想》)都是我介绍推荐的。此公若要咒骂董鼎山,还须先谢我给了他一个受启蒙的机会吧。而如此顽固自负的所谓时论家,竟然会对世界有如此误会,如此无知,其荒唐程度,也可于如下一个例子见之。

当布什总统发动伊拉克战争之时，世界明智人士都相信伊拉克与“九·一一”事件无关,美国何必攻打该国。而此位时论家却曾著文，声言美国知识界有一万四千人联名反战,因为“他们骨子里恨死了资本主义,所以他们对美国的仇恨丝毫也不输给欧洲的左派”。我当时以为，这种言论无异于指责美国的反战人士都不爱国，其“非黑即白”的态度，乃是他浸染“文革”陋习的表现。他一方面把资本主义美国认作天堂，享受可以大骂特骂别人的自由，另一方面又批评某些美国人士的“左倾”。奥巴马当选总统，他也大为不悦，因为在布什总统时代，奥巴马是唯一反对伊拉克战争的参议员。

我为什么花了不少篇幅不厌其烦地谈论此人呢？因为他提到“乐山不会原谅鼎山”之时，完全误解了我们兄弟间的亲密关系。我们自幼读同样的书，我们关于革命思想的发展也完全平行。所不同的是，乐山在政治上吃了亏，受了委屈，至死不忘。而我，则在美国的知识社会中成为了政治思想开明的“左派人物”。乐山去世后，此人在他的网站中散播谣言，说我在乐山病中从不去电话问候，也不去探望。可是他怎能知道我从未去过电话？怎能知晓我的生活情况？又怎能知道我的妻子在此期间曾第三度心脏手术呢？

因为我对乐山的热爱，才在这里详述了我所遭受的那位“时论家”的诅咒。虽然我对一般的受到愚弄的红卫兵表示同情，但对这位受了此类熏染的骂人大师，却不能宽宥。我相信许多中过他冷箭的在世和已去的文友们(包括乐山在内)都会和我有相同的看法。唯希望那些受过此类毒素影响的人能对此有些了解。

我的原意是借此文纪念乐山,不料说了一大堆。我与乐山自幼读同样的书籍汲取知识，我买来的新书他都要看,除了武侠、言情一类之外。他也成了巴金迷。某次我从友人那里听说《西行漫记》一书,兴奋不已,在宁波专门过了新江桥到城内东门街(今日路名想已改了？)一家书店去买。那时,红纸皮的《西行漫记》乃是国民党政府的禁书,店员小心翼翼地从台子下面的一个小箱中抽出一部,我与乐山惊喜交集,几天之内就把它读完了。那是出于少年天真的对时局的兴趣,以及对延安的好奇。我们也读了当时《大公报》名记者范长江的《中国的西北角》。今日想来,在那么年少的时候,已看了这两本书,似乎能证明我们兄弟俩在思想上的早熟。

多年后,自《第三帝国的兴亡》开始,乐山成为翻译名家后,靠着他的经验和多年工作所得的知识,好奇地把当年的《西行漫记》与斯诺的原著 *Red Star Over China* 对照了一下,发现当年革命时期草草译出(译者包括著名的胡愈之先生)时的一些错误,于是决定重译一下,并将书名改为《红星照耀中国》。据闻此译本销行极广，证明了今日的读者与我们少年时同样，具有天然的理想主义本能。我们都是多么希望理想社会（所谓“乌托邦”）的实现啊。《红星照耀中国》的翻译出版，证明了董乐山的才干和纯洁的心。

年前老友冯亦代逝世后，新华社曾发讣闻悼念。董乐山逝世，我则没有见到新华社发表讣闻，于是好奇地向友人询问，据朋友说，新华社发讣闻的标准与死者的官衔级别有关。这令我想起我的至友、同学、前英文报《北京评论》与《中国日报》的主编冯锡良，我所尊重的前辈，一定了解。

二〇一一年九月

“来自另一星球的客人”
——八八回忆之廿一

他的中文名字是白英，他的英文原名是 Robert Payne，他是著名英国作家，一生出书百余种，多半是名人传记，如列宁、甘地、希特勒、嘉宝等，表明了他的兴趣广泛。一九四九年他去延安访问了毛泽东，他于一九九七年出版的书《愤怒的中国》(*A Rage For China*)中登有一张他与毛、江青、朱德、彭德怀同桌吃饭的照片，可见他与延安首脑人物的密切友情，有人就以为他的中文名乃是毛根据 Payne 原名发音替他所起的。二次大战时，他是外国访华名记者之一，几乎与《西行漫记》作者斯诺齐名。在重庆期间，他曾在西南联大教英文，因此与中国文化界名人如卞之琳、冯亦代等结交。

一九八〇年中美建交后，美国文化机构开始邀请中国文化界名人来美。作家如艾青、丁玲、王蒙等都是首批来访者。那年秋间,由白英主持的哥伦比亚大学翻译中心请卞之琳、冯亦代前来担任访问学者。那时,美国学府与慈善机构如福特基金会、亨利·鲁斯基金会,卡内基基金会都很热心出资负担访问学者的费用。而所谓“访问学者”,不必上班,不必授课,只有时被学术团体请去演讲或与同样兴趣者座谈而已。由于多年的隔绝,中美文化界双方都对对方有极大好奇与兴趣。最令西方人士不解的是“文革”现象以及文化界许多名人的遭遇。他们的关心以及中国政府在建交后的宽厚(比如替那些已平反的人物申冤并给予一些温情的报偿),大大开放了两国间文化互通的道路。

我还记得那时一些对中国革命表示同情而对“文革”情况迷惑不信的美国左派思想者的极度纳闷。卞之琳、冯亦代来美后,白英首次请他们与我到他在中央公园旁的一所宽敞公寓会见一些美国作家,大家讨论如何写一篇介绍中国来客的文章在报刊发表。白英半开玩笑地说,题目应是《来自另一星球的客人》(*Visitors From Another Planet*)。此言一出,立时遭到在座诸位的反对,以卞、冯和我的反对声音最高。这样一个犹如科幻小说书名的建议,竟然出于曾经到过延安、重庆的白英之口,更可以由此想见美国一般人对隔离这么多年的中国现况的迷惑不解。有许多人(包括我自己)至今不能摸准“文革”时期的实况，甚至对中华民族的善良本性也纷起疑惑。可是我们不能责怪白英以及其他那些于当年同情中国革命的人。某次一位《纽约时报》的名记者偶然在报上看到一张夏衍戴着高帽挂着木牌被红卫兵簇拥着在街上游行的照片，特地打电话来问我这种现象到底是什么意思，我也同样哑口无言。

哥伦比亚大学翻译中心把卞之琳、冯亦代安置在曼哈顿中城一所中等旅馆,出入非常方便,离我家也近,十五分钟巴士即可到达,令我和亦代大为开心。他是很爱热闹的人,我妻于是经常邀请卞、冯二位来家用饭。有时卞之琳外出,亦代不甘寂寞,来个电话要我前往与他做伴。卞之琳交酬也多,某次应邀赴耶鲁大学讲学,各地前来听讲者有他的三代学生。那个晚上,趁他不在,我留在旅馆过夜,与亦代谈了通宵,知晓了三十年来在国外所记挂的国内好友们的遭遇,大体了解了我所遗漏多年的国内情况,但是要完全了解就不可能了。我们谈论的话题当然也包括美国文学状况。(我猜想后来《读书》杂志邀我写专题的种子,就是在那时种下的。)要在短短数小时间狼吞虎咽他所遗漏的美国文学情况,真是谈何容易,可是亦代就好像一片吸水纸。这里我且借用《纽约时报》文化记者赫勃·密特庚在他的访问记中写下的一句话来形容:“一与冯先生交谈,你马上会发现,他对美国文学很了解,并不是一个陌生人。”卞、冯两位的访美,至少使美国文化界人士消除了一般以为新中国来客好似来自“另一星球”的偏见。

某次,美国一个文学团体开年会,因为会中将有很多美国作家,于是白英把我们都放进了邀请名单之列。那天,落拓不羁的诺曼·梅勒与冯亦代谈话,惊奇地问他:“你在哪里学的英语?”当他发现这是亦代第一次访美时,就更觉惊异不堪。白英做主举行了好几次介绍中美作家的酒会,我也借此初识了许多久闻大名却缘悭一面的作家,如库尔特·冯内古特、伊丽莎白·哈德威克等。这两位特别向我问起有无机会前往新中国去看看,可惜我自己当时因与国内作家组织不熟,无法相助。

美国人把中国来客当作“来自另一个星球的客人”的态度,可以与中国人初到美国局促不安的感受形成鲜明对照。我还记得一位中国知识分子写的《熔炉中的两年》一书。此书用英文写成,于一九八四年在美国出版,虽无销路,我却读得津津有味。作者名叫刘宗仁(音译),曾在北京外文出版社与英文的《中国复兴》杂志社任事。中美建交后，他以访问学者的身份在美国一所大学居留两年，经历并不如意。他的结论是，美国虽号称来自世界各地的各色人种的“熔炉”，但他在美住了两年，还是觉得格格不入，不能融入其中。他的经验和感受很令我起了共鸣。我们初到美国时，均是双脚横跨两个文化的“边缘”，这是所有留学生初到外国时都有的“自觉感”。刘宗仁在书中谈及两次在教授间的不快遭遇。一是他在芝加哥一所大学的新闻写作课上，(根据他自己的描写，他常常是“溜入教室，缩坐在最后一排”。)某次放足胆量举手，问教授美联社新闻稿的标点符号规例为何与他曾任事的《中国复兴》不同。教授冒失地说，他从未听说过这本杂志，“你选了我的课，就听我的规例好了。”刘宗仁自言自语地咕哝道：“我是外宾，你怎么能对我这么无礼呢。”而实际上，在一个挤满四十多个学生的教室里，教授很少会有耐心给一个外国学生什么特别的礼遇。

在另一个场合中，一位教“新闻工具与政府”课的教授在讲课时，顺便提到了他在六十年代曾信仰过共产主义，给学生的印象是他对社会主义国家仍感兴趣。这样的话令来自中国的刘宗仁大为兴奋。课后他兴致勃勃地去找那位教授,以为教授一定会对他很热心。不料那位教授态度傲慢冷漠,谈了十来分钟就把他打发走了。

这样碰了两次壁,刘宗仁扫兴得很,觉得教授对他如此怠慢,怎么能顺利交流。

我自己于六十余年前, 从世界大战后的穷苦中国来到地处美国中西部的丰衣足食、清洁优美的大学城时,就颇有骤然落入“另一星球”的感觉。超级市场堆满各种食品;商店职员彬彬有礼,“对不起”、“谢谢”不绝于耳;乘客等巴士,人一多就自动排列出顺序;向警察问路,反应也很客气,了无唬人的气概。

我虽然没能力助美国作家朋友访问新中国, 但不久就遇到了一位有来头的老友,竟能帮助友人约翰·弗莱成行中国之旅。弗莱是美国《滑雪》杂志的主编,经常好奇地问我中国东北的滑雪条件,说希望有机会能亲往观察,回来写一篇报道,可以引起旅游业的兴趣。杂志老板是个大企业家, 愿意出资派遣一个访问团前往调查有无兴建滑雪胜地招徕欧美游客的可能。我的那位朋友与他在北京的朋友有交情,甚至还取得了黑龙江省体委的同意。弗莱特地请我同去。我们一行四人:弗莱,我,还有在《国家地理》杂志任摄影记者的著名探险家奈德·吉勒特,另一位是曾出赛冬奥会的滑雪好手琴尼·雷诺。

我事先警告了弗莱，东北滑雪场地和设备都是日本人在“伪满”时期修建的，多年失修，简陋得很，像样的旅舍也没有，恐怕不能像欧洲的滑雪胜地那样大量招徕外地游客。他则说他的兴趣就是要做开拓者，能在他的杂志发表一篇独家的特别报道就可以了。当时中美之间尚未直接通航，我们还须搭乘巴基斯坦客机在欧洲中转飞达北京。我首次感受到了别国客机设施的简陋。我的座椅坏了，不能靠躺下来，全程都要正襟危坐，向空中小姐抗议也毫无用处。

我们三男一女的记者访问团一到北京，就由中旅指派了一位稍通英语的青年担任我们的导游，他一见我们，就戏称我们为“四人帮”。到了哈尔滨，黑龙江省体委主任到机场迎接我们，为我们讲解了滑雪设备的来历，当然，日本人走后，就完全没有维修。要想把黑龙江尚志县的滑雪场地改造成欧美游客的度假胜地，真是谈何容易。不过，三位友人还是体会到了一些滑雪的乐趣，弗莱甚至还参加了当地青年举办的冰球赛。最令他神往的是乡下土制的溜冰鞋，在布鞋底下装上两条铜片，十岁不到的小童，穿上这种滑雪鞋，竟能轻快地从山坡上滑下来，而且不需要支撑的杆棒，真是令人惊叹。而这些小童，自然是自幼即如学步一样学来的。弗莱为此拍了许多照片，后来登载在他的滑雪杂志上，引起了美国滑雪迷的好奇。我也为美联社写了一篇初访黑龙江的经过，和一九七九年所写的初次回国感受的报道一样，由该社向全国报纸发布。由此，我们的活动也引起了电视新闻的注意，NBC 著名的早间节目“Today”有意邀请我们上节目讲解，后来因时间问题而作罢，因为我们回美时已将近三月，滑雪季节早已过去，电视台觉得观众已无兴致了。就我个人而言，虽没能借此学会滑雪，却能在哈尔滨参观中首次品尝熊掌，也得以游历了哈尔滨著名的冰城。此外，我印象最深的就是小村乡民对红毛大汉和金发女郎的好奇。导游说，此村居民都是朝鲜裔，大概从未见过洋人。某日我们去一百货商店购物，出来后突然见到千余乡民聚在门外等着看外国人。我们的摄影记者马上照了相。我自己也觉得好像是电影明星的陪衬，沾了一些受影迷企慕的光。在当地乡民眼中，我们显然是“来自另一星球的客人”。

回美后，我一直记挂着这次美国人赴黑龙江考察滑雪事业对当地官民的影响。数年后，那位替我们安排旅行的朋友寄我一本广告小册子，果然，现代式的旅馆已在当地建成,招徕外国游客,旅馆中还建了一个热水游泳池。不知道他们生意如何,但至少我们也算是为当地的滑雪旅游业做了初步的宣传吧。

这次游历最令我高兴的是与奈德和琴尼结成了好友。奈德性情豪爽,酷爱各种探险,也是攀岩登高的专家,尤其喜爱去无人造访的高峰滑雪。黑龙江之行十余年后,我突然见到电视新闻特别报告,奈德与妻子苏茜在克什米尔探险时,在帐篷中被劫匪枪杀。苏茜中枪,负伤爬行求救,终被乡民送往医院获救。奈德时年仅五十三岁。苏茜四十二岁,曾是一九七四年度、一九七六年度的美国女子滑雪冠军。弗莱和我打电话去问候,谈及奈德都不禁恸哭失声。

琴尼后来退休回到佛蒙特州的老家,在附近的滑雪场打理一个旅馆。

白英于一九八三年逝世,在遗言中嘱他的遗孀将他的骨灰分撒在中国,最好是长江。恰好那年夏天我回国旅游,在从武汉去重庆的轮船上把他的骨灰撒进了长江三峡。这位戏言中国朋友是"来自另一星球的客人"的英国作家,竟要把骨灰留在他所热爱的中国的土地上,令人敬重。

二〇一一年十月

六十年代的美国社会革命
——八八回忆之二十二

近几个月前纽约的中产、无产阶级青年所发动的“占领华尔街”运动而引发全美以及世界各地的同样骚动，令我忆起自己在一九六〇年代的参与美国社会革命时期的兴奋。一般人士仍目那个年代是美国最进步的社会革命年代，不必有武装冲突，也不必有政府压抑，人民自动的因反对越战而开始集会游行抗议，进而造成各方面的解放：黑人人权、女权、性自由、堕胎(后来促成了最高法院的合法决定)等等。

我自己对这方面的兴趣源于我本人成长时期所孕育的思想，对当时中国现状的不满：国民党贪污腐败，官僚靠权势唬人，贫富不均。抗日战争的胜利并未改革政府。换句话说，我在少年时已成为倾向于马克思主义思想者。等到了美国，特别是在纽约，我自然而然地与思想自由的左派男女结交,热心参与了六十年代的社会革命,乃是当然的结果。

我们在五十年代的集合点始于格林威治村，后来因当地租房昂贵,大群朋友移往布鲁克林区的“布鲁克林高地”,成为小小的格林威治村,我自己那时则住在哥伦比亚大学郊区,搭乘地铁过去,非常快速。地铁通宵开放,安全方便。

我们这个思想开通的小小集体中有作家、画家、学习舞蹈者,也有学习烹调术者,有黑人、华人、犹太人,白人之中则多是波兰、爱沙尼亚、德国、意大利移民的第二代,或者说,这是微型的美国社会。我们经常相聚,讨论文学、艺术与政治、时事。我们相互传读来自欧洲的禁书,如亨利·米勒、D.H.劳伦斯的小说等等。男女之间关系也很随便。我们经常一起去百老汇或格林威治村观剧。我印象最深的是一起到麦迪逊广场花园去参加两万人的反核武器运动的集会,主讲人是我们所敬仰的社会主义者领导人诺曼·托马斯。那时正是美苏两国核竞争期间,有理智的人如托马斯老人高声疾呼核武器毁灭全球的危险，数万民众都有同感,参与者不一定就是共产主义者或社会主义者,青年学生更是热心。这些思想进步者后来也成为反越战运动的中坚分子。

美国随着法国在奠边府吃了败仗后的加入越战，希图帮助越南腐败政府打击胡志明越盟的举动，是最受民意反对的。在约翰逊总统任内，美国陆续派遣了二十五万青年兵士参战，整个战役所牺牲的兵士达五万人之多。由于当时仍有二次大战遗下的征兵制度，贫富不论，凡青年即要被征入伍。知识青年的大量牺牲，更引起中上阶级的公民愤怒。反战者不仅包括贫苦家庭子弟，出生于殷富家庭的大学生也纷纷在校园中发动反战集会，思想进步的教授们也纷纷参加。各大城市都在周末有反越战大游行，纽约市声势更大，某次参加人数竟达到十万，在街边观看的人也往往因受到感动而自动加入游行队伍。这是我的美国生活中最感兴奋的一段。

与此同时，马丁·路德·金博士所领导的黑人人权运动也极大地引起了民间同情，特别是在北方城市，黑人白人学生往往一起去南方参加黑白混合的活动，一起搭乘公共汽车，一起进餐馆用餐，一起进影院观影，目的旨在打破黑白隔离的陋习。他们中，有的人在街上游行时被警察用消防水龙冲击，有的竟惨遭三K党徒杀害，如此镜头在电视上出现，更加引起了美国与国际民间的同情。

从英国传来的披头士音乐更激发了青年的自由思想，随之而生的聚众吸食大麻，青年男子蓄长发胡子，衣冠不整，服装随便，大麻烟与音乐对男女生活的影响等等，终于产生了世界闻名的“嬉皮士”。他们故意与成人社会相抵牾。女子避孕药的发明，更对男女关系的随便推波助澜，女子能够避孕独立，也就能站起身来，女权运动也因此应运而生。凡此种种，反核运动、反越战游行、黑人人权运动、女权主义倾向、性自由在中产阶级间的普遍，等等，以及偏激刊物（主张性自由、反权威、反种族偏见、拥护女权）的流行更造就了社会革命的气氛，甚至知识界与中产阶级人士也参与其中。我还记得纽约市立大学一对心理学教授夫妇，出版了一本名叫《开放的婚姻》(*Open Marriage*)的书，鼓励已婚的夫妻，可自由在婚外找寻性伴侣，不必受婚姻的约制，其理由是性伴侣的多样化经验有助于婚姻的坚固。这种现在看来甚是荒谬的理论，当时竟吸引了中产阶级知识分子。全国各地，特别是西部加州郊区，都成立了所谓公社(Commune)，已婚与单身男女集居在一起，可以自由交换性伴侣，目的旨在消灭所谓男女吃醋生妒的小资产阶级观念。我们一群朋友都是未婚者，生活已很自由，不用参加。但是也有一对朋友，夫妻都是医生，却异想天开地参加了一个换妻俱乐部。参与的夫妇,每周一次集会共宴,酒足饭饱后,一起吸大麻闲谈,男子们把自己家里或公寓的钥匙投入咖啡桌上的大烟缸中,然后独自回家,他们的妻子一一在烟缸中胡乱拾取钥匙,径自就去那个男子家中过夜。这种做法可以更大地引起对参与者的刺激,因他或她并不知道对象是谁。这类换妻俱乐部并不流行。许多参与者,包括我那对医生夫妇,后来都离了婚。当时一本流行极广的金赛性学博士所著的《男性性行为报告》,当然也起了极大影响。接着流行于坊间的是麦斯德斯与詹森男女医生合写的对男女性经验的实录与分析,更大大放开了男女性自由的胆量。六十年代也是百老汇戏剧界的大胆放肆时期,裸体舞剧与戏剧不断上演,最杰出的是《哦,加尔各答!》。该剧由各种短剧组成,剧作者都是英美戏剧界响当当的人物,戏剧性或喜剧性的短剧都有关性事,舞剧则有赤身裸体的戏码,他们毫无顾忌。此剧因轰动曾搬演二次。我还记得,名作家刘心武初来纽约访问时,我曾陪他去观看过这部剧。另一次,我陪同戏剧界老友黄宗江去观看当时正在时报广场一个电影院放映的《深喉》(*Deep Throat*)。六十年代,由于社会风气的大动荡,突然间,什么都开了禁,描容淋漓春宫的电影公然在电影院公映,其中最出名的就是《深喉》。此片名气远播全世界。黄宗江听说后就要我陪他去看看,以广眼界,其实我们惯住纽约的人,已丝毫不以为奇。我只是觉得提出这类的社会开放,能够帮助读者了解我所叙说的美国社会动荡期间的革命性意义。回顾往事,我仍认为一九六〇年代是我一生中最有意义、最受启发的一个阶段。

二〇一二年六月十五日

何其芳著作英译本引起的回忆

几个星期前，在纽约市立大学图书馆的新书类中，突然看到一本何其芳选集的英译本，惊喜万分。记得三十余年前自己初习写作的时候，喜爱散文与诗，对汉园三诗人何其芳、李广田、卞之琳特别拜服，尤其是对何其芳的《画梦录》爱不释卷，读了又读。当时很多青年作者都对《画梦录》着了迷，我也不例外。

那时上海租界是“孤岛”。我在《文汇报》副刊“世纪风”、《大美报》副刊“浅草”开始发表散文，用的笔名是坚卫，也许柯灵先生还记得，因为他是这两个副刊的编辑。柯灵后来也编了另一家报纸的副刊，名字我已忘了。有一个时期是芦焚所编，我也在那上面发表了不少散文。我之所以提起这些，并不是替自己吹捧。我只是想表示，人的关系、思想、文化、传统、情绪，都是有一脉相承的，连贯性的,时间与空间都不能消灭人的智慧与头脑记忆。就时间上而言,我离国已三十余年;就空间上而言,我在地球的另一边。可是,虽然我在名义上是美国人,实际上是一个十足的中国人。我对祖国热爱与忆望,并不因时间空间的间隔而冲淡。我对祖国的文化遗产,也不能忘记,虽然我住在美国的年数,较我住在中国的年数为多。

由于这些思潮的奔腾,我看到这本装饰美丽的何其芳著作英译本,感情复杂而冲动。我年轻时所拜服的作品,三四十年后竟获外国文学界的欣赏,这不但表明文学艺术作品不能被时间湮没,也表明真实的文学作品是世界性的、寰球性的。我不但为我心爱的何其芳而自豪,我更为我国的文学遗产自豪。

这个英译本由澳大利亚的昆士兰大学出版社(University of Queensland Press)于一九七六年出版,其实也不能算是新书,只是新到美国而已。书名是《梦中道路》(*Paths in Dreams*)。编译者名庞妮·麦道高尔(Bonnie McDougall),出生于一九四一年,是悉尼大学毕业生,现在美国哈佛大学东亚研究院做研究工作。她是在悉尼大学讲授东方教材时完成这本书的。当然,她的专业是中国古典诗与现代诗,及中国文学批评。

英译本共有二百四十四页，所选的散文与诗来自《画梦录》、《汉园集》、《还乡日记》、《还乡记》、《还乡杂记》、《预言》、《星火集》、《夜歌》、《星火集选编》、《夜歌和白天的歌》、《黄昏》、《迟暮的花》等。虽然我没有原文本作对照，但我觉得译文精湛美好，就"信、达、雅"三个翻译标准而言，"雅"与"达"是已达到，但"信"的方面，必须有原文对照始能下判断。

麦女士也写了一篇长达二十八页的序文，对何其芳的生涯似有相当深切的了解。我翻阅了一下，觉得最有趣味的一段是谈到何其芳对周作人与当时日本敌伪政府合作的批评，及朱光潜对何其芳的反批评。何其芳向往革命，后来也去了延安……

我看到这里，又动了不少感慨，想起了最近读到的巴金在《人民日报》及荒煤在《光明日报》的悼念何其芳的文章，又重新觉得好似新近失去了一个益师良友。这种深切的感情，一个不能欣赏文学艺术的人士是不会懂得的。何其芳的伟大，不是因为他写了《画梦录》，而是因为他在抗日战争及解放战争的过程中能求进步，把他的写作才能发展扩大到后期作品的水准。

我一想到何其芳，也不能不想到李广田与卞之琳。身处远方,我不知这两个诗人近况如何。我对李广田所记得的是他的清秀简朴的诗集。我对卞之琳的特别印象是他所译的斯屈莱契的《维多利亚女王传》。我想起这本书,还有很清甘的回味。我当时是在上海圣约翰大学,读了这书译本,佩服不已,到图书馆找了英文原本作对照,惊喜地发现卞之琳的翻译几乎达到十全十美的地步。最令人惊叹的是卞之琳以诗人的精美文字,正确传译原文原意,又"信"又"达"。而在"雅"的方面,这书成了卞本人的文学作品,而又不失去原文的准确性。此书我想是当时商务印书馆出版的。直到如今,我回想起来,觉得国内译书者如要求精,可参照《维多利亚女王传》的中英二书当榜样。

谈到汉园三诗人,我当然也不能忘了老前辈巴金。我之能有机会欣赏这三位的诗与散文,全是因为他们的诗集都是由巴金主编下的文化生活社出版。(我也喜爱丽尼的散文集《鹰之歌》,但至今不知丽尼是何人的笔名。)

巴金是我幼时思想发展上的第一个照明灯,第一个导师。抗日战争前,我在宁波念初中,偶然在图书馆中找到一本《电》,从此以后,我就变为巴金的迷,他所著的书,我全读。我想,在我当时那一代,有无数的年轻小伙子读了巴金的作品后,思想变化,替以后的革命下了不少种子。

单是这一点，中国人民应该向巴金致谢。革命之成功，作家们如巴金、鲁迅、茅盾等都有极大影响。这应使我们更理会到文学遗产对我们的宝贵、艺人学人对社会的贡献。(巴金的《家》当然已有很多英译本。他的小说《寒夜》英译本最近由华盛顿大学出版社出版。此外，萧红的《生死场》及《呼兰河传》的英译本已由印第安纳州立大学出版社出版。而老舍的《骆驼祥子》新译本也将出版。《骆驼祥子》的第一个英译本叫《人力车夫》(*Rickshaw Boy*)，曾是一九四五年美国畅销书。)

我写这篇回忆性的短文，充满感情，不但是因为离国多年，思乡心切，留恋旧时，也是因近来读到了不少追悼文字，想到我青年时代的不少钦佩的人士都已过世，心里觉得万分感伤，难过。

老舍。我初中时初读《猫城记》，即对他倾倒。他的幽默作风，他的着实而成熟的写作技巧，等等，都使我为他所遭遇的悲剧下泪。

长江。我记得当时把他的《中国的西北角》与斯诺的《西行漫记》一起参读，对共产党在延安的作为有更深切的了解。

艾思奇。他的《大众哲学》是我们当时青年人的圣书。

周信芳。我当时不是一个京戏迷,但我对麒麟童的进步性很是倾倒。

田汉。单是他在《义勇军进行曲》中写下“起来,不愿做奴隶的人们”,已替革命做了足够的贡献。

金仲华。我清楚地记得熟读《世界知识》杂志,了解国际情况。

郑君里。我是三十年代的影迷,那时已知道郑君里是一个进步影人。

上官云珠。我在上海剧艺界与她会过面。我清清楚楚记得她的小巧玲珑的脸庞和她天真淳朴的性格。

还有谁呢？很多吧。这些文人和艺人,因为他们特殊的才能在社会上杰出。也可以说,由于他们特殊才能的贡献,始有今日的革命成功。想到这些杰出人士都是因在十年浩劫中迫害而致死,真是使我这个在国外流浪三十余年的人心痛极了。

一九七七年六月九日

永念柯灵老师

六月二十日下午四时打开电脑，突然见到上海陆灏发来的电子邮件。很简单的一句："柯灵已于昨日(十九日)逝世。"心里十分激动，觉得非立即把我的感触写下来不可。二十日下午是纽约时间，上海是二十一日清晨。因此当我得到消息之时，柯老已谢世两天，我想象自己在这两三天内做了一些什么：参加北大校友的"花季诗会"，完成一篇为美国刊物写的有关上海历史新书（作者名 Stella Dong)的书评，读了不少积聚的报刊……我想这样的活动一定是会受柯灵老师嘉许的。我的活动就是他的，或者其他文友的日常活动。近几年来我每回到上海，必由老友沈寂、何为陪同前往探问。师母陈国容女士开门迎客总说："柯灵在书房看报，让我去叫他。"

最后见他一面是四月三日。我在上海只逗留六天。虽然我不愿去多打扰他老人家,但沈寂说,偶来上海一次,怎可不去看他?我们都是五十多年的老相识,谈话自由自在,多半涉及文坛轶闻与往事。柯老虽然耳朵聋了一些,总是关注我们小辈的谈吐。在他面前,我们当然是“小辈”。我在文章中提及柯老时,老说“我们是柯灵麾下的小喽啰”。我们一代的作家:何为、沈寂、沈毓刚(其佩)、徐开垒等(如有遗漏,请朋友们原谅),都是在上海孤岛时期由柯灵启蒙,在他所主编的文艺副刊与杂志开始发表作品的。我们当时把他所编的杂文集《边鼓集》与他所写的散文当作圣经似的阅读。我们对他在日伪统治时代的大无畏精神深表敬佩。这种精神代表了他的文人骨气。即在最后一次与他会面时,他的脆弱的身体与语声也没有湮没他的坚忍顽强的气质。每次与他告别,我总觉得受着一些乐观的鼓励,同时也又黯然有所感触:他替革命做了这么多的贡献,怎么还是住在半个世纪前的老巢中?他似乎不在乎物质上的享受。某次在他客室,见他拆开信封,取出一张邮局寄来的二百元汇款单,笑嘻嘻地自嘲道:“这是一篇文章的稿费。”柯老的文章只值二百元?

我于一九四七年离沪来美后,有三十多年没与柯老接触。八十年代初我开始经常回国,在上海时总受他的招待宴请。首次是在八仙桥附近一个宁波菜馆,在见面之前他告乐山,他的印象中的坚卫(我当时写稿的第一个笔名)是穿了蓝布长衫的矮小个子。见了我,他已不认识了。此后他在外白渡桥彼岸的百老汇大厦(上海大厦)与外滩的和平饭店高楼餐室中都曾宴请。近年来的几次都由“小喽啰”们主张“聚餐”,我们不愿柯老破钞。

我不厌其详地提出我们的聚会,因为我以为这样的叙宴是我每次回上海旅程中最愉快的一段。现在我们的头儿去世了,我们这些小喽啰们是否会四分五裂?去年我已写过追悼董乐山与沈毓刚的文字。柯灵的去世是否表明我们这朝代已告一个段落?我要想借这个篇幅向各位老友们,特别是上海的何为、叶明,北京的冯亦代、黄宗英等祝健康,也请陈国容女士保重。至于我自己呢?我将尽力争取多多返国探望老友。

在悼乐山的一篇中,我遗憾未能做到与乐山合写一部北京一家出版社所要求的兄弟回忆录,现在,柯灵老师去世的消息传来,我又有一个遗憾:正在由沈寂编辑中的我的《留美五十年》回忆录将缺少一篇柯灵的序文了。

二〇〇〇年六月廿日

追思沈毓刚

老友沈毓刚刚于五月二十二日在“夜光杯”发表一篇悼念董乐山的文字(《魂归异乡,心留祖国》),九天后我在这里写悼念毓刚的文章,人生就是这么一回事。不过这一次,我觉得上帝太不公道,于毓刚兄在我旅沪之时将他召去,不但没有让我见他一面,而且剥夺了我与他谈话的最后机会。二十七日中午我与承惠、沈寂共用午饭时,已向他们要了毓刚的电话号码,三小时后,承惠给我宾馆打电话,说是毓刚已于当日中午去世。后来我从北京的四弟名山处得悉,他的最后一次电话其实是打给乐山遗妻畹君的,然后突然跌倒……

毓刚噩讯传来时我好似觉得心胸挨了一下闷棍。我躺在宾馆床上追思,重读他于四月十八日写给我的最后一封信。去年他在本刊发表了一篇《遥念董氏兄弟》后,我两兄弟都写过回答，纠正一些记忆上的错误，他耿耿于怀又来信作解释。毓刚就是这么一位君子，要把什么细节都搞得清清楚楚。其实我是受宠若惊，看到老友作文“遥念”，已是够高兴了。我们这些老人都是靠过去的记忆来持续生命的。回忆是我们生活中找寻心灵慰藉的极大部分。（不过，由于他的多虑，我的回答在他过目后未及见报。）

因此，有什么可以阻碍我在这个时机对毓刚的怀忆？我与二毓刚初次相识是一九四五年（抗战胜利的一年）。那年我在圣约翰大学毕业，秋间考入《申报》当记者，毓刚也在同期考入，他充任了文艺副刊助编，而我是吴嘉棠麾下的外交实习记者（在那时，我们名片上都是“实习记者”头衔，后来因我们的抗议而被取消“实习”两字）。凑巧的是，我们在新闻界都有兼职，都在那时甚广销行的《辛报》工作。在那份小报上，我们的职务恰与《申报》职务相反。他是国际新闻编辑，我编了副刊的一版。（另一版由杨复冬主持，那是另一个可以回忆的故事。）

由于我们在两个报馆的不同部门工作，接触很少，我只知道他是一位很拘谨、谨慎的人，什么都是循规蹈矩，不愿得罪人。有时我们一群同事下班上舞厅、去夜总会，他从不参加。到了多年后我才知晓，远在我们加入《申报》

之前，我们早已在柯灵先生所编的副刊页上成为神交，他的笔名是其佩，我的笔名是坚卫。

我于一九七八年初度回国（三十一年的隔离）后几年，开始了我中文写作第二次生命，毓刚不断催促我替“夜光杯”写稿，我偶然才应付一次（现在觉得懊恼）。我还记得当时他对我说的老实话：“《晚报》太穷，没有国际邮资给你寄上刊出的剪报。”一个作家对稿费不在乎，见刊的文章则非看不可。我既收不到剪报，后来供稿的兴趣也减了。这与今日的境况大不相同，现在《新民晚报》美国版赠报我每期都收到。

我与许多老友于多年后恢复关系还得感谢柯老。不知是八十年代初期的哪一年，柯灵老先生在西藏路上一家宁波菜馆请客，把当年在他报刊上撰写散文的“学徒们”召集在一起。

我还记得那是一个最兴奋的晚上，互相发现当时各自所用的笔名（“啊，其佩原来就是你！”）好似重新相识。那天晚上宴会后出来，在南京西路上散步。毓刚特别指出我所穿的“异装奇服”取笑（那时与今日不同，国外时式在国内一律蓝黑制服的社会中格格不入）。他腼腆地故意不与我一起行走，这个印象深深刻入我的脑中。毓刚是不喜招摇惹人注意的。

按照往例，我每回上海，总由老友们“公宴”一次。这次也不例外。虽然我不敢打扰年过九十的柯老，但他与夫人陈国容女士也来了，席中就是缺了沈毓刚与董乐山。宴会就成为带有传统欢聚性的追思会。我刚谈了徐开垒新作《巴金的同时代人物》与沈寂的回忆录《风云人生》，看到书中所提的许多老友名字，不少已经作古，颇有感慨。在座的朋友越来越少，只有柯灵才是“巴金的同时代”，我们(徐开垒、何为、沈寂、吴承惠、方明与我)都可算是小辈，但也都是七十开外了。

席中我提起五年前的乐山旧作《论中国知识分子的软弱性》，刚在香港一个期刊发表。五年前，乐山用了“曹思汉”笔名，不敢用真名，此稿在我处存了五年，在国外也找不到出处(因为文中的直言得罪人)。此次终于出世改用真名见刊，是我的主意：已经去世，还有什么可虑？我想毓刚对此文的直率态度还是会不以为然的。

我们谈到文人骨气，我猝然回想起五十多年前柯灵在日军宪兵队拘留所中的坚强不屈精神。我们小辈当时对他的尊敬，凝固了我们之间半个世纪来的深厚友谊。在道别时，我再次意识到毓刚已不在人世。

一九九九年五月卅一日

从英若诚想起……

周末去华美协进社听康开丽女士演讲英若诚生平。康开丽原名 Claire Conceison，乃是北卡州著名杜克大学戏剧系教授，曾在中国居住多年，满口标准国语，但用英语演讲，因座中也有许多洋人也。所讲主题是她与英若诚合作的、这位著名戏剧家的自传。康教授于一九九〇年学生时代就开始旅访中国，由于她对中国话剧发展有兴趣，与英若诚交了朋友，在后者于二〇〇三年病逝前数年，多次与英先生讲话录音，编成这本名叫 *Voices Carry* 的回忆录（中译本书名是《水流云在》），书中详述英家四代历史，直到最后一代的英达（今日也是影剧名人）。我觉得最有兴趣的一节是英若诚翻译了阿瑟·密勒名剧《推销员之死》，并与密勒合作在北京主演了此剧的事迹。

我与密勒、英若诚都曾有机遇会过面，但不熟。在我于一九四七年离上海来美前，原与中国影剧界人士很认识，(英若诚成名是后来的事。) 因此，对康教授的讲述听得津津有味，可惜她未曾详述英若诚与戏剧界人士在“文革”时期的遭遇。

这就令我想起少年时期的崇拜对象曹禺。他不到三十岁就因《雷雨》一剧成名。《雷雨》剧本首先在巴金所编的一个文学刊物上发表，后来曾在国内外多次搬上舞台。曹禺与巴金从此成为终生好友。

近来读到北京名记者李辉所著一篇有关这两位文坛巨人的文章，令我很起感慨。此文即将在上海《收获》月刊发表，因此我要在此向李辉致歉，抢先用了他的数据，谈谈“文革”时遭遇对巴曹两人友谊的影响。

关于“文革”如何损害人性，我前曾多次讨论过。我认为任何人在那时期被迫做下的羞耻行为，都有可原谅之处。在恶毒气氛威胁下，为要保全自己，几乎人人都会做出违背良心的言行，所谓“明哲保身”是也。(我自己身处国外，得以避免这个难关。)“文革”时期的“自我批判”打开了人性丑恶面的大门。

巴金早先就曾鼓励曹禺“大胆”写作。我猜想曹禺在自我批判时曾发言伤害了友人，于心不安，到了一九八三年还在一个文化集会中，当了巴金的面大声诉说："我十分讨厌自己！"巴金后来写信原谅了他。

我对巴金的记忆不是出于一九八二年访他上海家居时的印象，而是王西彦在他《炼狱中的圣火》中所形容的一段：

> ……抬运粪水是我们老"牛鬼"的专业……巴金经常被派到化粪池畔倒粪水。当粪水哗的一声往池子倾泻下去时，池子里的积粪也相应地喷溅上来……因此……巴金的脸孔就成了"花猫"。

"炼狱"指"牛棚"、"圣火"是巴金！王西彦唏嘘地说。

二〇一〇年十二月十三日

我的朋友唐德刚

我记得在小学时代就读过胡适的《四十自述》,到现在,印象还是很深刻,胡适于四十岁时已成为中国学术界首屈一指的人物。青年时期,我阅读广泛,常读到有人在文章里大事宣称自己与胡适相识,甚至以一句"我的朋友胡适之"自夸,这句话也成为文坛嘲讽的谈资。我是后辈,虽曾与胡适吃过饭,谈过天,绝不敢自称"我的朋友胡适之"。

有幸见到胡适还是托老友唐德刚之福，而唐兄才可以这样说——"我的朋友胡适之"。他在哥伦比亚大学任教时,以主持"口述中国历史"节目著称,近代中国史当然少不了胡适,他因此曾长期访问胡适,成为关系密切的朋友,学术界称他为胡适的大弟子,胡适思想的传播者。

唐德刚著述颇丰,以《胡适口述自传》与《胡适杂忆》最著名，读过他的著作者都敬佩他的文笔风格。五十年来我与他成为知交，他也是我的导师，虽然我们年龄相仿。

他逝世的信息传来，令我悲痛不已，又不免起了兔死狐悲的感念。唐兄与我、夏志清教授有一时期曾被人称为“纽约三老”。我们年纪相隔不过二三岁。夏兄近来也患病，只留下我一个偶尔能参加一些活动。而我自己七年前患了带状疱疹所带来的神经痛，至今未愈，也不大出外了。

一提德刚，我马上想起一本名叫《海外论坛》的刊物。五十年代中期，我自密苏里搬来纽约，不久即与一些志趣相同的留学生相交，我们十余人经常在周末聚会闲谈。就在此时，德刚建议我们合作创办一本中文月刊，创刊经费由我们分担。多半朋友的反应是，到哪儿找愿意购买刊物的读者呢？那时在美华人甚少。德刚则天真地举出五四时期胡适创办《独立评论》的先例，认为我们留学生创办的刊物也将在历史上留名。结果，《海外论坛》倒也生存了两年，终因读者稀少、经费不足而停刊。我还记得后来一些文化学术界名人如谢扶雅、周策纵、马大任、鲁光桓等都曾有文章在我们这个小刊物上发表。

在此同时，德刚也曾组了一个“白马诗社”，我因为对诗是外行，没有参加。希望一些当时的诗人也会发表回忆文章来纪念德刚。

半个世纪的友情在这短短的文章中怎能尽述？人到老年，记忆力减退，什么都模糊了。

唉，我的朋友唐德刚！

二〇〇九年十一月九日

忆小丁

我早在新中国成立前的上海，就与漫画家丁聪会过数面。那时，以政治讽刺漫画著称的小丁，已在抗战胜利后的文化界很出名。

三十余年后《读书》创刊，我与他同时应邀成为经常撰稿人。此后我每次返国，总有机会与他相遇。而我，每收到《读书》，必急急翻看：这会儿小丁在讽刺什么或什么人？他的幽默可带给我一阵会心的微笑，而他的挖苦含蓄，也不会让受讽刺者觉得难堪。

一九八二年我回国时，他送我一张我的肖像。这是他完全靠记忆画出来，而我惊异他能抓住我当时的神态。由于美国人对中国文艺动态很好奇，我在一九九一年一月十六日的《纽约时报》上发表了一篇短文，介绍这位中国第一号政治漫画家，并附了一张他的近作《公仆的气派》，描容一位自傲自大的官僚坐在巨大轿车中，压在车下的是一座破落倒坍的小学校舍。此文与画颇引起当时美国文化界一阵注意。

一九九五年，他出了一本《我画你写——文化人肖像集》，也用了我那张肖像，其他所收集的文化界名人包括巴金、冰心、艾青、柯灵、黄苗子、聂绀弩等。既是“我画你写”，每张肖像下面就都附有作家“自述”。我写的“自述”是一首打油诗，如下：

当年被人称董老，又是惭愧又气恼，
如今华发尚满头，后生自居不服老。①

现在消息传来，小丁于五月二十六日在北京逝世，听了不禁黯然。近来老友病逝的不少，小丁活了九十三岁，算是长寿了。就自己而言，现在有人称我“董老”，也再不觉“惭愧，气恼”了。

二〇〇九年六月

---

① 此画像初刊出时，适在苏州旅游，接待人员尊我为“董老”，深感不自在。——作者注

忆曹又方[1]

台湾名作家曹又方去世的噩讯传来，令我震惊，虽然我知道她已患癌症多年，她仅活了六十余岁，在今日，六十岁还算年轻的。我与她最后一次会面是她来纽约与朋友们“告别”的那次。我与她在旅馆中聊天，谈到她的病况，我不禁凄然下泪，倒是她，怪我作为男人不应如此。

某年，我们应邀一同去爱荷华州参加爱荷华大学由聂华苓夫妇主持的国际写作计划，我们与来自各地的国际作家度过了很愉快的几天，一位外国作家竟因她的美娴对她发生了爱慕。

我与她第一次见面大约在三十年前，她以纽约《中报》

---

① 曹又方，本名曹履铭，字光虹。一九四二年出生于上海。台湾世新大学毕业，曾旅居美国十年，后移居台北。台湾著名作家、出版家。二〇〇九年三月二十五日在台湾病逝。——编者注

副刊“东西风”主编身份请我吃饭约稿。那是纽约中文报纸文艺副刊最旺盛时期,《华侨日报》有王渝主编的副刊,《北美日报》有李蓝主编的副刊，我在三个副刊上都有发表。今日王渝仍与我保持密切友谊。李蓝,却很久没有音讯了。

在“东西风”上我写得特别起劲。文章受编辑欣赏对作家是鼓舞。又方是位精明严格的编辑，每篇约四千字,每周一次,我的文稿从不误期。不久她就将我所发表的文稿编集,名之为《西窗拾叶:闲话欧美文坛》,由她交给台湾的圆神出版社于一九八八年出版,后来我问她销路如何,她苦笑作答:“台湾读者似对这类较为严肃的读书杂感没多大兴趣。”

又方回到台湾后,由名作家转为名编辑,主编了好几本畅销文集如《名家谈爱》、《名家书信集》等等,我也供过稿。回想多年来，我一共出了二十余种文集,《西窗拾叶》是唯一在台湾出版、用繁体字直排的一本。

又一年,我飞台北去访陈立夫。又方已是一家书局的总编辑,并在无线电台上主持一个讨论文化的节目,她邀我在节目上谈访,事后去一餐馆用饭,我对菜肴的美味赞不绝口。她向我瞪了一眼说:“还可以。有什么特别?”一时令我自惭形秽。

当然,她是一位美食家。她常讥笑我对菜肴鉴赏标准之低,而我,好像什么中国菜都是可口的。正如她对文章的鉴赏一样,她对餐馆烹调术持有同样严格的标准。

二〇〇九年六月

悼小洛

最令我伤感的是我所听到的噩讯是间接的。香港友人来信,告我陆小洛兄已于三月十日患胃癌谢世,消息从他的香港亲戚证实,小洛住居西岸的旧金山,我住在东岸的纽约,讯息都要经由香港。我只能怪我自己的懒惰,在过去三个月内没有抽出一些时间来写封信,打个电话。两年前他曾入医院开刀,但我不知道他患的是胃癌,最后的一封信还是叙家常一样的,没有什么暗示。十二月我去北京过年,回来后文债众多,就一直与老友没有取得联络。在他后期的病床上,我不知他有没有责怪:“怎么鼎山没有来信?”

陆小洛并不是中国文坛上的一个大名,青年人根本不熟悉。可是目前在大陆、台湾、香港的新闻界与电影界的年纪较大的人士中,恐怕没有一个不知悉这位人缘极佳、慷慨慈祥的新闻业前辈。他与现在加拿大退休的三十年代影后胡蝶是好友。他的同辈知友包括现在巴黎的唐纳,现在台湾的崔万秋,现在苏州的龚之方,现在上海的柯灵,年前逝世的唐大郎(刘郎)……中国的新闻史上,不能缺乏这个名字。

我与小洛初识是一九四五年,抗战胜利的一年。当时小洛正在筹备小型报《辛报》的复刊。他要把这份报纸办成异于其他小型报的、看重时事与知识的出版物。当时我已在上海各种报刊有文字发表。小洛的助手杨复冬(另一位令我十分记挂的已故知友)来找我,要我负责一个以美国出版物材料为根据的综合性版面。那是我第一个正式职业,我变成了小洛的“学徒”。在过去另一篇文章中,我曾形容某个深晚(当时编辑是夜工作)我与小洛共乘三轮车到印刷厂去看大样,如何在首次闻嗅油墨纸张气味后,深深地爱上了新闻职业。

《辛报》当时销路奇大,一部分原因是上海读者们经过八年抗战的外国新闻堵塞后,对《时代》周刊那类杂志所能介绍的讯息极感兴趣。另一个原因是体育新闻名记者陈福愉(桑榆)的返回(桑榆是造成战前《辛报》以体育新闻著名的原因)。

不久我考入了《申报》当实习记者，终而将《辛报》的兼职辞去。《申报》与《新闻报》乃当时上海两大报纸，是醉心新闻学青年们的求业目标（好似美国新闻系毕业生都梦想进入《纽约时报》）。现在回想起来，我在小洛手下所学得的实际经验较在《申报》学得者为多。一九四七年我来美国入密苏里大学新闻学院之前向小洛探问意见。他鼓励我出国。这么的一别就是三十多年。

我视陆小洛、桑榆、杨复冬都同为我的良师。不幸我没有能够再见到桑、杨两位。只有小洛，我有机会于一九八〇年在旧金山重逢，他已是一个行动缓慢的老人了。

小洛不但是个新闻界前辈，而且与电影界也有因缘。三十年代，他担任过明星电影制片公司的宣传工作，同事是高季琳(柯灵)。这又使我想起了另一件琐事。上海孤岛时期，我已开始向柯灵所编的各种文艺刊物投稿。后来小洛带了我乘火车去苏州游玩，同行者还有柯灵。那是我与柯灵初次相逢，在车厢中对两位前辈极为敬重。我的敬畏的态度引起他们好笑。小洛是个随和的人。在金钱上，他尤其慷慨。每次上餐馆，他总有一群小喽啰相随，账单开来时，做老大哥的一手抢去。即使他经济拮据之时，还是十分大方。

新中国成立后小洛去了香港，后来又去台湾，那一段历史我不熟悉。一九七八年秋我重返大陆时，途经香港，人地生疏，又不会讲粤语，与妻女住居怡东酒店，很寂寞不自在。到后来才知道，小洛住处就在酒店附近，我们甚有可能在食街相逢。原来于我访大陆观感在报刊发表后，多年不见的朋友纷纷来信，我才发现香港有许多多年前上海的老友。(现在我去香港，已绝没有人地生疏、言语不通之感了。)

一九八〇年初，小洛自旧金山来了一封信，说他已因子女关系移民来美，在旧金山的奥克兰定居，叫我去看他。我的高兴不能言喻。我们先通了电话。那年八月，我先飞夏威夷岛看另一个朋友，归途经过旧金山，一入旅馆，就见小洛在厅内等我。一别三十三年后，我们都老了一些，但是在相见五分钟内，我们就在相互的面孔上找到同样的痕迹，只是稍深一些。他由他的儿子开车相陪，因此我们两天的聚会很方便。我果然感觉到了他的老迈，记得我不时叮嘱他要保重身体。

我们此后不断地通信。他责怪我"太美国化"，往往不重视中国过年过节的习俗，在旧历大除夕前，他寄我在红纸上所写的新年对联，叫我不要忘旧。他特别关心我的

“千金”是否对中国优秀传统有所疏忽。次年仲夏,他与一个电影界前辈的老友(我苦苦记不起这位吴先生的大名)途经纽约来看我,带来好几个嫂夫人所包的糯米粽子。这么多年我没有食到糯米粽,看到老友的细心,我的两眼盈泪。我记得当时他所感到最遗憾的是不能与我的妻女通话。不过我一直没有机会告诉他,我的妻子非常欣赏他所带来的糯米粽。

那是我与他见面的最后一次。我们经常通信,他是我的读者，有一时期他甚至要我将在英文刊物所发表的文章也寄给他,由他女儿阅读。我给他的最后一封信是附在圣诞卡中的，此后就没有信息来往。可是过去三个月内，他常在我的思念中;我常是拖延:明后再写信吧。

可是时间是不留情的。我们这辈人已没有青年人所享受的时光的奢侈。过去几年中我往往在想,几时有机会再飞往旧金山去探视一下老友吧。时间没有等待我。这是一个不可轻视的警惕。我要借这个地位向世界各地其他多年未见的老友们致意:小洛活在我们的心中。

一九八七年三月廿一日

安子介劈文切字

安子介是香港的实业家，可是我与他的相识完全是学识上的关系，所谓文字之交是也。四年前他因人介绍，把他的五册巨著 *Cracking the Chinese Puzzle* 寄我，我惊异他对汉字研究的深渊。而他的英文造诣更把这部巨著提升为在外国难得见到的参考书。所惜者乃是主题的过分专门，我的推动不能造成它在重要学院以外的畅销。

不过我们从此开始了通讯的友谊。我发现他不但通晓数国文字，而且写得一手好散文。更使我引以为豪者是他与我同乡。宁波人以善于经商闻名。我虽出身商贾之家，但从没有在做生意上学得一技之长。我记得我的祖父常对我自幼在文学上的兴趣摇首叹息，认为我没有出息。今日我却在宁波同乡中觅着一位“文武双全”的天才。无论在实业上，在学术上，在写作上，安子介好像都能达到成功的高峰。去年五月我在香港首次与他面晤。这位我想象中的七十来岁的“老者”给我的第一印象是他在智力与体力上的敏捷。我们在午餐时的谈话包括了各种话题。他在经商、参政(他是代表香港的政协委员)、著书之余,又发明了一个新玩意儿,要我到他的办公室去一观。

这个玩意儿是安氏写字机(word processor)。在亲手试用这个写字机之前,我没有想到用电脑写汉字有此可能。安子介向我解释了这个机器的软件结构与功能,当然,一会儿就把我这个对科学、机械毫不熟悉的脑袋弄得浑浑噩噩,我敬慕他的才能。我们可用中英语交谈,讨论天经地义。可是一进入他所精通的生意经、汉字研究、中文写字机的范围,我就瞠目不知所对。

前日邮差送来安子介两本新书,一是 *Cracking the Chinese Puzzle* 节本,把原来厚厚的四册(第五集是字典)节略为一册,虽仍有八百二十页,却可使读者的翻阅与携带方便了不少。另一本是中文的《劈文切字集》,并非原书翻译,其中有三分之一的材料以前从未发表过。

这本书的出版当会大大地增加了中文读者的方便。海外的华侨读者恐怕不会被这本装订精美的书的外表所诱惑。稍稍对中国文字有兴趣者一读目录便不忍放手。这里且随便举几个篇名：

中国文字的内涵与外延；

世界上唯一的会意文字；

为汉字叫屈；

为什么要切去“部首”；

发明“部首切除法”的来龙去脉；

汉字意义外延的曲折性；

视觉重要过研究；

汉字电脑化问题；

……

安子介以他熟谙多种外国语言的知识做基础，用他的独创的特殊方法来分析三千六百五十个常用的汉字。他发明“部首切除法”，劈文切字地来解开汉字之谜。他的白话文简明易懂，把一个艰涩的话题写成饶有兴趣的文字，书中多数的文章要发表，但我要特别推荐首次见刊的《隶变的残迹》一文，此文长达一百页，系统地举出好几百个汉字来作历史变化的分析。我们学了一生的汉字，自以为能够读书写文，真是很不错了。这篇文字（这本书）突然替我们这些自认为知识分子的人们开了一个另外的天地。至少我本人不免为自己文字知识的浅薄而惭愧。

我要用个人的交情作此文的结束。安子介夫人与我妻患了同样性质的心脏病,同样地开过刀。去年五月的午宴席上我们交换了意见,六月回美后,我立即送妻入医院作十余年来的第二度心脏开剖手术。手术成功后,我致函安兄,告他不必担心第二次开刀,这次他在附来的信中向我妻致意,说他的夫人决定不动手术,近来情况稳定。我的感觉是:他要做什么都会是顺利的,如意的。

一九八七年七月

梅氏家族的气势

前日一个炎热的晚上，我与夏志清教授两个老人应文友梅振才之邀前往唐人街赴宴。在座的都是梅姓。他们都来美多年,成家立业各有成就。有的已是梅氏公所元老。我与夏兄夫妇听了大为诧异,羡慕梅氏家族的亲近。我自己在纽约居住了六十余年,不曾见到有什么董氏公所,甚至不知道纽约有没有宁波同乡会。广东人是最早来美国的中国移民，他们特别团结，尤其是那些来自台山的同乡。

我因天热体倦,原向梅振才兄谢绝。他说:“连行动不便的夏老也来了,你怎可不来?”他用车来接我们。所不同的是志清有他的爱妻随侍在旁,我可反要在家照顾病妻。但是至少我妻应允我出门。读者须知,董夏二老的年纪加起来将近一百八十岁。

那晚宴会中的海鲜令我这个难得尝到中国菜的馋嘴人大饱了口福。席间振才兄谈到梅氏家世,更使我兴奋。他给我看了一张原来在他舅父家保存的孙中山先生与革命同志的合照。时间是民国前二年(一九〇九年),照片是纪念当年孙先生在芝加哥发动革命起义时的十二个同志,其中有四位是梅姓,一位名叫“梅就”的乃是振才舅母的祖父。这样说来,我的朋友梅振才竟是革命元勋的后裔,这可是我万万想不到的。

振才兄以写诗著名,他所编的《文革诗词钩沉》刚于不久前出版。我不熟悉“文革”实况,因此把这本诗集当“文革”历史看。另一本于数年前出版的《世界梅氏诗钞》更令我佩服梅氏家族在诗艺文学上的成就。

四位梅家人是当年孙中山筹划革命时的亲信,证实了华侨(特别是梅家)对中华革命的贡献。明年(二〇一一年)将是辛亥革命一百周年纪念,今日看到百年前孙中山发动革命的照片,深深感到历史之变迁。振才兄给我看另一个文件,说明广东省台山市端芬镇为何有“美国华侨之乡”之称。美国华侨总数中,梅姓占了三万人,多来自台山,以芝加哥居住者最多,因此,芝加哥已成为梅氏公所大本营,多年来芝加哥唐人街的“梅氏总公所”大楼特别引人注目。

我也翻阅了《世界梅氏诗钞》,包括各朝代(自宋朝开始)的梅氏诗人。其中有一段谈到历代姓梅诗人分别写过"咏梅诗",我想到梅花,不禁宛然作笑,体会到梅氏的自豪。

二〇一〇年八月二日

忆念登过月球的朋友

一九六七年七月十六日午夜，我与我的妻子蓓琪坐在电视机前目不转睛地凝视着。我们特别地紧张和兴奋，因为我们所目击的是史无先例的景象。当尼尔·阿姆斯特朗的左脚踏上月球，说出“个人的一小步，人类的一大步”这句不朽名言后，我们作为“人类”的一员，都有一种异样的痛快与满足。

可是我们的兴奋并不到此为止，我们更急切地等待第二个地球人从太空船的悬梯上走下来。因为两年前我们曾与这位第二个踏上月球的人爱德温·阿尔德林在得克萨斯州休斯顿的一个宴会桌上共过餐。

一九六七年，勃兹(阿尔德林的小名)还不过是在休斯顿太空中心受训练的一个宇航员。我的女儿碧雅刚出生六个月，正是玲珑可爱之时。七月，我们应碧雅的教母凡尼亚的盛情邀请到休斯顿去度假。虽然休斯顿在夏天实在不是度假的好地方,但凡尼亚为了见到她的教女,也顾不上天热了。她当时的丈夫即是后来驻北京的纽约长岛《新闻日报》副主编夏壁尔。他是合众社记者出身,与我很谈得来。他们结婚多年无子,领了一个养子保罗,比碧雅大三年。凡尼亚对碧雅的降世特别热心,一定要自认教母(教父、教母通常都是新生儿女的父母请自己的知友担当的。意思是请他们在万一不测时对婴儿做犹如亲生儿女的照顾。受托者引以为荣,不能推卸)。当时夏壁尔正在休斯顿任一个科学新闻社的社长。当时的美国太空宇航事业发展很快,注重宇航方面消息的科学新闻也就特别吃香。

休斯顿在夏季的温度高达摄氏三十八度。除了贫民窟,几乎所有的房屋都配有空调设备。夏壁尔和凡尼亚在郊外有一座很精致的别墅,也有足够宽敞的房间接待我们。

三岁半的保罗与才六个月的碧雅玩得很快活。通常碧雅都是平躺在草地上或床上吮着奶瓶,可是有一天她竟然伸直脊背挺坐起来。这在她真是一个新开创。她睁大的眼睛里流露出聪慧的喜悦。这一刹那,是我们两家人最喜出望外的时刻。

夏壁尔和凡尼亚开车带我们越过边界到墨西哥的小城去过周末。在路上经过得克萨斯州一家著名的牛排餐馆,我们停车进去用餐。在桌边围坐后,碧雅被放在一个儿童高椅上,手舞足蹈地拣着刀叉打锣鼓。她生来即少头发,到六个月时头上也只有一层薄薄的浅黄细发。高大的侍者拿了菜单请我们一一点菜，然后用浓重的南方口音向碧雅说:

“这个小伙子要点什么？”

我们都放声大笑。

我们住在一个有游泳池的汽车旅馆中。白天我们游泳或游览。晚上我们上一个备有乐队与舞池的餐馆用饭。这是碧雅头一次上夜总会。她坐在儿童高椅中,呆呆地注视着乐队与舞池,看到我与蓓琪从舞池回座,她咧开没有牙齿的小嘴直笑。

不过她并不是在所有的时间都是这么乖的。在不惬意或气候使她不舒服时,她会不停地哭闹。一发脾气可长达一两个小时。这就使做父母的很发窘,特别是夏壁尔和凡尼亚在园中设宴，将我们介绍给他们在休斯顿的朋友的那天晚上。这些宾客都是休斯顿当地各界知名人士。有当地日报的总编辑，有在太空中心任事的科学家与工程师；当然，也有正在受训的宇航员。勃兹当时显然已在做登月的训练准备。我和他并坐在悬着灯笼的露天餐桌上。当时他不过三十来岁，英俊健壮。我一边与他谈论宇航员的训练生活，一边神不守舍地回头顾盼。原来碧雅正在卧房中哭闹，蓓琪尚在房中，不能引碧雅入睡。

勃兹与他夫人琼恩问我蓓琪在何处，我只好作了解释。琼恩说，婴儿如不能入睡，何不将她带出来让大家看看。我想了一下，便进屋去把蓓琪和碧雅都带了出来。碧雅已洗了澡，抹了爽身粉，穿了一套干净的黄色睡衣。来到花园里，她仍在大哭大闹，引起了宾客们的注目。我和蓓琪都觉得很不好意思。勃兹伸出宇航员的大手，把碧雅很温柔地接入他的怀抱。碧雅突然停止了哭闹，乖乖地向勃兹与琼恩微笑。大家松了一口气，宴会的气氛也马上显得随便而不拘束了。

不久，碧雅就安然入睡，她当然不知道，这位温和地制止她哭闹的人在两年后竟是世界上第二个登上月球的人。

勃兹出生于美国，但他的祖籍也是瑞典，这使他与蓓琪和凡尼亚又多了一种亲切感。勃兹出生于一九三〇年，自幼性喜飞行,后来加入空军,被选受宇航员的训练。我们与他相识时,他的军衔是中校(或上校,我记不太清了)。他们夫妇为人和蔼可亲，与我们很谈得来。登月成功后，阿波罗太空船的宇航员尼尔·阿姆斯特朗、迈克尔·柯林斯与勃兹都成为电影明星一样的名人,到处受人欢迎。由于官方给他们安排的应酬太多,我们竟无法与他们会面，但是能经常在报纸或电视上看到他们。蓓琪寄了一件小礼物给他们,琼恩竟然有空回信致谢,并对不能与我们会面深表遗憾。

十余年后,世事沧桑,回顾起来,使我很有感慨。

好友夏壁尔与凡尼亚因性格不合而离了婚。身为碧雅教母的凡尼亚已多年与我们没有来往。我们很觉遗憾，为了碧雅的安全起见，蓓琪又请了她在瑞典的多年好友拉逊夫人做教母,至于夏壁尔呢？一九八〇年三月,我与他在北京饭店不期而遇,并欣喜地恢复了交往。那年圣诞节,他与新夫人邦妮返美度假时,曾在我家用餐。

我想,十余年来变化最甚的还是宇航员勃兹·阿尔德林夫妇。身为世界上第二个登上月球的人成名之后,原来的安宁生活反而被破坏了。他到处受到欢迎,社交上的应酬极多,各方面的诱惑也极大,使他难以应付。他终因经不起引诱而有了外遇，和琼恩离了婚，以致精神崩溃，不得不向精神病医生求救。他在一九七三年出版的自传《返回地球》(*Return to Earth*)一书中，坦述了他在这个困难时期的生活经验。太空飞行显然大大地影响了他的心理状态。他的结论是：登月虽然使他成为一个国际闻名的人物，但在他个人的心理上没有做充分地应付各方压力的准备，当名人并不是一件人人都可做到的事。

勃兹已向政府与空军辞职，现在加州开设一家有关太空宇航知识的顾问公司。使我与蓓琪最感欣慰的是，他已与琼恩重归于好。

人生是一件很玄妙的事。我们这一代慢慢地衰老，我有时看着富有生气与活力的女儿凝思：在她到了我这个年龄的时候，将会积累哪一类的生活经验呢？

一九八四年八月

异国异姓，亲若姊妹

我妻蓓琪的好友艾娃终于三星期前因白血病逝世。约四个月前，医生说此类癌症难治，至多只能活两个月，不过该医生正在研究一项新药，问她是否加入试验，至少有希望延长数月寿命。坚强而不对死神买账的艾娃同意了，新药试验让她多活了两个月。

其实她只是拖后死亡两个月，这两个月的服药打针试验只增多了两个月的死亡挣扎。朋友们都认为她应该服从自然，不要只是听信贪图名利的医生的新发明。这两个月内，她所遭受的痛苦与终不能存活的希望落空只令她在最后几天内深感绝望，朋友们在一旁束手无策。我们怪医生只把她当作天竺鼠似的试验品。

美丽的艾娃的人生颇有传奇性。她出生于芬兰，是双胞胎之一。二次大战开始，苏联攻击小小邻国时，芬兰疏散儿童,把双胞胎送往邻国瑞典家庭领养。长大后,艾娃就有了两个爱护她的家庭。她的瑞典家庭隔邻恰有一个与她同龄的女童，名叫蓓琪。两个女孩立时成为好友,一生未忘。艾娃长成金发美丽少女后,立时被泛美航空公司聘为机上服务的“空中小姐”(五十年代的称呼,现在称为飞行乘务员)。在那航空旅行刚刚起步的时期,在航空公司服务的少女非得美貌、勤勉、温柔,并稍有一些会与乘客调情的风度不可。艾娃是标准典型,结果与在泛美航空驻以色列的分经理麦克结了婚，麦克是曾在战时中国战场服务的飞行员,一表人才。当时,恰好在瑞典医院化验所服务的蓓琪也被派到以色列一医院学习新经验，两位异姓异国的姊妹,更在第三国成为知友。

麦克与艾娃自泛美退休后迁来纽约居住，无异给了两个异姓异国姊妹更多接触的机会。不久,我也参与其间,因为麦克曾在中国战地服务，特别认识了许多飞虎队的朋友。我俩在谈话时,我爱听他的战时故事与中国朋友,他也爱与我讨论中美外交关系前景。我们四人经常一起出外用饭观剧。麦克眼睛不好,尽量与我们做伴,在他逝世前几个月他特地请我们到他所属的耶鲁俱乐部用饭。我庆祝八十岁寿辰时,在中城一家中菜馆用宴,在席者只有五个半人，麦克夫妇，我们夫妇，加上怀了劳拉的碧雅。我觉得那顿饭食得最好，麦克驻过昆明，当然是吃中菜老手。那天麦克和艾娃特别高兴，好像友情将是永久的。

他去世后，艾娃更是我家常客。她脾气执拗，到我们认为无可救药时，她还要挣扎下去，多受不必要的苦楚。蓓琪几乎每日赴医院看她。现在蓓琪自己也住院了，更痛心地记挂她的异国妹妹。

二〇一一年九月十九日

琴妮、丁娜和邬家阿姆

她满面黧黑,脸如满月,咧嘴笑时露出一口白牙。她身躯圆胖,重约二百余磅,行动迟缓,弯身坐下或起立时都有困难。她食量大,酒量高,性格朗爽,笑声洪亮。她烧得一手南方好菜,喜爱儿童。她名叫琴妮,年约五十来岁,来自美国南方。她是史密德医生家的散工佣人,每星期来两天。史医生的太太因身体不好,不能看顾一所大房子,他们有两个孩子,八岁与十岁。琴妮的工作是打扫房间,洗刷盘碗,用洗衣机洗衣,熨衣,看顾儿童,有时也烧点菜。

史密德医生是我们的朋友。他们住在费城,我们每年去他们家住个周末时,总看到琴妮。她在史家第一个女儿出世时即受雇用,虽然是每星期两次的零工,连年来也好似是史家的一分子。孩子们对她爱得不得了。但近来史医生夫妇已开始对她不满,有些闲言,如果不是孩子们爱她,早要把她解雇。

琴妮的工资以时钟计算,每小时四元半。在目前美国通货膨胀百物昂贵情形之下,这工资不算多。但是史夫妇觉得现在孩子们已长大,他们也许用不着这个额外开支。此外,他们发现琴妮近年来较前懒惰。有时他们出去,回家时,看到琴妮不但没有做事,而且偷了一杯威士忌酒,坐在客厅中饮酒看电视。

雇佣工在美国是一种奢侈。通常中产阶级人士绝无能力雇用,即使收入高的史医生也只能雇用散工。只有拥有万金极为富有的人,才有钱雇用住家的佣工或厨工,不但工资高,而且必须给她们医药保险与假期,每天和每星期的工作时间也有限制。

不能负担佣工的中产阶级,特别是夫妇都有职业的,如果儿女幼小,便有麻烦。有一个办法便是雇用西欧各国来美游玩的青年妇女。这些女子也出身中产阶级,希望到美国来住一些时候玩玩,学学英语,开开眼界。她们不计较工资,能吃能住,加些零用费就够了。但有两个条件:一、不能工作繁重,须有闲时出外观光;二、不能被视作雇工,须被视作家庭一分子。

在这样情形下,一九六九年秋间的一天,十八岁的丁娜来到我家。那年我妻蓓琪患心脏病要入医院开刀,怕有好几个月不能行动,而我的女儿碧雅只有两岁半。医药费用已经开销很大,在这种经济压力之下,我不知如何应付这难关。丁娜来自瑞典,那年夏间正在美国中西部游玩,很想到纽约大城市逗留一个时期。她家与蓓琪在瑞典的一个好友相识。因此我们竟能安排得十全十美。丁娜可到我家住半年,吃住免费。她的责任是看顾碧雅,我另外再付她一些零用费。

欧洲少女朴实大方而勤于家务,丁娜也不例外。她与小碧雅同床而睡,相亲相爱,好似姊妹。她又很懂事很能干。蓓琪在医院五个星期,我对家中毫不挂念,全都靠丁娜的帮忙。她在我家住了半年后, 我们变为亲切的好友。她结婚成家以后,我们也曾到她瑞典的家去住过一星期。

就蓓琪进医院这件事而言,我可算是非常幸运的。雇了丁娜,我不但解决了一个难题,而且也添加了一个“女儿”。如果那时没有丁娜,我真不知如何是好。在美国无亲无眷,何处可寄托幼女?丁娜是一个极其纯正诚实而又美丽的女孩。我母亲在世的话, 必会冲破国籍言语的隔膜,将她钟爱,犹如自己的孙女。

我母亲曾有过雇用女孩子的不快经验。我的小妹出生时,母亲已有四十多岁了,托人介绍雇了一个十六七岁的乡女看顾小妹。那个乡女倒勤俭不错,但因她的年纪尚轻,邻居中起了谣言,竟说我家购买婢女。为了应付这类谣言,我母亲待那乡女特别好。

母亲是一个善良人,她对待佣工态度良好,并不深划主仆界限。某次有一个佣工突感不适,母亲不但亲自躬劳,叫那佣工躺床休息,还携茶饭服侍她。有一个时期,有一个姓邬的佣工,在我家中工作了好几年,与我母亲相处得特别好。她比母亲大了数年,也心地善良,我们孩子们称呼她为邬家阿姆。她也喜爱儿童,但有时不免倚老卖老,我们如有顽皮,则向我们严词责骂,母亲总站在她的一边。她们俩一起缝衣谈话,好似姊妹。在我们孩子的心中,邬家阿姆会在我家住一辈子,却想不到某个夏天下午,邬家阿姆突然告辞。两个善良的人,在原则上有冲突,起了争执,达到不可收拾的地步。邬家阿姆收起铺盖走了。母亲郁郁不乐了好一阵子,此后再也雇不到这么好的一个佣工。

在抗战之前,家佣的工资一般是很低的,不过五六元一月。出外当佣工的妇女,主要是在外面找一个包吃包住的地方做事,便可在家中少了一个吃饭的人。邬家阿姆来自乡下,偶然请假回家一下。她在我家安顿下来,干了好几年。争执起因是我母亲对钱币价值观念的无知。抗战开始后,纸币渐渐跌值,但母亲对价值的观念丝毫不变,因此多年来她虽然给了邬家阿姆不少礼物,但每月工资难得有添加。

那个夏天她购了一大批夏布衣料,从邻居请来一个裁缝,量制夏衣衫裤。因衣料过多,她一时慷慨,叫裁缝替邬家阿姆也量制一套。邬家阿姆受宠若惊,趁母亲高兴之际,提出加薪的要求。她很和婉地解说,币值的降跌,也降低了她每月工资的购买力,她的工资似有调整的必要。她情愿不要所赠的夏衣。

母亲不信自己的所闻。因为夏衣价值超过邬家阿姆两个月的工资,而她平时给予的礼物,价值都大于工资。她以为在左邻右舍的佣工界中,邬家阿姆的待遇一般远较他人为好。她不懂邬家阿姆为何情愿舍弃有价值的礼物,而坚持要求增加薪资。

邬家阿姆也突然态度变强。她说母亲如果不愿多付工资,何不将平时给她的礼物折款,作为加添的工资,结果反可省钱。

母亲说,她的意思不在省钱。她因喜爱邬家阿姆,犹如自己姊妹,所以要给礼物,所以要在她自己添制夏衣时,也要替邬家阿姆添制一套。加工资是另一件事,应该在另一个时间讨论。

邬家阿姆说,工资必然要加一下,数目不大不要紧,但她的自尊心必须要得到尊重。

母亲说,明天再说工资问题,今天是量制夏衣,要不要这套夏衣?

邬家阿姆说,如不能加工资,不要这套夏衣。

母亲说,不要这套夏衣,即不能谈论加工资。

邬家阿姆不发一语,回到她的房中卷铺盖。我们这些孩子吓得不敢做声。但照我们儿童逻辑来看,邬家阿姆立场是对的,母亲的立场是错的。

两个相敬相爱的骄傲妇女, 就在这个对原则的争执中分了手。我想她们事后必都后悔自己的固执。母亲那个夏季没穿她新制的夏衣。我们也不知邬家阿姆到哪里去做活。四十余年后,我对她还有很生动的印象。

三十年代的中国佣工邬家阿姆, 与七十年代的美国佣工琴妮是两个宛然不同的人物,在空间与时间上,距离极大。新时代一切都有进步,但我想史密德医生的儿女在成长后,不一定对琴妮有深刻的印象,而我对邬家阿姆的印象则终生不减。

七十年代的西方世界,找不到一个邬家阿姆。我有时觉得丁娜好像是邬家阿姆的再生。邬家阿姆向我示范了人类的尊严。丁娜不是一个佣工,她给了一个两岁半幼女所最需要的"母爱"。碧雅长大以后,也是不会忘记丁娜的。

一九七九年十一月廿五日

我与《大公报》
——二十年与“大公园”的因缘

在我的青年时代，我心目中的新闻界“英雄”是徐铸成先生。他在《大公报》以及后来创办《文汇报》的经历常常引起我的神往。我一直没有机会在他生前拜识他，一九八二年他托人把他的回忆录《报海旧闻》带给居住海外的我，令我惊喜交集，现在还保留着，经常翻阅讨教。

虽然我是上海《申报》出身(一九四五年大学毕业后第一个职业)，当时的愿望还是加入《大公报》或《文汇报》。范长江在《大公报》的报道成为新闻从业员的榜样，引起我英雄式的崇拜。我把他的《中国的西北角》一书与埃德加·斯诺的《西行漫记》在书架上并列一起。杨刚、浦熙修等都是一些我所熟悉的名字，但是由于我喜好文艺，另一个令我兴奋的名字是萧乾。他于大战时被《大公报》派遣到欧洲采访战地新闻，某次我在报上看到一张他穿着军服佩着

“战地记者”(War Correspondent)证章的照片,极为艳羡。我的梦想就是充当这么一位充满罗曼蒂克气息的战地记者。当然,他是前辈,我后来有幸于八十年代在纽约一宴会上与他初次相谈,一见如故,此后我们甚至称兄道弟地通起信来。唯一的遗憾是没有将他的信函保留下来(北京一出版社曾要编集萧乾书信集,向我索材料,我竟无以为答)。他的回忆录《未带地图的旅人》是我经常的读物,特别是我自己目前正在考虑写回忆录 (天津一位出版社编辑不断催促)之际。

虽然《大公报》是我少年时的崇拜对象,我与它的文字因缘要到了四十多年后才开始。给我这个机会的是已故的潘际坰兄。这段故事又得归溯到我的崎岖生活经历上。我于抗战胜利后在上海新闻界就职(《申报》、《东南日报》、《辛报》)两年后,于一九四七年出国赴美密苏里大学新闻学院深造,原定在两年内回国,不料一耽就是数十年。我于一九七八年携妻女初返祖国,回到美国后写了一系列的新中国见闻记在《纽约时报》发表,由美联社辛迪加(Syndicate)发布,终于引起北京《参考消息》注意,翻译转载。潘际坰兄看到后,托董乐山向我邀稿。我犹记得看到第一篇稿子在“大公园”版面上刊出时的兴奋。我的少年愿望终于实现了。

通过潘兄的关系以及在《大公报》上的经常见报，我也与许多旧时的朋友取得联系。当时潘兄在“大公园”辟有一个名叫“闲居集”的专栏，发表刘郎（即是当年有“江南第一支笔”之称的唐大郎）的打油诗，其中一篇是：

寄董鼎山纽约（一九七九年）

年年相望亦相闻，每抱深情读至文。
讶我老儿还在世，怜渠健笔尚凌云。
归来旧燕何曾识，记得歪诗定要焚。
何日江干重聚晤，莫教终世叹离群。

唐大郎兄不久就逝世。乐山请黄苗子兄把这首诗用他的神笔抄写下来。黄兄的书法与唐兄的诗成为今日悬在我纽约家中客室最显著、最珍贵的纪念品。

另一位通过《大公报》而取得联系的老友是新闻界前辈陆小洛。当时住居香港的他看到我在“大公园”所发表的文字后开始与我通讯。后来他移民来旧金山的儿子处养老，我特地去旧金山看他。不久他即病故。如果没有《大公报》，我恐不会有与老友再聚之缘。

我与际垌兄相聚机会不多，八十年代我在“大公园”供稿最起劲期间，每回一次香港，他必请我午宴，并将我介绍给他的同事。通过他，我结识了冯广烈、马文通二兄，大家志趣相同，谈话随意，但是最令我感动的还是，每次他必不忘携来一个厚厚信封，亲自陪我去银行将积聚的稿费兑换美金。他的殷勤周到在今日这个什么都是匆忙的时代是人性稀有的珍宝。

际垌退休后侨居美国西岸，我们通过信，但一直没有机会再聚，没想到他是回到祖国落叶归根的。直到去年八月四日我在《大公报》网址看到“大公园”所载黄裳先生《悼际垌》一文才获噩耗。

际垌即将退休时我恰在香港，他又在午宴席上把我正式介绍给接任的冯广烈兄。我惊喜地在广烈身上发现了与际垌同样的温雅、善良、慷慨的品质。他也同样的好客，某次乐山恰在香港，他陪着我们周游香港各所大学。我妻蓓琪也曾受过他的招待。但我最不能忘怀的是他夫妇在老牌影星王丹凤所开的功德林素菜馆中款待我。那是我第一次见到他的夫人。那天我的印象不但是菜肴的精彩，还有嫂夫人的美丽、柔和、大方。他们兴奋地告诉我他们的退休计划，并给我看养老后乡居新建的房子。他们孩子似的热诚令我艳羡。但是好景不长，一年余前我收到广烈兄寄来一本纪念亡妻的画册，我的心情极度震动。他的信充满哀伤。我曾数度去信，未蒙作答，想是地址有变。这篇短文也是向他致意。

二十年来经过几个朝代编辑的变换，我可以自豪地说我仍是“大公园”的经常撰稿者。“西洋镜”这个专栏之名乃是冯广烈兄的主意。我感谢现任编辑孙嘉萍女士仍让我占这么一角。我已多年未访香港，虽曾与孙女士见过数面，但仍希望来日有机会与她和马文通兄共叙，建立更深的友谊。

二〇〇一年八月一日

人到老年的遗憾

纽约市立大学英文系女教授P·劳伦斯最近写了一篇悼念萧乾的文章，译文在纽约《侨报》发表。她的新书《丽莉·布瑞斯珂的中国人眼睛》不久将由斯坦福大学出版社出版。书的副题是"布鲁姆斯伯里，现代主义，中国"。由于这是一部研究二三十年代中国新文学与英国现代派文学之间关系的著作，劳伦斯教授曾请我过目原稿，作了一些作家名字拼音与生卒日期方面的纠正。她在搜集此书材料之时，曾去中国采访了懂得西方文学的老作家叶君健、萧乾、袁可嘉等。现在叶、萧两位先生都已逝世，劳伦斯教授追悼文中提及萧乾与英国作家E.M.福斯特之间的友情，恰与我于十年前所写的《一个文学友谊的悲剧》内容相似，读了后更使我怀念这位我于青年时即起崇拜的老作家。

我与萧乾只在他来美访问时会过数面，后来通起信来。一九八八年春我在北京时打电话向他问好，他邀我到他家便饭。我问，吃了饭后如何回到旅舍？叫车是否方便？那句话就把他难倒了，结果我失去了到他府上造访的机会。近年来北京街头可以随意召唤的出租汽车众多，交通已不成问题，可是由于他在忙于翻译巨作《尤利西斯》，我每到北京，都不敢去打扰他。他的逝世消息传来，恰在弟弟乐山噩讯到达之后数星期，令我加倍的悲伤。

纪念大作家萧乾的文章多得很，我原不想敲边鼓凑热闹。可是劳伦斯教授的文章令我想到萧乾在沟通国际文化方面的重要性。《丽莉·布瑞斯珂的中国人眼睛》书中所指的丽莉·布瑞斯珂乃是英国女作家弗吉尼亚·伍尔夫名作《到灯塔去》中的角色。而伍尔夫属于“布鲁姆斯伯里”集团，劳伦斯把那个著名英国文学团体与中国的新月派相并讨论，向英美读者介绍了新月派诗人徐志摩等，也道及了凌叔华与伍尔夫内侄裘理安、倍尔之间的关系。萧乾在英国时尚年轻，他与福斯特结交时，后者已在国际享盛名。

我的文章《一个文学友谊的悲剧》是憾惜福斯特最后与萧乾的绝交。错处其实不在萧乾。一九五四年时，英国文化代表团赴华访问，其中一位代表带来福斯特托他转交的新书与信件。萧乾不敢接受,他在回忆录《未带地图的旅人》中这么解释:“可在一九五四年,我在完全清醒自己的政治处境情况下,敢来招待他一下吗?……我这个人向来不敢冒险,尤其是政治方面的风险。我犹豫了几天,不敢向领导开口……”他的遗憾显而易见。

其实我想,如果他稍大胆一些,他的请求是不会被拒绝的,何况英国客人毕竟是官方代表团。我们这些人到了老年,深感遗憾的事多得很。最近读到钱锺书先生与冰心女士去世的消息,令我后悔过去二十年来多次回国,怎没有抽出时间去拜望他们。

另一个遗憾是没有到汪曾祺兄家中去尝他亲制的牛肉面。我初次与汪兄结交是八十年代那年在爱荷华大学国际写作计划的聚会中。我们一见如故,他邀我到他的房间去吃他亲制的中国菜(他吃不惯西餐)。他的高明烹调术已在那里几个朋友间闻名,所制的菜极为可口。约十年前,我在北京旅舍给他打电话问好。他立即促我叫车去他家吃牛肉面。我没有去成,因他不能保证我在回家时叫到车子(那时北京街头没有可以自由召唤的出租汽车)。因此,不久前汪兄去世之讯传来我所感到的遗憾特别敏锐。

一九九九年三月廿二日

自忖自怜

我的老伴蓓琪是位住医院老手，她曾三度心脏开刀，其间也因其他病患住过医院。她最喜欢的医院是纽约大学医疗中心，简单称为NYU医院。最近她又入院接受臀骨修理手术。她已八十有余，行路跌了一跤(老年人常有的不幸)，折断臀骨，幸有三位好心少女帮忙，替她叫了救护车。通常救护车总将这样急症病人送往最近的医院，但她坚持去NYU医院，因为那里不但服务周到，而且有她相识的医生。我在这里自言自语，自忖自怜，是向关心的亲友报告，她的手术已顺利完成，不过须长期留在医院，进行康复体操运动，恢复行路能力。

她的不幸遭遇，当然也影响了我这年近九十(生日是一九二二年九月)的老人。蓓琪是个极为贤惠、在北欧成长的女子。我老年后的生活都是由她照顾，现在她有可能成为半残废,给我也带来许多不便,因此我要向有关友人报告,我任何行事都要慢一些,有的应允文稿,恐要迟了一些。我的国内亲戚忠告我雇佣工。但因为语言关系,也许有困难找寻好心的华裔妇女。我觉得通常介绍所雇用的护士,没有大用。因为她们不但要求高,而且大都是肥胖懒惰的妇女,一进来就要一屁股坐下扭看电视。我一位已去世的老友有过如此经验。结果忍受不了就将她打发走了。我家早已由友人介绍,雇用了一位清洁女工,每两星期来一次。可是她是来自波兰的妇女,不操英语,有事我们只好向她女儿打电话翻译。她行事努力勤恳,而且非常诚实,绝不会顺手牵羊,我们很喜欢。

我在国内的妹妹劝我雇用一位华裔女工，能够烧菜清理最好。但是蓓琪不操汉语,不能与不操英语的华人交谈。我妻行动当然需人扶持，我自己尚能出外购菜购物，但行动也需手杖。我的女儿是个单身母亲，上班工作以外,还要照顾两个女儿与一条狗。她要尽力相助,总是心有余而力不足。我不要她在工作的电台请假来相助。现在美国中产阶级男女最怕的是失业。我在美国住了这么久，从未想象美国经济会落到如此状态。

在妻长期住院期间,我幸而有两个小外孙女做伴。劳拉将近九岁，洁德将近四岁。劳拉显然已在成熟懂事，昨日她自夏令营直接来我家与我做伴，替我制菜，炒鸡蛋津津有味（从她的外婆那里学来）。洁德不断对她妈说："我要照顾外公。"孩子们这样的懂事态度，引起我老泪横流。

我要向读者们道歉，请原谅我这类呓语，我一向认为自己精力充沛，脑筋清醒，现在突然感到人生的不稳定，快到终点了。

二〇一一年九月五日

父亲的“背影”

中学生时代读新文学作品,印象最深刻的是高中教科书中朱自清的《背影》。真正的文学作品能引起读者感情的共鸣。读《背影》后,我对自己的父亲也有了更亲切的感觉,往往注视他走开时快步的背影。成年以来,从不曾忘记这个形象,有时甚至在久远的记忆中把它和朱自清父亲的背影形象连在一起。我想不少读者都会有这类同样经验。读后四五十年,我们在怀念自己父亲的时候,还在想起这位名作家作品,这就证明真正文学的不朽性。

我不知怎么突然想到父亲的“背影”。当然,父母的形象是经常不断留在脑海中的。一个偶然的遭遇或感触会扭动开关,把一段特别场景像活动影片一样的在脑海中映演出来。我对父亲的最后一个印象也是他的背影。那已是三十多年前的事了。我在出国前从上海回宁波告别。他送我上轮船时，在船码头向我招手告别，短短地逗留一下，就转身走开。

那时他以为我出国至多不过两年。

一般观念中的父母印象是“严父慈母”。我幼时印象恰恰相反。用“慈父严母”来形容似乎更恰当一些。母亲脾气急躁，对儿女的行为稍不如意，往往要严正处罚。我们被打屁股后伤心大哭，父亲在一旁看不过去，会含泪将我们从母亲手中抢过去。现在回想起来，这种温暖的感觉还是难以形容的。这并不是说我们对“严母”的爱不怎么理解。她进入中年之后，也变为经常笑眯眯的慈祥的母亲。

父亲唯一动手打我的时刻，是他发现我的眼睛成为高度近视。那是我在初中毕业的一年。他看我常常眯眼看东西，要试试我的眼光，就叫我站在客厅门前，指认挂在壁上的字画。我看不清，他一时光火，拍了我的后脑，使我震眩而哭泣。倒是母亲在一旁劝解：说我的近视，不过是因为自幼爱看书而已。第二天父亲带我到一家眼镜店去配了眼镜，从此眼镜就成为我脸上不可缺少的一部分。

我出国之前，父亲恰因要处理宁波的店务，独自从上海回乡居住一个时期。我很挂念，临行前与弟弟一起乘隔夜的轮船回宁波去探视。因为时间局促，逗留了一天，当晚便乘轮船回上海。父亲已有了准备,他接受地方报纸记者的访问。我们一到,他就给我们看当日报纸所载有关我赴美留学的小新闻。他叫了一桌筵席在店中款待我们,并请朋友与店中同事作陪。他为儿子出国深造而自傲。我们一起饮了酒,吸了烟。

那天下午四时,他送我们上轮船,道别后他在码头上逗留一下,向我们招手,就回身走开。他当然不知他将永不再见我。他的背影是我见到他的最后一瞥。

现在回想起来,哀伤之外,还有奇异的感觉:他当时的年纪较我目前的年纪要小几岁。可是在我的心目中,他总是一位慈祥和蔼的接近老年的中年人,而我只是一个青年。

父亲逝世的那年是我女儿碧雅出生的一年。但幸而他有机会看到我所寄去的婴儿照片。据大哥说,他常携了照片,遍访邻居,很高兴地出示他那淡发的孙女儿照片。

碧雅刚过她的十五岁生日。我不知她长大后将会怎样怀念她的父亲。

一九八二年三月十一日

“现代女性”的母亲

一想到母亲,印象中便是一位受过教育的知书识礼的妇人。在半个世纪前的中国旧社会,识字的妇女不多。我不会忘记与一位初中同班同学为一本书而引起小争执的情景。那时我常贪婪地阅读市上流行的一折八扣的章回小说,无论是武侠或言情,都要先睹为快。有一天带了一本《镜花缘》去学校,下课时阅读。那个同学要向我借。我说我读完后要先交给母亲,因为她也要看书解闷。那同学满腹狐疑,厉声回嘴:“瞎说!难道你母亲识字?”

他以为我不愿借书,所以捏造理由。而我的争辩又不能使他置信。这个深刻印象使我现在还难忘怀。显然,当时文盲妇女是普遍现象,我的同学竟不能相信别人母亲能看书。

在二十年代后期与三十年代初期(正在我读小学的时

候)，母亲可以算是“现代女性”。她在上海进过法国天主教修女办的学校，参加过放足会，嫁了父亲住居宁波后，这乡土气奇浓的小城显然不能与十里洋场的欧化现代城市相比。最使她自觉难堪的是吸纸烟的习惯。据她后来对我们说，即使在开通的上海，妇女在公众场所吸烟也会引人啧有烦言。她有了儿女后，尽量减少她的烟量。可惜的是，父亲也是个连抽不停的“烟鬼”。他爱好的是“金鼠牌”，有时整包的放在桌上。

在这样诱惑下母亲要戒烟很困难。不过她替自己立了一条：出外作客时绝不吸烟；在戏院，餐馆中也绝不吸烟。在家中她也尽量节制，仅在饭后或家务忙碌后，才坐下来吸支香烟养神。那时“金鼠牌”的广告是“饭后一支烟，快活似神仙”。我们一见她吸烟时，便唱起来，向她取笑。

我记得最清楚的，还是星期日我们一起坐在庭院静静看书的情景。我看书速度很快，一会儿就将一本小说看完。她常常不信我会将故事情节消化。她自己看得很慢，往往翕动嘴唇一个字一个字地读出来。我将自己经验告诉她，看书如要快，不能动嘴唇。她同意尝试，果然翻书页的速度大增。

那时我读了两年初中，开始在图书馆接触新文学。我向母亲介绍巴金、茅盾的著作，她立时发现白话小说很容易读。

另一个难忘的印象是穿针线。母亲虽然是“现代女性”，却精于缝纫，某天她发现她已不能把细线穿过针眼。“你们小人（小孩子）眼光好。”她对我说。从此我的一项专门任务是放下书来替她穿针线。这是她发现儿童有用的时候。这时，她的态度显得特别温柔委婉。我能替她做些事，也很高兴。在那特别的时刻，我们心情的交流真是又温暖又体贴。

我看见她的最后一瞥是她站在铁门边，无言地看我走进友人送行的汽车，赶往轮船码头。

我上车后头也没有回一回。三十余年后，弟弟告诉我，他在码头送行后回家，见母亲满脸泪痕。我告别而没有向她再看一眼，使她十分伤心。

一九八二年三月廿六日

悼兄

清晨，在电话中听到接线员读着侄儿从上海拍来的电报,哥哥终于十月五日早晨因肝癌不治而逝世。他享寿不过六十三岁,虚龄是六十四岁,以中国人今日的一般寿命而言,不能说是长寿。

大清早被电话叫醒，头脑还是有点不清醒。噩讯传来,先是觉得很麻木,然后就慢慢领会到死亡的意义:第一个念头便是希望哥哥来得及看到我两星期前寄去的信与照片；第二个念头是为自己能于七月间与他最后一会而庆幸。

自从一九四七年出国后,三十五年来,我与哥哥只重见了两次。第一次是一九七八年,今年七月是第二次,将全部相聚的时间加起来不过是几十小时。这几十个小时是童年时代生活的继续。他虽然苍老了一些,形象与我少年时所得的印象未变。无论隔离多少年,你不会忘却亲人的脸庞,你更不会忘记幼年时做哥哥的对你的爱护、欺侮、启发、压抑的各种行为。兄弟间的矛盾往往是很微妙的。

他不是一个文人,虽然,我自幼读书的习惯是他启发的。青年时代,他爱读书,也偶然提笔为文,在报纸副刊发表了一些,后来就没有兴趣。他继承了父亲的经商衣钵,多年来因此反而避免了一般高级知识分子所经受的苦难。他生了五个儿女,有三个孙儿女。虽不算儿孙满堂,临终时不能说是寂寞。

一九七八年我一家三口初度回国时,哥哥与他的外籍弟媳妇,初见之后,极为融洽。虽然他讲英语的能力有限,但与蓓琪的心灵交往似没有什么拘束。蓓琪也很有同感。我们回美后,哥哥的信中常常渴望有一天有机会与我们一起坐轮船游长江三峡。他这个奢望的不能实现,将是蓓琪与我终身的遗憾。

也是为了健康欠佳的原因,蓓琪不能陪我今年在盛夏时回国。七月在上海与他相会,他口口声声记挂我妻的健康。在那时,我已从侄儿口中得知他患了肝癌,不过他自己不知道,只以为是肝炎复发。我立时想到,以后我们夫妇与他偕同乘轮船游长江三峡的机会是无望了。出于弟弟的建议，我购了几张特等舱的船票，请他与弟弟妹妹同作黄浦江航游。

一个热暑早晨，他与弟妹们来到了船码头，精神很好，立刻驱除了我们以为他疲劳不振的疑虑。轮船开动后，清风徐来，凉快得很。坐在特等舱的软椅与甲板上的藤椅上都很舒适。我想那是他一生进入中年老年以来，最初与最后一次的奢华享受。

船上只有一件小事使我们略为扫兴。我在甲板上与一位萍水相逢、曾同在大学任教的美国游客闲谈后，回到特等舱的座位，只见哥哥与妹妹两人有些神色不安。我问有什么不愉快的事。

原来有个没有礼貌、染有旧社会势利态度的服务员叫他们让座，说特等舱是“招待外宾”的。

可是我的哥哥答得好：“假如我的弟弟是‘外宾’，我也是‘外宾’。”

他当然没有让座。这个有骨气的答复是他给我的最后一个深刻印象。

一九八二年十月五日

混血的女儿

少年时代曾经在上海街头看到一个很动人的镜头，这一刹那的情景至今还留在我脑海中。

那时恰是“珍珠港事件”发生前的数星期。驻在上海的美国第四海军陆战队奉令调到菲律宾去。一个微雨的早晨，我从家中出门，看见附近西摩路街角停了好几辆长长的美国军用公共汽车。穿着笔挺军装的洋兵们正在列队上车，好几个年轻的中国妇女站在一旁哭泣相送，有的携了幼小孩子，有的还怀了身孕。洋兵们静肃地一个一个地上车，好像没有感情的木头人。可是我在走过一辆车的旁边时，瞥见车窗内有不少高鼻子的脸贴在玻璃窗上向外呆视，其中有几个还热泪直流，滴落在烫得笔挺的军服领口上。

很可能，这些美国大兵被调到菲律宾后，在巴顿战役中丧了生,或是在日军的俘虏营中被虐待致死。他们在上海遗下的女人,特别是他们的混血儿女,会有怎样的下场呢?

美国大兵在战争时往往在异国遗下不少混血的后代。经过多年在韩国与越南的战争与驻留,他们在这两个国家所遗下的混血儿更多。这类情形,终于为当地造成一个严重的社会问题:做父亲的回了美国,大多将儿女遗弃,做母亲的多半是当酒吧女侍或妓女。混血的孩子们在社会上便成为被歧视的对象:既被父亲国家所弃置不顾,又被母亲国家所鄙视。这些混血儿童的心灵受摧残,都不是他们自己的过失。战争往往造下了很多不幸的后果,而这个后果,对无辜的儿童而言,是最悲惨的。

有一个时期,在反越战情绪最高涨的时期,美国少数有进步思想的青年夫妇间流行一种抚养混血儿的风气。一般而言,在美国社会中,不能育儿而要领养的夫妇很多。白种婴儿往往供不应求,黑种婴儿只有黑人夫妇要,黑白混血婴儿没有人要。可是,渐渐地,思想开通的白人青年夫妇也开始领养有黑人血统的婴儿。这种现象并不普遍。在反越战情绪热烈时代,很多良心自责的青年夫妇开始领养在越南社会中没有人要的“孤儿”,其实这种“孤儿”是被父亲所遗弃、而母亲不能教养的混血儿。

美国领养儿童的家庭的众多，可以我本人的朋友为例。我至少可以数出四对朋友(都是白人)家里养有不是亲生的儿女。一对所收养的是白种婴儿,一对所收养的是美国与印度的混血,一对收养了两个越南来的混血女孩,一对收养了两个自韩国来的混血女孩。

我特别的对最后两对朋友表示敬意。他们都是理想主义者,想替不平等的社会做些好事。他们都已各有两个亲生的儿女,根本不必再领养。可是他们认为自己的好福气应该与不幸者分享。他们所要领养的儿女也是特别不幸的,来自越南的女儿不但是混血的,而且是根本无人要的黄黑混血儿(请不要忘记美国大兵中也有黑人),来自韩国的两个小女儿有一个左脸颊有火伤疤痕。

这两对朋友夫妇家境当然相当的好，不然不会有能力供养四个儿女。不过我还是对这些被领养的混血女儿担心,做父母的当然爱护备至,可是做兄姊的态度怎么样?尤其是大家都成年之后?

我们与这两对朋友特别接近,一部分原因当然是女儿碧雅。碧雅深知,在这些混血儿童群中,她是最幸福的,因为她是亲生的,而且是道地的美国土生。与她们在一起时,她的行为犹如一个体贴关心的大姐姐。有时我们一家三口到中国城(唐人街)去吃点心,碧雅建议带了一个韩国混血女孩同去。这个小女孩是于四岁时离开韩国来美的,她的小心灵中显然对她的祖国还有点印象。她特别喜欢面条。据她领养的母亲说，她在幼时就是靠吃面条而生长的。

黑黄混血的越南女儿当然是皮肤黧黑，除了眉眼间具有东方风味外,几乎完全是个黑人女孩。可是她特别聪慧，在小学校中很受教师器重。她的养父母是犹太教徒。某次他们亲生的大女儿成年(十四岁),要经受犹太教的坚信礼。在犹太家庭中，这是一件犹如婚礼一样的大事。我们也被请了去出席，先在教堂中行礼，后在餐厅中进餐。碧雅与这个大女儿是好友,这些儿童们坐在餐厅的主桌上,面对其他桌子,好似宴会的贵宾,任何宴会场合中,总少不了一个声音洪亮的自作聪明的讲笑话者。一个高大的中年宾客看了主桌上的各色女孩子，高声地开玩笑地说:“我们犹太教现在的影响可真大，有了东方的下一代,也有了黑色的下一代。”

这个人很可能多喝了一些酒,不能约束自己的讲话。美国有色人种在公共场合中一向是很敏感的。可是由于做主人的是进步思想者，在座的黑人宾客（或东方人宾客）听了这类没有礼貌的谈话，也不见怪。

纽约各色人士众多，各行其是，互不干扰。碧雅虽是混血儿，丝毫没有不自在的感觉。事实是，她虽只有十四岁出头，已身高五英尺十寸，褐发褐睛。她的特殊的相貌与肤色令人瞩目。尤其是，有几个时装模特儿的代理社已对她表示兴趣。她不但没有自卑感，而且行路时昂首挺胸，很是自豪。可是有时她也为自己的身材高度叹些气。做爸妈的也是高身材的，我们只有在旁鼓励她，指出银幕上、时装界的最美丽的明星都是高身材的。她的高身材只吃亏过一次。数年前，在学习芭蕾舞的中途，教舞的老师对我们说，由于她的身材，在芭蕾舞这一行业中不会有出息。因为芭蕾舞的女星往往是娇小玲珑或身材瘦削，使伴舞的男性可以轻轻地将女的托起。

碧雅停止上芭蕾舞校，便专心于学习游泳。在这方面，她的高身材可沾了光。在同等年龄班的竞赛中，她得了好几块金牌。有时站在游泳池边比赛时，她比同年龄的高出一个头，反而觉得不好意思。

朋友们，有时甚至陌生人，往往对我们说：黑发的中国人与黄发的瑞典人实是一个最好的结合，生出来的儿女一定又聪慧又美丽。碧雅是不是聪慧,做爸爸的不能吹嘘,可是她生性有点懒惰,读书不求甚解,这是我所感到最不安的。但说来有点自愧,我回想自己在少年时的情景,得到一个结论:也许碧雅承继了她父亲的懒惰习惯。

其实,电视机是个对年轻人智力发展最不利的新发明(这个问题,美国的社会学家与儿童心理学家已在热烈辩论中)。美国电视节目多是商业化的,不是教育性的。在纽约电视台有十多个,每天二十四小时地放映各种节目。我们严格地限制碧雅看电视所花的时间。电视机的发明减少了读书的时间,即是我自己也不得不承认。坏处是电视机养成一个懒惰习惯,故事的发展完全可以在视觉上吸收,观看根本不必用头脑来思索。而阅读小说,虽然也是娱乐,至少必须用脑来吸收故事内容,无形中受了一种训练。

我想到自己在十三四岁时,不但无书不读,把眼睛弄成深度的近视,而且对写作发生兴趣,在学校校刊中,甚至在当地日报的文艺副刊上有发表。做父亲的当然希望做女儿的也有同样的嗜好。可是不然。碧雅有一个她自用的手提打字机,有时她兴趣来时,会关了房门专心打字“写小说”。但她的作品常是虎头蛇尾,往往打了好几张纸作为小说的开首,却没有继续下去,隔天又另起炉灶。

她当然不让做父母的看她的作品,把什么都锁起来。有一次,她出去了,恰好把几张打字纸留在台上,我偷看了一下,觉得幼稚得很,读书不够,是一个原因。这不但是由于电视的诱惑,也是由于美国社会各种活动太多太分心的缘故。我自己在十余龄时,无事可干,整天成宿地埋在书本中,直到有一天父亲发现我变了一个近视眼,一怒之下,将我后脑打了一下。他怪我为何不听他与母亲的警告,在黄昏天暗时还拿着一本小说紧紧不放。

我的女儿如果因读书而变为近视眼,我想我反而会高兴。但以目前情形看来,她如真的变为近视眼,我也要怪炫目的电视机。不过话得说回来,与一般美国儿童相比,她看电视的时间还是不多。每要开电视,她必先要得到我的许可。

碧雅长大之后,对身为混血儿的事实便更会有敏感。我们中国在国际上最出名的混血儿当然是名作家韩素音。她的自传性的著作我都看过。我对她自述关于身为混血儿所感的章节特别有兴趣。碧雅目前尚无意看韩素音这类作品,但不久必会废寝忘食地成为韩素音的读者迷。

四月间,韩素音恰自瑞士寓所来纽约,与攀登

(Bantam)出版公司商谈新作小说的出版事宜。有一天她打电话来,听说我的弟弟在纽约小住,马上邀请我们一家于星期日一同午餐。韩素音在纽约东城购有一所公寓。我们去时,她也邀了她的女婿西尼·格莱齐尔与外孙女卡玲。(韩素音的女儿是战时在中国领养的,不是亲生,已与西尼离婚。)我们在她公寓时突然发现我们中间有三个都是对半的混血儿。韩素音大为高兴,左手牵了卡玲,右手挽了碧雅,叫我给她们照相留念。这个相片相当有意义:韩素音的母亲是比利时人;卡玲的父亲是美国犹太人;碧雅的母亲是瑞典人。三个人中间,就有四个国籍的血统。这三个人就好像一个小小的联合国。

一九八一年八月廿日

中美青年思想比较观

我初到美国求学时，对美国大学生政治意识之低，常深觉不解。在政治认识上，我自己是抗日战争时代的产物。“一二·九”学生运动虽是比较早了一些，可是对我这个还在小学的孩子印象极深。抗日战争时的爱国情绪提高了我对政治的敏感。我好像觉得从幼开始便对社会不平等现状感到不满。但我的错觉是：我以为多数(如果不是所有的话)年轻人都是充满革命思想的理想主义者。到了美国后，我发现大部分青年学生不但对政治没有兴趣，而且在思想上极为保守，甚至反动。这对我是一个震惊，打破了我以为所有年轻人都是理想主义者的幻想。

当然，我慢慢地谅解了美国情况。那时正在第二次大战结束后的数年，社会渐渐趋于繁荣，青年人厌于战争和战时的经济束缚。他们所着重的是谋得一个学位，找到一个好职业,娶得一个姣美的妻子,购置一座房屋,开驶一辆新车。在当时的美国制度下,人人只顾自己,无视他人的不幸。我记得初到美国中西部的校址时,最看不惯的是黑大所遭遇的“次等公民”的待遇。

其次, 我和一个读社会学的大学生辩论。我问他,既是专攻社会学的,他为何也与其他白人同样的鄙视黑人。

他的答复是:“我们歧视黑人, 因为黑人又脏又笨,只做低等工作。”

这种答复当然是没有理性的。是谁给他们低等工作?是谁在社会上压抑着他们,使他们“又脏又笨”呢?

那是三十余年前的事 (虽然今日白人中仍有不少保持这种态度)。当时,美国的青年学生,尤其是中西部或南方的,很少有思想开明的,或受理想所驱使而替黑人或穷人抱不平的。

过去三十余年来,美国学生对政治意识的敏感程度,可分三个阶段:在大战后的五十年代(艾森豪威尔总统时代),青年思想保守,稍有进步思想的即被目为共产党同路人。大学生的课外活动,以夜袭女生宿舍、偷取女生内衣而闻名。他们行为幼稚,例如竞赛吞吃金鱼一类的新闻常在报上出现。

六十年代肯尼迪总统遇刺后，美国社会受了大变动。民权运动、黑人人权运动、女权运动及反对越战运动，相互影响造成了美国历史上一件罕有现象：穷苦的黑人与中上阶级的白人(尤其是富豪子女)联合酝酿一种不流血的革命。这是美国民间思想最进步的一段期间，穿了黑袍的天主教白人修道女，与衣服褴褛的黑人大汉，联臂地在街上游行，替黑人的人权作呼吁。可是这类特有的现象又产生了许多副作用：性生活自由运动；吸毒普及于中上级家庭；劫盗强奸案件增多；摇滚音乐流行；青年弃学而参加各种邪教旁门的公社生活；一般人士不修边幅，男的留长发胡子，女的不施脂粉，牛仔裤变为时装，思想激烈成为一种时髦的风气。新闻记者用“Radical chic”一词来形容参加这类“革命”的名门闺女和社交界人士。

进入七十年代，越战结束后，青年学生不必再有被征兵从戎的危险，不必再联合反抗政府的政策，因而又慢慢地回到五十年代的不痛不痒的态度。可是七十年代并不如五十年代的繁荣。通货膨胀与经济萧条给青年学生带来了不安全感。他们关心的是自己的未来职业，不是他人的生活不幸。

所以，三十年后，我又回复初到美国时期的纳闷：这些美国青年的政治意识真是何等的低！

我不得不回溯自己一生对政治意识的滋长与发展，使我可体会到自己又如何与一个土生的美国人相异。我在美国所居留的年数较在中国居留的年数为多，可是我幼时在国内所受思想熏陶的影响，远较我在美国所学得的识见影响为大。我是站在一个能够认识美国也不会忘却中国的方便地位，但是我的观感的出发点还是我所出生的中国。

这就是我们中国人(虽然我是美国籍)与美国人之间的不同；我们中国知识分子的思想发展都走了一条相似的路线。我想，那些五六十岁一辈的国人们，读了我下面所写的，多半会起同感：

我的思想"激烈化"的开始是"九·一八"日本人侵占东北之时。那时我不过初进小学。有一天，附近一个中学校的一批学生，高喊"抵制日货"的口号，警告我家隔壁一家杂货店店主不要再出售便宜的日本货。他们的激昂情绪，使我天真无邪的心灵起了共鸣，这是我第一次意识到一股兴奋的爱国情绪。

进了初中后，我开始大量阅读茅盾、巴金等的小说。第一本使我着迷的巴金著作是《电》，以后凡是所有他的著作我都看。有一个时期,我特别爱读张天翼、蒋光赤等所谓“无产阶级文学”。

在这同时,我也变了一个影迷,爱看的是《狼山喋血记》、《生死同心》、《十字街头》、《大路》一类寓含革命意义的影片。在杂志方面,邹韬奋主编的《生活》周刊(及后来的《新生》等),变成非读不可的精神食粮。我的年纪虽尚幼小,可是我对北方大学生的“一二·九”运动、西班牙内战(我还学唱《保卫马德里》一歌),上海“七君子”事件等都开始有了认识。我一面在这里回忆过去,一面不免感叹:美国的初中学生,绝无一个会有这种程度的政治认识。(我可将自己的十三岁女儿作例,她和她朋友们所关心的是摇滚乐、电视明星、溜冰鞋、网球拍……进入八十年代的美国中学生与三十年代的中国中学生在性格上和对社会认识上有何等的不同。)

美国初中学生还在读儿童小说,作为三十年代初中学生的我,已经由李公朴主编的《读书生活》,被介绍给艾思奇的《大众哲学》。我还记得《大众哲学》中的矛盾统一律的解释,在我思想上深深地扎了根。后来,我和朋友们又凑钱向一个书局偷偷购了一本斯诺的《西行漫记》。我想,也是在这个时期,鲁迅的《呐喊》被禁,理由是封面是红色。《西行漫记》的封面也是红色。我们藏了这本厚厚的红书在书包中，很有“得意”的感觉。

抗战初期，我也爱读上海的《救亡日报》。但这日报存在为期不长，因为文艺影剧界人士都逐一组团离开上海到内地去救亡。上海沦陷后，我在“孤岛”入高中，在朋友家中找到一本范长江的《中国的西北角》。与斯诺的《西行漫记》参读，这两本厚厚的书很解决当时的青年内心的苦闷，而延安的鲁迅艺术学院也成为我所最向往的处所……

我举出这些自己在幼时的读书经验来和我目前在美国的经历作对比。不久以前，我在纽约一个友人家中与斯诺夫人洛伊斯·惠勒闲谈。我们讨论到美国青年人对社会与政治的认识程度。斯诺夫人指出，由于中美两国在历史上与社会制度上的不同，我们不能将两国青年的政治思想过程作相互比较。但是她说，如果把范围缩小到美国的进步人士，那他们所走的思想路线，也很和中国进步人士相似，她可逐一指认各个时期的思路。我说，你不要先说，让我试一试，看我们是否同意。她微笑应允。

美国五十来岁的进步人士自幼以来在政治思想上所走的路线：

三十年代，西班牙内战是一件大事。深恶佛朗哥。

大战时代,全力支持罗斯福总统。

一九四八年总统大选时,对民主党总统杜鲁门不满,支持第三党华莱士。(杜鲁门获连任。)

一九五二年总统大选时,支持民主党候选人史蒂文生。(但是共和党艾森豪威尔获胜。)

一九五六年总统大选时,又支持史蒂文生。(艾森豪威尔获连任。)

一九六〇年总统大选时,先支持史蒂文生,后支持肯尼迪。

六十年代,参加黑人人权运动;参加反对越战运动。

一九六四年总统大选时,支持民主党约翰逊。

一九六七年参加“推翻约翰逊”运动,坚决反对他的扩大越战政策。(结果约翰逊被迫放弃竞选。)

一九六八年总统大选时,既不支持亨弗莱,也不支持尼克松。对亨弗莱之做约翰逊的越战政策应声虫非常不满,一面又对罗伯特·肯尼迪的被刺非常伤心。

一九七二年总统大选时,支持民主党麦高文。(但是尼克松被连选。)

一九七六年总统大选时,支持卡特。

一九八〇年总统大选时,先支持肯尼迪幼弟或独立派安德逊。对共和党的里根当然不满,可是对当政的卡特总统也很失望。

斯诺夫人完全同意我所列出的对各时期的政治意识倾向的说法。(后来我与纽约的美中人民友好协会几个朋友相谈,也都有同感。)

我是在青年时代开始在美国居住的。我幼时在国内所受的政治熏陶,竟使我在后期踏上美国进步人士的同道,这是一个启示。

一九八一年七月六日

思乡病及其他

近几星期来，报上有两则小新闻使我觉得震惊和悲痛：两个留美的中国学人先后自尽，遗函对不能向国家报答而致歉。

这类惨剧是不应该发生的。这两位留美学人的自寻短见，原因不出下列数个：一、在出国前没有作充分的心理准备来适应新环境；二、言语不熟；三、生活不惯；四、孤独寂寞；五、学业上的压力太大，由于语言上的困难，产生心有余而力不足的自恨感。凡此种种，加起来便形成一种严重的思乡病。

我们出国的人都有过这类思乡病的经验，当然程度有所不同。在大城市如纽约，与中国人接触多，心头便比较宽舒一些。但是美国大学多半是在所谓“大学城”的小镇内，学习的环境虽好，操练英语的机会也多，但同文同种的人却少,因而产生孤独寂寞感。

一九四七年时,美国的民间航空事业尚未发达。我乘了“总统号”轮船到旧金山后,即搭火车赴中西部的密苏里州。车程是三天两晚。第一晚的午夜,在车座中醒来,心里有一种极其异样的感觉,尤其是耳朵特别灵敏,因为所听到的完全不是日常熟悉的中国话。这是我第一次感到孤独感的侵袭(在轮船上我们有好几百个中国学生在一起,还没有到了外国的感觉)。次日在隔邻车厢中遇到了前往他地的中国留学生,好似见了亲人,依依不舍。

幸而我有一个旅伴,途中尚不十分寂寞,到了大学城,出了车站,在路上所碰到的第一个中国学生,就热心指导我们找旅馆先安顿下来。那是第二次世界大战胜利后的第三年, 学校来不及建造宿舍来收容大批靠退伍军人助学金上大学的青年。我在密苏里所遇到的第一个热心帮忙的中国学生,就是现在担任英文《北京周报》副总编辑的冯锡良。

那时整个大学两万名学生中, 中国籍学生不过四五十人,很少有聚居一起的,我既不能搬入学生宿舍,就租一个私人小房,每月房租二十元,在外面吃饭。这样生活方式的好处是:一、熟悉了美国人的家庭生活;二、学习保持清洁,尊重他人的清静;三、尽量有操练英语的机会。在开头三个月内,思乡病极是浓厚,读书不能集中心思,天天焦急地等待邮差带来家信。

可是年轻人到底容易适应环境,朋友一多,在社交方面比较忙碌一点,思乡病就慢慢地减轻,做功课也易于专心了。

与美国青年学生们结交朋友,除了有充分的学习会话的机会外,另一个好处就是能够体会到他们对劳力的观念。我是刚刚从中国旧社会到美国的,背上所负的小资产阶级的包袱还很重。有一天,在经济必需的情况下,我不得不到一个餐馆厨房去洗盘碗赚些生活费用,一戴上白围裙,心里就不自在。洗碗是美国社会中最低等的职业,但是在大学城内却很普遍。尤其是第二次大战结束后的数年,各大学充满退伍军人,有的已经结婚有了子女,政府的助学金不够维持生活。在餐馆中找工作是最容易的事。

我还记得有一个要好同学(他现在是印第安纳大学的社会学名教授),在一个新学期注册日的晚上,敲门向我要求借宿。他刚回到学校,身无分文,不能去旅馆,便在我房中地板上睡了一晚,第二天借了两角钱去买咖啡早点,当天中午就在一个餐馆中当侍者,不但三顿饭有了着落,而且有了足够的工资去找一个小房居住。他一点不为自己的身无分文觉得卑羞。不过当时我们留学生是不是能这样的适应环境就是一个问题。

我在餐馆中洗了几个月的盘碗后,慢慢地习惯了,工作效能也大增,受到老板欣赏,把我升为收盘碗工人。但是要穿白制服, 在餐客们众目睽睽之下工作。有一天,厨房大师傅,一个巨大的苏格兰人,要我出去替他买一包香烟。我接了他的钱, 就直往地下室跑。他大为不解地说:“大门在这儿,香烟店在隔壁,你为何跑到地下室去?”我说我要脱去白制服,换了常服,才可出外替他买香烟。他也许是烟瘾难忍,瞪着双眼说:“为什么要换衣服?”

当然, 他不能理解我们这类小资产阶级出身的中国青年的心理。我是羞于穿着侍者的白制服在街上行路。实际上, 那个大学城当时有很多大学生是在餐馆中穿了白制服服务的, 男女都有。美国青年一点没有不自在的感觉。

在餐馆的工作,使我学得了几个做人要诀:一、自尊心。出卖劳力并不伤害我的尊严,反而补偿我在心理上的缺陷。二、自信心。工作效力增加以后,自信心增强,能够在餐厅中昂首而自行其是，旁若无人。三、自负心。所干的虽是最低下的工作，却能够自给自足，不必在生计上有不安全之感。

我在美国进大学时所做的这些零工，加起来一共也不过一年时间。可是，我所学得的自尊心、自信心、自负心对我今后的生活却很起一些积极的影响。

“劳工神圣”乍一听好似有点陈腐。可是，我已替我尚在中学读书的女儿作了打算。总有这么一天，我会一本正经地对她说：“你要入大学吗？你就得自己劳动去赚学费！”

她是美国孩子，她不会在乎，不像她三十年前的爸爸。

一九八〇年七月十四日

孩子们的文化遗产

美国华侨中,有很多都是第二代、第三代的美国籍民,尤其是在美国西部。这是因为远在十九世纪后叶,已经有大批华侨被骗运到美国西部来帮助开金矿、造铁路之故。虽然阳盛阴衰,但仍有少数幸运儿能够遗下后代。

一九五二年后,我从密苏里迁到纽约居住,周末参加青年华侨的社交集会,很惊异地发现我们这批青年竟无形中分为三个集团,羞怯怯地不肯混合。这三个集团各有文化背景的不同,我只可粗略地这么解释:一、"中国中国人"(Chinese Chinese),意指我们这批于抗战胜利后来美的留学生。二、"美国中国人"(American Chinese),意指第一代美国籍民,出生于美国。父母大多是在唐人街做苦工,积钱让儿女上大学。三、"美国美国中国人"(American American Chinese),意指第三代美国籍民,家境良好(因为父母是第二代美国籍民,已经成家立业),多半来自加利福尼亚或夏威夷。

第一类讲普通话或上海话,也操英语。第二类讲英语,也懂得一些广东话。第三类只会讲英语,除了面貌是东方脸型外,行动举止完全是美国化。

慢慢地这种无形的障碍逐渐消失。活跃的青年们,无论是属于哪一类,很容易地便适应了环境,混杂在一起了。有一次在一个较小的社交场合中,我与一个来自加利福尼亚的"美国美国中国人"女孩子闲谈。她当然是第三代籍民。她的父亲是好莱坞专门演东方人角色的演员。她的母亲是东亚籍电影演员代理人,因此她的家境很不错。

她直截了当地对我说:"我真羡慕你!"

"羡慕我什么?"

"你既会讲中国话,又会操英语,在这里一些场合中,能够左右流利应答,方便极了。"

"你也是中国人。为何幼时不学中国话?"

她害羞地低首(好似中国人,不似美国人)说:"因为我幼时不愿讲中国话。"

"为什么?因为耻于做中国人?"

她点点头。

孩童们的理智是很简单的。在白人社会中,因为自己肤色的不同,发生自卑自怜感,坚认自己是美国人,排拒父母的言语与文化。这类复杂的心理情绪,已使孩童们精神上有了重担。但是他们一到成人以后,又发生了相对的自惭心理,悔恨自己在幼时不学父母的言语文化。我上述的这个女友便是一例。二十余年来,她在事业上很有成就,交往的都是中上级社会人物。但在她的自觉意识里却不会消失:无论她是怎么的美国化,她的脸型与肤色归根结蒂还是中国人。心理学家与社会学家称这类人为“边缘人”。

她对祖先的语言文化如果有一些认识,她的心理感觉便不会这么错综了。我想这是她对我说“我真羡慕你”的原因。因为我并不“否认”我的中国人身份。

所幸的是一般华侨,无论是知识分子或劳动者,都十分珍视下一代对祖先的文化学习,尽量设法使孩童们不要忘记自己的遗传。家长们自动组织周末的中国语学校,轮流当老师。这类周末学校使孩童们自幼有机会与中国文字接触,至少可以打一个基础,当他们进大学时,正式学习中国语文,便没有困难了。

十三年前,我女儿碧雅出世后,我的第一个念头便是如何使她自幼即认识父母的文化背景与传统。好在我曾在大学的课程中学了一年的瑞典会话，家常的瑞典语毫无困难。蓓琪与我不但在与婴儿逗玩时说瑞典话，而且平时也尽量操瑞典话，使婴儿的听觉趋于习惯。因此，碧雅虽生在美国，她的第一语(或母语)是瑞典语。出生不到六个月，我们就带她到瑞典外祖父家中去住了六个星期。以后几乎是每年一次，在瑞典六星期内所接触的是瑞典人，所听到的是瑞典话。在这样“操练”之下，历年来即使在她的成长学习英文期间，也难忘记瑞典话。

通常华侨家庭中，因为父母都操中国话，孩子们的第一语是中国话。可是他们一有了玩伴，或开始上学后，情形就不同了：英语变为最重要的言语。孩子们不但学得很快，而且回了家后，总要说英语；不但用英语向父母作答，而且不时地要“纠正”父母的英语发音。在这段时期内，父母如果服了输，让孩子们占了上风，儿女长大后就绝学不会中国话。“我真羡慕你”的这类悔不当初的遗憾就是这么起源的。

在我家里，做母亲的既已解决了她对女儿的言语遗产问题，做父亲的就比较困难一些。不但蓓琪不会中国话(她曾鼓足勇气到美中人民友好协会的华语班上了半年，知难而退),而且我自己的普通话也很差。学习会话,最重要是在听。我自己既不能有一个会话的对象,又怎么能使年龄尚幼的女儿对中国话发生兴趣?碧雅于六岁开始进学交了小朋友后,便慢慢地理解她的爸爸与众不同。有时我们逗她:

“你是中国人。”

“不,爸爸是中国人。我是美国人。”

她的妈妈用瑞典话说:

“你也是瑞典人。”

碧雅迟疑一下,用瑞典话回答:“我是瑞典人,但也是美国人。”

在那一刹那,我突然了解,言语可以指认祖籍。我当时就下了决心,一定要她将来有一天能用中国话说:“我是中国人。”

纽约唐人街向有华语学校,教的是广东话。但是近年来由于在联合国服务的华人的热心,教普通话的周末中文学校也已成立,每星期六上课两三小时,开始是借用联合国学校校址,现在为了方便,已迁往唐人街附近的一个新建的公共学校。碧雅上这个中文学校已有好几年了。每星期六上一次,只认了几个字,学了几首儿童歌。这到底不是一个班一个班上升的普通学校，时间又少，因此进步是很缓慢的。可是使我和蓓琪感到安慰的是她经常有机会与同种人的言语文化有接触，至少对自己的根源有一个认识。至少会自然地打一个基础，在她进大学选读有关中国历史文化或语文的课程时，便不会觉得陌生。

近来留美学人之间随便谈话，有人提出希望国内大学有一类夏令营的组织，使华侨子弟们有机会于暑假期内回国，学习祖国的文化与言语，同时也有旅游机会。（听说广东省已有了。）

这类专为华侨子弟设置的暑期学校有没有必要？请听我这个小故事：

某天晚上，我在餐馆中与一对老友相聚吃饭。他们带了刚刚从法律学校毕业获得律师执照的儿子来。多年不见，看到这个十余年前的一个顽皮孩子现在竟是衣冠端正的英俊青年，我很高兴，连忙与他交谈，说了一连串中国话。

“叔叔，请你讲得慢一些，我听不懂。不然请讲英语。”他受窘地用英文说，满脸歉意。

我突然听到二十余年前那位女友说话的回声：

“我真羡慕你！”

一九八〇年七月三日

屋顶小楼

我的十二岁女儿今年夏天同她妈妈到瑞典去探视外祖母，一进屋子就往屋顶小楼直跑。在欧美，屋顶小楼一般都是用来堆放或储藏不常用的什物的。我的女儿跑上楼后，第一件事情就是检视她自幼以来的玩具，然后坐在屋角的一个小木箱上，呆思出神，她对跟在她后面上楼的有点惊讶的母亲说：

“妈妈，你下去吧。我要在这里待一会儿。我喜欢闻这个小楼的气味。”

她是用瑞典话说的。她妈妈懂得女儿的心情，便蹑手蹑脚下楼了，同自己的老母去叙家常，把充满伤感的女儿留在小楼上。

我女儿是在美国出生的。每年夏天，她都要回瑞典去，在外祖父母家住上四五个星期。我不断地向我妻子叮咛

(有几年我没有同去),要督促她,鼓励她说瑞典话。所以她一到瑞典,就成了一个瑞典小姑娘,十二个夏天以来,一口南方土音的瑞典话,学得可以乱真。她自幼和外祖父最亲,常常双双牵手在外面散步,让她白发苍苍的外祖父向路遇的熟人骄傲地介绍他的中国外孙女。可是这一次,却没有外祖父的慈祥笑容到火车站来接他的"小碧雅"了。他已于去年秋天逝世,那正是我要携妻带女回我阔别三十一载的祖国的前夕。我的岳母从瑞典打长途电话来报告这个噩耗,我们的第一个念头是回瑞典去奔丧,可是我岳母用她颤巍巍的声音(还是因为长途电话失真?)坚持对我妻子说:"不,你们不要回来了,毕竟我们是每年见一次面的。可是鼎姆(我的小名)已有三十一年没有见到他的家人了,你们应该跟他回国去。我能照顾自己……"这是碧雅一生十二年中,唯一没有见到她爱恋的外祖父的一年。

我因为暑假有些工作分不开身,没有陪伴她们回去。我的妻子回来后对我说,碧雅在飞越大西洋的飞机上沉默不言,郁郁不乐,没有过去旅行时那么心情愉快了。一进外祖母的屋子,就一溜烟地跑上屋顶小楼,去独自思念过世的外祖父和自己的童年时代。

可是我身居异乡,却没有故乡的屋顶小楼给我思念自己的童年，也不能给我的女儿一个储藏她中国祖父母给她的玩具和思念他们的角落。如果她的中国祖父母还在世的话，去秋她回国时见了会不会感到陌生，疏远？女儿不能讲中国话，幼年没有中国生活的经验，是我毕生最大的憾事。她如今虽然每星期六到联合国中文学校去学中国话，也时刻以中国人自居，以中国人自豪，可是毕竟受到中国的教育太少了！

听到我妻子静静地向我说了女儿的这个“奇特”行为，我自己也突然被一股伤感所袭。住在纽约的高楼公寓里，我没有屋顶小楼可去。三十二年前漂洋过海时，也是孑然一身，别无长物，即使有什么可资怀恋的东西，这三十多年中生活的变化，也早已丢失殆尽了。可是我还是心烦意乱地在储藏室里翻箱倒箧，看看有没有什么东西，帮我回忆逝去的青春。在一个角落里，我找到了一只旧箱子，里面居然还安然无恙地保存着我三十多年前的一批旧照片和两本日记！这使我百感交集。这是我的“屋顶小楼储藏室里的旧玩具”。我仿佛像自己的十二岁女儿一样，静坐下来检阅这些旧物。我一口气读了好几个小时，紧紧地牵着过去的生活历史不放，好像这是我母亲的衣角。

我一边读，一边已经遗忘了的往事一一翻上了心头。

这里随便找一页：

一九四〇年八月四日。昨日是鲁迅六十周年诞辰，但纪念会在今天开。十时至辣斐剧场。会上有周建人、许广平演说，及朱维基、荒牧的诗歌朗诵。会后我请许广平题词留念："继续鲁迅精神。"

《病中杂感》在《青年知识》发表。下午到金门观《一代乐圣》，回家途中购得《文艺阵地》第四卷第十二期。

这里又是一页：

一九四〇年九月十八日。惊异地收到一封用金星影业公司信封发出的信，拆开一看，原来是柯灵编报纸副刊，约我写稿。

下午观佐临导演的《小城故事》，演员有夏霞、慕容婉儿等。晚上听胡导讲他个人演戏经验，很有兴味。

重读青年时代的日记，感慨万千，现在几乎不能想象，年轻的时候，同样的一天二十四小时，却能干那么多的事！

人一入老年，总觉得时间过得飞快，一天做不了什么事。可是从日记里却发现，自己在一天之内居然能够写一篇散文，参加一个集会，看一场戏(或电影)，读完一本书，还不算同朋友闲谈，在公园散步。

我女儿到现在为止，到瑞典去了十二次，每次也不过三五个星期，全部加起来不到一年的时间。可是她到了外祖母家，好像回到了故乡，找出电话玩具、洋娃娃、汽车模型来玩，思念过去的几个夏天，好像这是她的全部生命，因为这是她自有记忆以来最使她怀恋的记忆。

而我呢？找出这两本日记，读到三十多年前的记事，使我觉得这里面所记的几年生活，也好像比我后来在美国三十多年的经历更加丰富，更值得怀恋。

近年来，黑人作家阿历克斯·哈利所写的家史小说《根》之所以流行畅销，不但引起黑人，而且也引起白人对自己出身来历的兴趣，就是这个原因。每个人都有“根”，要找“根”，身处异乡的中国人，由于中国古老的历史和文化传统，这种向往更较黑人或白人热烈。我即使没有一个物质上的“屋顶小楼”，也要有个精神上的“屋顶小楼”，供我的小女儿寻找她的“根”。

一九七九年十二月

假如我的女儿走上文艺学习之途

我的女儿进入初中那年的生日，我们购置了一架荷兰制的手提打字机送给她。我们的用意是双重的:让她把打字机当作玩具,她不但可以在不知不觉中学会了打字，而且也会自然地对文艺写作发生兴趣。早在幼稚园时期，她看到我在不断打字写稿,便具好奇,常常要手痒地试一下我的打字机,每当她高兴地坐在我书桌前时,我总提醒她,打字本身是机械性的,要在白纸上打下字句,却需思考与想象。

也许我自己打字写作的忙碌给了她一个启发,果然，在她十二岁那年取到生日礼物后一时期，她成天关了房门在嗒嗒嗒地打字。我们问她干什么,她说在写故事。孩子们在这个年纪是对生活最具好奇的时候。除了观看电视上戏剧节目外,碧雅也爱上了小说阅读。

我用女儿的经验来与自己的文艺学习经验作比较。虽然在文字与文化背景上有所不同，中美爱好文艺青年的心理发展,大体而言,是并行的。我自己在初中时代爱上了文艺(先是沉醉于章回小说)。大量的阅读之后,第二步便是试写。第三步便是投稿。到了能够发表,便达到了生活中一个重要阶段。我至今难忘自己在初中时代的作文给老师选入校刊中发表首次见印时的感受。次年十四岁,我的第一篇文章在宁波《时事公报》副刊发表,心中的喜悦,难以形容。

我原希望自己的女儿也有如是的感受经验。可是美国少年生活的多样性阻碍了女儿的专心一致，也褫夺了她的类似父亲所感受到的喜悦。女儿没有成为作家;她的兴趣转了向,她的目标是广播、新闻或摄影方面的生涯。当然,她不过只有十几岁,大学三年级,来日方长。

我所可惜的是她的打字机(新购电动的)被派了新用场,而她的文学作品阅读量与时间已大大地减少。

假如我设想女儿对文学写作志趣未变的话，她的发展大致将是这样的：

一、到她十九岁时,她已涉猎了一般不朽名作如莎士比亚、狄更斯、康拉德、希腊名剧等等。

二、她已狼吞虎咽地阅读了海明威、福克纳、斯坦贝克、菲兹杰拉德等美国大师的作品。

三、对美国当代名作家如诺曼·梅勒、约翰·厄普代克、索尔·贝娄、约翰·欧文等的作品,她已有辨别、挑择、爱厌的能力。换一句话说,她已能挑出自己心爱的作家。(J.D.塞格是最受青年读者们爱戴者之一。)

四、她也对新的流派如所谓“后现代主义”的作家如唐纳德·巴塞尔姆、托马斯·品钦、约翰·巴思等发生兴趣。这个兴趣因而引起她对欧洲与拉丁美洲作家们如伊塔洛·卡尔维诺、加西亚·马尔克斯等注意。

她的眼界大开,她对国际政治也发生敏感。她的大量的阅读刺激了她的想象力与创作欲;她开始在打字机上打出文章片段,有的庸俗不堪,有的精彩得令内行者也惊异。这时,在她自己的创作发表欲蠢动或是父辈朋友的怂恿之下,开始向外投稿。

她所受的打击将是很重大的。因为美国文学杂志(或任何杂志)取稿标准极严。她的投稿,几乎百分之百地被退回来。在美国投稿,除了取稿标准之严以外,又有两个障碍:一、多半期刊的稿都是编辑邀来的,不是收受外投的。二、外投的稿都经由文学代理人寄来,而代理人不会收容从未发表的无名作家。在美国,所谓“关系稿”(即是靠情面拉关系而获发表的情势)根本不存在。

她的不断被退稿的经验所引起的沮丧与失望令她对自己的创作才能起疑。她很可能心急地走上了另一个途径:入创作学校,上创作课。“创作能教吗?”这个题目在美国文艺界曾引起不断的论争。有的大学开了创作课,有的创作学校(也有函授的)学费奇高地诱引没有创作才能的人们入学。我的女儿如果以为上了创作课便有能力创作,能够发表作品,我必尽力浇冷水。因为我以为创作不能学,不能教。创作学校充其量只能教导写作的技巧,学生的得益是很有限的。

要当作家有三个条件:有天才,多读,多写。硬学没有什么大帮助,而创作学校将学生作品解剖分析,讲得太多,讨论得太多,把宝贵的读与写的时间都浪费了。

严肃的文艺习作者必须有恒心。一般美国青年文艺爱好者首先必有对文艺创作努力的意向。对阅读的爱好与创作的欲望形成了他们未来生涯的途径。在这方面,中外是一律的。我最近读到美国当代最红女作家之一,安·蓓蒂的逐渐成名经过,觉得并没有特殊处,不断努力是最大因素:

她在大学时代就爱好创作，写了不少短篇，到处投稿碰壁。但她竟不沮丧。二十三岁时，她的两篇小说在十天内先后被《纽约客》杂志与《大西洋》月刊所接受。在这两个著名杂志发表后，她的创作才能立即引起出版商注意，与她订立出书合同。此后她就青云直上，出的书极获好评。真正的创作天才是湮没不了的。

我尚在等待我的女儿的成就。我希望她没有浪费她十二岁时的生日礼物。

一九八六年九月廿一日

多年旅行的杂感

一九六三年初到瑞典探亲后，我对旅行就上了瘾，几乎做到每年必赴欧洲一行的地步。在那时期原因很简单：美金值钱，在美国旅行很贵，不如到欧洲去。那时的飞机票价是根据飞程距离，因此，自纽约西飞到旧金山，与自纽约东飞到西欧，机价差不多；此外，换了外汇后，欧洲一般物价又比美国便宜得多了。

一九六四年夏间，我与蓓琪是到波多黎各岛度假的，波岛处加勒比海，离纽约不过四小时飞程。我有一个中国好友在那里娶了波女定居，一定要我们去玩。我们在那里逗留了两星期，就住在他们家里。波岛是热带气候，其实是纽约富有人士于冬季度假之处，风景优美，岛民操西班牙语，岛上古城保存西班牙原色，所以它虽属于美国，我们到了岛上，颇有身处西班牙的风味。

次年我们开始了几乎每年游欧一次的惯例。我当时的希望是能逐年到各著名国家如英、法、意、荷、瑞士、西、葡、希腊等等一游。但每次提到去欧洲,蓓琪总觉得,既花了飞机票,应该到她瑞典娘家一去。我对瑞典很喜爱,可是多去就厌了。因此我们约法三章,每次如到瑞典,必须花一两星期到他处游历。好在有一个时期,购了赴瑞典的飞机票,中间有权在一个地方停留。因为这个方便,我们也有机会到过巴黎、阿姆斯特丹、布鲁塞尔、苏黎世、日内瓦、奥斯陆等地。

一九六五年暑期我初到英国。蓓琪曾在这里居住过,对英国的潮湿气候特别讨厌。果然如她所预言,我们在伦敦一星期内,几乎每天都是阴沉沉的。一个早晨,我们要赶一辆游历车去参观牛津大学与莎士比亚故乡——艾冯河畔的斯特拉福德(Stratford on Avon),向旅馆的服务台留言,请他们将我们于清晨七时唤醒。那时英国的大旅馆中毕竟还保持旧有的“文明”风度,他们不用电话铃将我们叫醒,而派一个穿得衣冠整齐的侍者来敲门。这位中年的“绅士”,一手托了一个装有热茶与饼干的小盘,进了门来,向我们有礼貌地道了早安,请我们饮茶,然后走到窗边,将窗帷拉开,向外探头一望,很高兴地向我们报告:“好天气!

(Lovely day！)”

窗外阴沉沉的黑云满布，但是尚未下雨。我们几乎“扑哧”一声笑出来，可是阴沉的天气使我们的心情也低落。侍者走了后，我们谈论一下，觉得这位服务员的行为态度显然是保持了有古老传统的英国旅舍的风味：一、用富有人情味的热茶而不是用机械性的电话铃来唤醒旅客；二、在多雨的英国，习惯养成乐观精神，阴云满布的天空如果尚未下雨，便是“好天气”，还说出来向旅客鼓舞一下。（那时欧洲的旅舍还保持另一个固有的好习惯，旅客每晚临睡前可将肮脏的皮鞋留在房门外，第二天早晨便擦得干净雪亮。这些给予旅客方便的旧习俗现在当然都已被现代化注重高效率的旅业管理专家消灭了。）

那天不但不是“好天气”，而且特别的恶劣。我们上了游历车不久即倾盆大雨。幸而我们学了乖，像伦敦人一样，各人带了一顶伞，在大雨下，欣赏牛津大学的校园与艾冯河畔的莎士比亚家园。

虽然气候不佳，我当时也很喜欢伦敦。伦敦与纽约一样也是操英语的国际大都市，居住的条件却似乎比纽约好得多了。可是今日又有所不同，物价的高涨不但已使伦敦成为世界最昂贵的都市之一，而且社会秩序已不如以前的安宁。过去殖民地时代的有色人种的大批移植英国，已造成与美国同样头疼的种族歧视所引起的暴乱问题。同时，爱尔兰革命人士的恐怖主义手段又是一个严重问题。

从伦敦乘飞机到哥本哈根（前往瑞典南方的必经之地)只不过两小时。可是我喜搭船,所以我们于下午在维多利亚车站乘火车到诺威治，搭丹麦船过夜越北海抵丹麦的艾斯堡,然后再搭火车赴哥本哈根,一共花了三十多个小时。这类旅行是很倦人的,但是我在陆地上看了不少景致,同时也在船舱中舒服地过了夜。从哥本哈根再坐渡船到瑞典的马尔默,坐火车到蓓琪的家乡,那已是入夜了。

次年我们到瑞典去,途过巴黎去住了一个星期。也像在伦敦一样,我们运气不好,一星期几乎每天都下雨。初自机场坐车进入巴黎市区,我突然有一种熟悉的感觉。巴黎的街道树木茂盛，很使我想到幼时刚到上海法租界时的初感。我们选择的旅馆是在塞纳河的左岸,传统的学生与文艺人士集中地。我们有时到过去海明威及各名作家所常去的露天咖啡座坐一下,饮咖啡,看行人,想体会一些二十年代三十年代间青年作家与美术家在当时的心情。巴黎在夏间当然是充满外国游客,尤其是八月,本地人士大多已往乡下去避暑。我的一个特有的印象是到处都有人伸手索小费,这又引起我幼时在上海的印象。纽约、伦敦,也到处有人要小费,不过他们没有巴黎人这么伸手的公然态度。

去巴黎那年八月,蓓琪已怀孕四个月,临行前我们曾向她的心脏科专家医生问意见。医生说可以旅游,但是不要太疲累。在巴黎的几天,我们很小心地漫游,做什么都不过度。在凡尔赛宫前所摄的照片,蓓琪的身怀粗大,已很显然。此后我们常常指了这张照片与碧雅开玩笑,说她也到过巴黎。

在一般儿童中,碧雅是比较幸运的。即使与一般成人相比,她在旅行上也是老资格。她不到半足岁,即两次乘坐喷射客机。一九六七年五月,她出生不过三个月有余,就被母亲携往瑞典探外祖父母。当时欧美的旅游事业已发展到连婴孩也可舒服飞行的地步。普通规例,婴儿不到两岁, 机票只是通常价格的百分之十。(自两岁至十二岁半价。)上了飞机后,空中小姐供应一个小悬篮,悬在母亲的座位前,婴儿便可在这悬篮内甜睡。

蓓琪旅行时,也带了这种类似的小提篮携着碧雅,好似一件行李。我犹记得,那年她们一去六星期,自瑞典回来,我到机场去接。蓓琪自海关人员检查室中出来,将所携的两个提包左右放置在地上,前来拥抱我。我匆匆地将她一吻,就往地上直视。蓓琪笑哈哈地将右边一个提篮的薄纱盖打开,五个月大的碧雅躺在里边甜甜地香睡。我在那时心情的愉快真是不可言喻。

她们回来数星期后,我们又搭机飞得克萨斯州去看朋友,凑巧地逢到后来登月球的第二个美国宇航员,此事将在另文中述及。

次年我们到挪威首都奥斯陆去玩,碧雅恰一岁半,仍可购取婴儿票。我们先在蓓琪娘家安置了数天,然后自哥本哈根乘小型邮船去奥斯陆。我的岳父母劝我们将碧雅留在他们处,但我们不愿离开宝贝女儿。在北欧的文明先进国家,带了婴儿旅行不但没有不方便,而且成人们反而沾了光,因婴儿而受了优待。

我们向蓓琪母家的邻居借了一个可以折叠的儿童坐车,就推了碧雅启行,行动一切不受限制。这是因为北欧诸国有法定规例,无论上公共汽车、火车,或轮船,凡携了幼童的可以优先乘登,不必像别人一样排长队等候。因为碧雅的关系,我们上车登船方便极了。公共汽车司机有时会亲自离座,帮乘客搬动儿童坐车上车与下车。我对这种文明态度印象极深。在拥挤的纽约,公共汽车司机是一点没有礼貌。在北京与上海,青年乘客们的粗暴抢座的行为更使携了儿童搭车的人们寒心。

与世界大城市相比,奥斯陆其实好似一个小城镇,有时我们早晨在旅馆起身出外,找不到用早餐的咖啡馆。这样,我们才理会到自己是多年的纽约人。在纽约,很多食用店一天二十四小时的开放。

为了要碧雅自幼即有学讲瑞典语的机会，我与蓓琪约定，即使我自己不能成行，每年必送她母女回瑞典一行,为期六周。一九六九年她们也去了。碧雅只两岁半,瑞典语讲得好似是瑞典土生的。那年她们回来后,蓓琪身体就显弱,心脏病因为曾经怀孕生产的重累而趋严重。十月里她开了刀，我们雇用了一个瑞典少女克丽斯丁娜照顾碧雅。(这少女后来也成为一个亲切的好友,将另文述及。)到了一九七〇年春季,蓓琪身体复原,我非常高兴,提早于四五月间去瑞典,向蓓琪的父母报告佳讯。

在这次赴瑞典途中，我们中途的停留地是荷兰首都阿姆斯特丹,也去看访了一个经商致富的荷兰朋友。阿姆斯特丹是一个很美丽的城市。在旅馆中我们遇到一对已退休的美国夫妇。他们借退休的时间周游世界，途过荷兰。看见三岁半的碧雅,他们喜爱得不得了,认为中瑞混血儿是最可爱的。

我们的荷兰朋友夫妇带了甫出生两个月的婴儿到旅舍中来看我们，在旅馆餐室一同用饭。碧雅已能同桌而食。但朋友将婴儿放在我们房中躺睡。进餐时,婴儿的母亲每隔十几分钟就要上楼看看婴儿如何。每次起身她总要道歉。我们微笑着对她说,我们是过来人,也有过同样的经验。我们对她关切婴儿的心情是很了解的。人性中外一律。家庭中的第一个婴儿,往往是最受宝贵珍视的。

一九七一年我们去了苏黎世与日内瓦。在我所曾游历的各国中,瑞士的风景最优美,可是百物昂贵。蓓琪有一个曾在纽约相识的瑞士女友在苏黎世成家，我们应邀住在他们家中,就省了不少费用。一九七一年又是美金开始跌值下泻的一年。我们每天路过银行,看到外汇牌价的变动就有寒心之感。不少美国人,因为美金的高值,方能每年到欧洲旅行,但自从一九七一年开始,也渐渐感到拮据,不能再像以前一样的花钱了。(在七十年代,日本人与西德人是世界各国最吃香的旅客。)我自己也有这样感觉。于一九七二年以后,突然感到旅行度假是一件重负,不能再如以前一样地随意动身了。

一九七二年我未去欧洲，但仍让蓓琪、碧雅去瑞典住居了六星期。那年尼克松总统首次访华，我的旅行目标转移往祖国。我的猜想是中美建交已有极大的可能，回国旅行当然也不会再是一件难事了，不料这个等待又持续了整整的六年！

我到处想法打听如何取得回国入境证，一直没有效果，有时向有关方面写了几封信，都如石沉大海，没有回音。一九七三年我们又去了瑞典，除了斯德哥尔摩外，又游了哥本哈根与芬兰的玛丽港。在哥本哈根时，去看了在当地举行的中国贸易展览会，兴奋得不得了。与会中的主持人谈话，也逢见了几位英语与瑞典语很流利的新华社记者。我问他们何时会到美国去展览。他们说，“快了，快了。”我很乐观，可是又要等到一九八〇年才见到在纽约的展出。

此后我到瑞典的次数就大大地减少。中美关系慢慢地改善。中国在华盛顿开设了办事处后，我立即写信去索取入境申请表格，毫无回音。好几次去信催，才收到了空白的表格。填好了寄去，又是几年没有回音，写信去催也没有用。其间，一九七六年我们三口又去了瑞典。那时，曾于一九六九年在蓓琪进院开刀时照顾碧雅的克丽斯丁娜已结婚成家。我们到瑞典北国的她家中去住了一段儿,不料竟在山乡僻村中遇见了一个年已九十多岁的中国老头与瑞典老妻。他原来是一个山东老牧师,数年前随了曾是传教士的瑞典老妻出国来瑞养老。老人不会瑞典语,寂寞不堪;而我那时,看到他的情景不禁想到自己的老境,一面又对尚未能回国很是灰心。我们两人经人介绍相遇后,都情不自禁地流泪痛哭。

到一九七八年春间，还是未接到华盛顿的中国办事处回音,我断绝了返国探亲的希望,准备行装,决定到瑞典去探亲。蓓琪的父母年已老迈,很急切地等待与我们相聚。我们定购了七月中旬的三张机票。不料七月上旬,约在我们动身一星期前，突然收到中国驻华盛顿办事处来函,说是入境申请已批准,可于十月中旬返国探亲。

我在惊喜之余,立即取消了我本人飞瑞典的机票,一面仍鼓励蓓琪与碧雅去瑞典。(她们原以为既要到中国去,何必不省下来赴瑞典的费用。)我至今不遗憾此举。那是蓓琪碧雅与外祖父相聚的最后一次。她们于八月底回来后,我们一起办了赴中国的手续。九月中旬,蓓琪的内侄隔了大西洋打电话来,说外祖父患脑溢血而逝。我们一时决定不了要不要回到瑞典去奔丧。可是奔了丧后再去中国恐怕时间也赶不及。正在犹豫之间,蓓琪的母亲来了一个电话,指出我已三十多年没有回国,我们应该回中国去探活亲戚,不必到瑞典去看死亲戚,何况蓓琪碧雅刚与外祖父母相聚归来。

老年人的话真有道理。一九七八年十月一个午夜,在上海的北站,我终于见到三十余年未见的兄、弟、妹的脸庞逐一在暗淡的车窗外出现……

一九八一年八月廿五日

积书·赠书·借书

门廊角的一个黄牛皮大纸袋中装满了好几十册杂志，都是中文的、已读过的、多余的、不愿保存的，等待喜爱阅读的友人来取。最后一个形容词“不愿保存的”，也许得解释一下。我没有“不愿保存的”书籍杂志，但是它们的积集与增长威胁了老婆的领土。她的洁癖与整齐狂有时是我们吵架的原因。有一段时期，我连成堆的《纽约时报》与各种侨报也舍不得丢弃(唯恐以后有写作所需，要调查一下)。后来我们约法三章：

一、日报的堆积每星期清除一次。

二、杂志的堆积每月清除一次。

三、书籍的堆积每半年清除一次。

多年的读物积聚可以把我们已相当宽敞的两卧房、两浴室、一客室的公寓形成狭窄的牢笼。因此我不得不感谢老婆坚决清除的意念。她所关虑的是没有足够衣橱小室贮藏衣服与杂志。在我们“约法三章”之后,她答应绝不干扰我的书桌和书桌周围十尺的“垃圾”。

被书包围是我自幼的习惯。开首是母亲对我乱糟糟书桌的谴责。后来她看到我于十四岁时初赚的稿费,顿时“肃然起敬”,不再开口了。现在是老婆的干涉。不过她所顾虑的是房间面积的缺乏。某次我们访一美国友人家。男的是作家,女的是书局编辑。他们客厅的三面墙壁被高及天花板的书架所盖住,满室的五色缤纷,甚是悦目。其余的书册还蔓延到走廊、卧室、浴室、厨房里去。我的反应是羡企;老婆则被吓坏,戏说要帮助他们来个大扫除。

空间面积的缺乏常迫我抑制购书的欲望。杂志的订阅近年也大大地减少。二十年前我是《纽约客》的长期订阅者,每周都要来了厚厚的一册,根本来不及阅读的,便高高地堆在咖啡桌边,以为来日方长。问题是那本漂亮的杂志每周必定送到,堆得越来越高,丢了可惜,后来索性停止订阅。现在所订的周刊只有《纽约》,主要是查看电影节目,并了解纽约市的时兴趋向,翻阅一下即丢掉。经常的读物是《纽约时报》以及它的星期日杂志与书评周刊,其他的就到图书馆去借阅了。

我想我们这些爱书的都有这样的想法：赠书与人是一项乐趣，借书与人却有些感到勉强。这两句话其实并不矛盾。购新书当礼物或者将自己多余的书送给朋友，有“宝剑赠英雄，红粉送佳人”的含意，寓有悦人悦己的双重乐趣。可是别人如来借书，而这本书又恰是自己所喜爱的，那便有些不愿。不是小气，乃是天下人性中外一律，借书者往往不将所借的书当作一回事，不但拖延，有时索性忘了不还。这并不是说借书者不诚实。他如借了你十元、二十元钱，必然准时归还，而且千谢万谢。可是借一本书，那有什么？

我有一对朋友夫妇，处境与我们相似，住在纽约中城的公寓中，没有地方展开空间。他们的办法很坚决：新书一读完，就马上送人。这种极端的做法令我愕然，尤其是，他们家竟有地方放三架大型电视机。

我觉得读书好似攀亲戚。看一本好书，有一种找到知己的感觉，依依难舍，希望来日有重逢重读的机会。好书栖在书架上令人心满意足。经常地，它好像在你耳边娓娓细语。你不必去碰它；知道它安全地在墙边竖立着，好像一位年轻的母亲知道婴儿在隔室熟睡一样的安心。好书被人借走后，想到它的时候便有空虚感。有次一位友人退休后搬到佛罗里达州去住，打了两次长途电话才把书催回来。可叹的是,我不相信他在一年余内读完了那本书。

书的魅力有时恰如一个情人,它牵丝攀藤,可以将你缠迷得忘食废寝。不过在目前我的头脑是清醒的,只希望哪位朋友赶快来将那个装满旧刊物的大纸袋取走。

一九八七年三月二日

读书人的烦恼

女儿搬迁出去后，她的卧房成为我的书房，可是这并未缓轻书架的负担。住在曼哈顿的公寓中，妻子与我常在争夺空间地盘。她要的是贮藏衣服杂物的地方，我的顾虑是在哪里去堆放日益增加的书籍杂志。由于我的图书馆借阅的便利，我早已在尽量抑制自己购书的欲望，可是几个房间的书架还是挤得满满的，有的书报杂志泛溢到地上，椅旁，桌子下。一年数度，妻子要我整理剔除一下。

要叫我丢弃“无用”的书籍，那是我心里徘徊的最痛苦时刻。而现在，书架上还更要空出一些地位来置放不断增长的录影带收藏。

不久以前，我曾著文论及已故美国短篇小说奇才雪莉·杰克逊（Shirley Jackson）。读到裘迪·奥本海默（Judy Oppenheimer）所著的杰克逊传记《私人的魔怪》（*Private*

Demon)，我发现读书人在集书藏书方面都有同样的心理。不过把我的经验与那些作家相比，等于是小巫见大巫。杰克逊的夫君是在本宁顿大学任教的文学评论家斯坦利·埃德加·海曼(Stanley Edgar Hyman)。那本传记形容他们夫妇所集书籍之多:“历年来，书籍不绝堆积。最终,据人估计,他们的藏书多达三四万册,甚至超过当时本宁顿大学图书馆与当地公共图书馆所合并的藏书数量。斯坦利不但知道有多少本书,而且知道每本书置放在哪里。”

我自己家中的藏书,因为经常在老婆督促之下清理,最多时不超一两千本 (近年的现象是中文新书的增多)。书都不是有组织性排列的,因此找书就有困难。虽然都是读书人,我们这些凡人当然不能与天才的智力相较。读者们如有兴趣读杰克逊传记,便会发现海曼的惊人记忆力。他不但知道哪本书在哪里,而且熟悉各书的内容,往往能够找到书中的片段。奥本海默写道:

> 当他在校中时,他常打电话到家里,吩咐雪莉替他觅书。他的指点几乎毫无错讹:“在二楼,浴室门的左旁,下面第三架板,第六本书之后。”当雪莉找到书

后，他就会告诉她，他所要查阅的是哪一页，甚至哪一段。不用说，那本书当然必须归到原位。对于这一点，他坚持不移。

我访过好儿个美国作家编辑的曼哈顿公寓。他们的书房、卧室、客堂、走廊都堆满了书籍。乐趣是在随时随地随手都可捡拾阅读。我们上浴室(厕所)时都不是有这种冲动？我家如果是一所宽敞的郊外住宅，我的老妻也许就不必唠叨不休地催我清理了。

海曼的记忆力在传记作家笔下是不是太夸张？据专家估计，这类天才是很罕有的，美国全国不过一万五千人，而他们的记忆力随年纪而退。他们多是读书人，于少年时就开始了阅览习惯。我不禁想起自己中学时代对诗词的背诵。我觉得那个时期的读书心得，最能牢记在心里。

每当我想到自己少年的读书情况，我就不免把女儿的情况来作比较。今日青年人的“精神力量”已由书籍转移到电视节目与录影带。用眼睛吃冰淇淋，故事情节在你眼前闪过，不必如读书的必须专心，必须思索。青年的一代是不用头脑的懒散的一代。书架逐渐被录影带占去了地位，书籍慢慢地成为过时品，像斯坦利·海曼那类天才也在不断消失。

我的憾惜是谁会继承我的藏书？不会是我的女儿！

一九八九年一月四日

“脱口秀”

如果你在香港或美国的华侨报纸看到“脱口秀”三字，请不要惊异，这是英文 talk show 的广东话译音。上海与北方人士对粤人的翻译往往不习惯。而我初见“脱口秀”三字时，无论用上海语或普通话读出声，想不出它们原来英文字是什么，在看了文字内容后才恍然大悟。

美国的电视或无线电广播节目中，talk show 很是流行，我想，不久中央电视台也许会开始这类节目，中文很难译，我们就叫它“谈论节目”吧。用了“脱口秀”的音译不但使不懂英文者迷惑，而且使操英语者更为纳闷。

“谈论节目”的流行起于一般观众对时事的兴趣。“谈论节目”主持人往往是传播界或文艺界著名人物，所请的客人则随当日的时事兴趣而定：有的是新书出笼的作家，有的是新片出笼的影星，也有舞台明星、歌星、应时的政治人物,以及有新闻价值的众色人等。听众与观众也可以直接打电话与节目上的人物交谈。

我和妻对这类节目特别有兴趣。约十年前开始,我们染上了通宵听无线电广播的习惯。“通宵”二字也许过分了一些。其实是,我们那时都患了失眠症,为了催眠,我们把无线电收音机的耳机插在耳洞,听听优雅的古典音乐打发时间,长长的不眠夜便缩短了不少。某次我听厌了音乐,换一个电台,发现了通宵的“谈论节目”。有好几个节目是全国性的广播,听众可从任何地区打电话与主持人或客人相谈,甚至可以热烈地争辩当日火热的新闻:尼加拉瓜、菲律宾、恐怖炸弹、飞机出事、总统失职、参议员贪污、艾滋病、堕胎……真是可以无话不谈。

我们把耳机插在耳内,一面听争论,一面昏昏沉沉睡去。有时广告音乐把我们弄醒,半夜三更再继续听下去。现在的习惯是通宵插耳,不但不影响睡眠的质量,而且有助于睡眠。

我与老婆特别喜欢一位女心理学家的节目。她在电台上给人忠告,打电话者的问题包罗万象:性生活、家庭关系、人事问题、教养儿女等等。

所以有时在我们早餐桌上,往往有如是会话:

“昨晚听了那个妇女抱怨女儿讲话顶嘴没有礼貌的谈话吗？”

“听了。和我们的女儿一模一样。”

“心理学家说发育期间不少少年的行为都相似。”

“所以我们也不必太担心,不必太生气。”

于是我们又“安详”地开始了另一天的生活。

一九八八年三月五日

五架打字机

新修好的电动打字机又坏了，每次修理费便要五六十元。刚动过心脏手术的老婆还要抬了笨重的机器坐计程车去修理的公司，实在太不合算了。“千万不要购买电动打字机”,这是我对朋发们的忠告。

不仅仅我自己的经验如是。不久以前,一位以写作为业的邻居敲门来借用我的打字机。他的电动打字机突然不动,而他必须于次日交稿。不巧我自己也在赶稿,不能让他借用。他悻悻然的心理我完全了解。我也没有想到在修理之后一星期,自己嗡嗡作声的机器又突然停止。

过去三年内我购过三架电动打字机，只有第二架送给我女儿的好像还不错。内行的人说,电器业在不断进步中,我所购的第一架显然是过时货,又笨重又多毛病。我是在减价时购到,花了二百多元,以为占了便宜,不料修理费与车费合起来已几乎可以购买一架新机。

今春回国旅行讲学之前，我又购了一架可用于电池的手提打字机,重仅五磅不到,它的轻便使旅行者喜爱。可是它也有不便处:打字纸必须轻薄,打字带不能久用。我也发现，除了旅行时可在飞机上或旅馆中写信做笔记外,不能代替经常打字机的大用场。

因此,第一架电动打字机的二次不灵,继续了我的慌张。幸而老婆是镇静的,她负责与修理公司交涉。我坐在书桌边闷闷不乐,不禁怀念电子时代以前的安详生活。一架于四十年代在学校书店所购的皇家牌手提打字机,用了三十多年,难得发生毛病。我记得只有一次,因为肮脏不堪,花了几块钱去清理一下。它入了老年后,只是字键歪曲了一些,通常还是可用的。新购了电动打字机后的喜悦,令我慷慨大方地把它赠给一个穷学生。

另有一架荷兰制的小型手提打字机，也在我的怀念中。那是我们送给女儿入初中时的礼物,鼓励她把打字机用作玩具似的练习。当然,你猜得一些不错,一进大学,她就要电动打字机。其实荷兰货质地很不错,有时我也向女儿借用应急。——这架机器,现在坐在北京的弟弟的书桌上;今年五月我带了回去,弟弟认为等于是雪中送炭。

前日与一位写电视电影剧本为生的朋友相谈。他对我因电动打字机所引起的烦闷颇表同情。可是他也有他自己的苦衷。他所用的是电脑写字机(word processor),一出毛病,便要打电话请修理匠上门来查视,收费几乎相等于一位医生的登门诊病。

电子时代的用具偶尔有细故便呆木不动。我对老式打字机的牵挂与忆旧的心情却不易被年轻人所了解。女儿绝不会回到使用老式机器的时代。但我已作了心理准备,电动打字机如再出毛病,我要用修理费去购买一架新的老式机,怕的是到那时恐怕已在市上绝迹。

一九八六年十月

与 Trevor 告别

一个星期四下午,女儿碧雅尚在工作,我妻蓓琪要去附近的她家替她放狗，红着眼睛跟我说:“最后一次了,要不要与我同去,向 Trevor 告别?”我不作一声地应允了。

我们推门进入女儿公寓的客室，见地毯上横躺了一条黑狗,毫无动静。过一会儿它抬头向我们一望,勉强站起身,慢慢走过来让我妻抚它的头。它还乖乖地让她在头颈架上皮带,无声地随着蓓琪出去。

他们回来后,我问妻,Trevor 有没有忍不住,在出大门前就弄脏了大厅的走廊,引起门房抱怨?妻说没有,它只在街角上完了事即要回家。

Trevor 十七岁了。依照狗的年龄计算,它是长寿的,等于人的百岁。近一年来它多病拒食,不能再与两个小外孙女跳蹦游嬉,曾去看了多次兽医。终于,兽医告女儿说,时间到了,让它安静地走吧。碧雅抗拒了几个月,最后同意不能再让它继续痛苦下去，乃与兽医订好，日子是星期五,她将请假一天……

那个星期五前一天的下午，我坐在女儿家的沙发上等妻子与狗自外面撒尿回来。它一进门就瘫在地毯上,好似气球出气似的。不过它显然理会到我在一旁坐着,不久就慢慢起身,摇摇摆摆地过来,把它的头靠在我的膝盖上揉擦,正如以前一样,不过它已不能把双足踏上我的大腿用舌舔我的脸。它这样的靠着我一会儿,又回到它的地毯小角躺下来。我妻看了很感动,说这是它在最后向我告别。

次晨,女儿送两个外孙女上学时,只告诉她们,今日她请了假,要把 Trevor 送去兽医就医用药。那天傍晚,劳拉从学校回来，一进门就问,“Trevor 在哪里？Trevor 在哪里？”在女儿能作回答之时,她哭嚷道:“我知道的,我知道的！你怎不让我同去？”投身倒在沙发上大哭,小法德也加入了她姐姐的哭嚷。这是碧雅后来告知我们的。通常,外孙女入睡之前,Trevor 总要进她们的卧房探视一下，有时就睡在她们床旁。

那天晚上,劳拉半夜从床上起身告诉她妈妈,她不能入睡,一闭眼就看到 Trevor。结果她爬上妈妈的床过夜。

我一向反对在公寓中养狗，碧雅从小就哭嚷着要狗，到了她就职自立后，某天她敲我们的门，站在门外说："爸爸，你是不是宽宏大量的(broad-minded)？"不等我回答，她把藏在背后的右手掌举起来，替我们介绍她新从联合广场公园用二十元钱购来的一条黑毛小动物。Trevor 两个大眼直向我们盯视。我与妻立时爱上了它，十七年来，它一直是我家常客，我也再不嫌养狗带来的"肮脏"了。

它安静地走了，它将一直活在我们心中。

二〇一一年一月廿四日

猫儿跳,猫儿好

我不知怎么的突然想到猫儿。我与猫并没有多大因缘。实在讲来,我与他人可以宠爱的任何小动物都没有什么因缘。我讨厌动物的肮脏。老婆和女儿往往在百货商店动物部门橱窗前爱慕地久久逗留后,一回家就嚷,下次一定要带回一条小巧玲珑的狗儿。我的第一个问句就是:"谁去清理它的大小便?"我没说明,她们所爱的小狗儿摇着尾巴讨好的姿态,只有使我恶心。

朋友们乃提供意见:猫儿是清洁的,猫儿不乱拉屎,而且又会自己用爪洗脸,为何不养一头猫儿,作为家庭纠纷的折中?

我想到幼时乡下家中的一头大猫。那时养猫的目的是捕鼠,不是当作宠物的。可是我也记得那头大猫在幼小时初到我家的情景。它爱追着母亲结绒线衫时落在地上的绒线球玩弄。母亲喜悦地与它逗玩,好似家里多了一个小婴儿。猫儿后来长大了就没人理。不过有时我们出外旅行,母亲总不忘叮嘱邻居每天喂它两顿饭。那时猫儿吃的确然是饭,拌了剩余的鱼头鱼骨鱼汤,味道也许比今日罐头猫食品还要好一些。

我难忘的是大猫遭家里女佣殴打，强迫闻猫屎的一景。它在床下留下了一大堆脏屎,触怒了须花半天工夫洗刷地板的女佣。它的受责是应该的。也许是那个印象造成了我憎厌动物的心理。

在朋友的怂恿下，我终于同意看看隔街邻居的新生小花猫。那时女儿碧雅刚七岁。邻居带了小猫来按电铃。门儿一开,小猫就一溜烟地跑入了我们的客室,到处奔跑跳纵。碧雅立时坠入爱河。我的心肠也软了,没有勇气抗议,准许收容小花猫。那个晚上上床时,女儿用小手一把抓住小猫儿(给它起名“山姆波”,原因至今不明),亲着脸庞地逗玩,不久就双双入睡了。睡相是很令人怜爱的,不信我有照片为证。

清洁问题(小女儿受了责任的负担)解决了后,我就没有意见。小猫自行其是,不如小狗那样地要人分心,并不干涉我的读书与工作。不久,女儿也大胆了一些,趁爸爸躺在沙发上看报时，将打瞌睡的小猫儿放在我胸口上。这头温暖柔软的动物和它心脏的跳动，使我想起碧雅在婴儿时期躺在我胸口熟睡的情景。在那一刹那，我对这小动物油然生爱。

因此，当“山姆波”必须离我家时，我也很有点寂寞感。我们与它分手是万不得已的。碧雅对猫儿的皮毛发生了皮肤过敏症，整天满脸红斑，打喷嚏，流眼泪。起先我们以为她患了重伤风。医生的方子很简单：去除了猫也会去除了这种皮肤病。女儿找到了一个小友继续抚养“山姆波”。分手那天，她哭哭啼啼地与妈妈送猫儿上新家。三个月后，又去探了一次“亲”。

不久，我们就“收养”了一头不妨害碧雅皮肤的天竺鼠，取名“闪星”。“闪星”寿命不长，那是另一个故事。我可以引以为慰的是，小女孩从动物的抚养学得了爱的意义。

一九八五年十月

《留美三十年》开场白[1]

今年二月十五日，纽约的陶瑞末斯(Doremus)公共关系公司替拥有销路五十万份的《滑雪杂志》发了一篇新闻消息，分布美国传播界各报纸或广播机构。这新闻稿的第一段这样说："四个美国滑雪专家，即将离美，前往中国东北滑雪。他们将是首批在中国滑雪的美国人士。"

看到这新闻在报上发表后，我的心中大起感慨。因为这四个"美国人"之一就是我。我于二月二十一日伴同美国杂志界与滑雪界三个友人，一起到黑龙江省考察滑雪与冬令运动情况，搜集报道材料。我们确是从美国入东北的第一批人士。朋友们当然都是美国土生，而我这个出生于中国的人，竟被美国报纸指为美国人，很有一种不自在

① 本文系作者所著《留美三十年》(人民日报出版社，一九八八年)一书的自序。——编者注

的感觉。我离国已三十三年,住居美国的时间长于住居中国的时间。但是在这三十三年中,无时无刻不认自己是中国人。骤然地被称呼为美国人,在心理上所起的震惊是免不了的。

我把以美国人身份在中国东北滑雪的经历写成一篇长四千字的英文特写稿,五月间由《洛杉矶时报》辛迪加向美国各地数百家报纸分发。编者的按语又将作者介绍为“三十余年没有回到中国出生地的美国人”。这句话虽然比较着实一点,但是编者按语不脱美国习惯:无论你是哪里出生的,你如果是久居美国的,便是美国人。

我是于一九四七年离国来美就学的。到了美国后,当年冬间,我应老友冯亦代之邀,曾替他当时在上海出版与凤子合编的《人间世》杂志写了一篇《我看美国人》的通讯。这数页已经褪为黄色的剪报,我仍珍贵地保留着。现在回想起来,觉得过去三十三年的时间好似是一个大圆圈,我已回到三十三年前的出发点。不过那时写的是“我看美国人”的一些观感。而现在呢?要写的是“我是美国人”的经验。我走了这个大圆圈后,半生花在国外,现在竟要像躺在心理分析家的卧榻上一样地回溯过去三十余年的生活感想,心理的反应便很复杂。不过有一点我很觉自满。我是在新闻工作与写作方面出身的。在国外,因为要找一个维持生活的职业,转业而在大学图书馆中做研究工作。今日又是因为老友冯亦代的鼓励,恢复祖国文字的写作,重新抒发年轻时对文笔的热情。自己文字能够发表后所带来的愉快,实在是很难形容的。

要谈谈我在美国三十余年的生活经验与观感, 首先必要介绍自己的家眷。我在纽约的家庭有一个稀有的特点:我们一家三口,有三个国籍,三种言语。我是中国人(虽然我是美国籍),我的妻子是瑞典人,我的女儿是美国人。妻子与女儿当然是满口瑞典话(她们也学了一些中国话, 可是她们的中国话尚没有我的瑞典话好)。家里有争论时,特别是有关十三岁女儿碧雅的“社交”事务,我们用的是三国语言。比如,我的瑞典话不及她们母女的好。她们如要讨论不要我听的事时,便操瑞典话。到这时,我如心情不佳,便不由自主地会用中国话自己诅咒一下。

我对自己家庭先作这个约略的介绍,有两个原因:一、在以后的随笔中, 我也许会不时提到我妻蓓琪与女儿碧雅。二、我的家庭好像是美国社会的一个小轮廓。美国的社会无论是种族、国籍、语言、文化、习惯、性格等都是多样性的。美国有万国之国之称,全国人民是由各国移民构成。

各种各样的语言、文化、习惯，综合起来便大大地加强了美国国性；但同时也引起了内部各方面多种多样间的争端，这在他国是看不到的。例如，以色列与阿拉伯国家是天生的仇敌。可是，在美国社会上，犹太籍的与阿拉伯籍的都是美国人。他们通常是各行其素，有时为了国际的争端也起了面对面的感情冲突，但有时也为了经济上互相有利而在生意上有来往。

在我的家庭内，我们有时也有嬉戏性的“争吵”。如果我的十三岁的女儿大言不惭地说“我们美国这样那样”，我就会提醒她：“不要忘记，你是中国人。”我妻子也立即接上说：“也不要忘记，你是瑞典人。”碧雅就会挺着她的美国习气回答：“不，我生在美国。我是美国人。”

为了这个原因，我认为一九七八年秋间我们一家三口的初次回国，不但对我是一件大事，对我瑞典妻子是一件大事，对我美国女儿更是一件大事。美国黑人作家阿历克斯·哈利著书《根》的缘由是世界性的。没有悠久历史背景的美国黑人尚且要到非洲找“根”，那我们为历史悠久文化高深而自傲的中国人的后代，更要找“根”。实际上，众所周知，国外华侨都是非常爱国的。我们中国血统的美国人，一有可能，就自动组织中文学校，由家长联合教导，使孩子们有机会学习祖国文字。吃中国饭，看中国京戏，更是华侨的嗜好。(“四人帮”禁演京戏的消息传来后，旅美学人伤心极了，自己在业余组成了票友剧团，以求保留中国宝贵的文化遗产。现在纽约市内至少有三个由学人组成的票友剧团，唱技很不错，武技当然完全不行。当国内一部分人物滥用职权摧残文化遗产之时，保护人竟是居留国外的华侨。单是这一个例子，就可看到身处异乡的中国人的根深蒂固特性。)

使下一代不忘记自己的祖先背景，就是找“根”的原因。初次回国时(申请入境签证，等了一年余，现在的情形当然是不一样了)，女儿碧雅只十一岁，虽然学了一些中文，会话根本不可能。最使我感动的是看她与一个不懂英语的堂姐，手牵手地在上海街头憨笑奔跑，一点没有拘束。她在国内遇见了这么多的叔、婶、姑、舅、堂表兄弟姐妹，很有“回家”的意味，不但不觉陌生，而且充满了一种受了保护的“安全感”。她只有十一岁，但她回了家，找到了根。此后再也不会有“我生在美国，我是美国人”的直截了当的悖言。回到美国后，她常常拿出照相簿，很骄傲地向她的小朋友们和她父母的友人们出示她在中国的亲戚。

有机会的时候，我们尽量地给她介绍中国文化。有国内出来的艺术表演团、农民画展等,我们必带了她去观看。女子篮球队与男子足球队来美国作友谊比赛时,我们坐在看台上鼓掌替中国队加油。中国出土文物在华盛顿展出时,我们特地坐火车前往观看。目前正在纽约大都会美术博物馆展出的中国夏商周青铜器的展览,我们也去看了。四千年前的古物,使一个十三岁的儿童很难了解,但是至少她可懂得,中国文化遗产能这样引起美国人士的兴趣,一定是值得骄傲的。

我并不想将这篇开场白化成一篇对我女儿的赞美诗。我只不过想借此表示我的(以及国外华侨的)一般心意:我们不会忘记祖国,我们更不许下一代忘记祖国。

社会学家将我们这类人称呼为marginalmen,意思是我们介乎两国之间,脚踏两地文化,不知是向东还是向西,结果是两面不得成就。我倒不是这样想。我觉得我们如能把两方面的文化与语言都搞通,做些贡献,在文化交流上,对双方就都有利。我的"野心"就是在这里:向美国读者介绍中国,向中国读者介绍美国。

在《留美三十年》的题目下,我的主题将是多样性的,文字将是随笔性的,以我个人生活作中心,论及我对美国各方面的观感,无论是政治、经济、文化、旅游、教育、风土人情，等等，无话不写，好坏都说。由于我对新闻学、写作、图书馆、文艺各方面的兴趣，三十余年来阅读刊物书报和结交文友，所获得的知识，使我在材料方面有了充分的准备。可是，我既然也被视为“美国人”，我的态度，观点有时也免不了有些“美国化”(相异于国内的)，特别是我的文字带些“洋腔”，这就只好请读者原谅了。

一九八〇年六月四日

《天下真小》代序①

用“天下真小!”一词做这本集子的书名,并不是偶然。美国人通常谈话时有一句口语:“It´s a small world! ”在社交集会的场合中,故友意外的相逢,或陌生的共同朋友不期而遇,双方就惊喜地喊叫:“天下真小! ”

在喷气机旅行与电脑通用的时代, 世界确已大大缩小了。从美国到中国(地球的两个极端),二十四小时内就可到达。而在三十多年前,中美两国学童还常梦想掘个地洞直通对方。这类奢望现已不再是梦想。世界的缩小,更使我们想到两国之间有增进了解的必要。

客居美国已有三十五年。虽然我住在美国的年头较在中国为长,却时刻不忘自己的根。近几年来,替国内报

① 本文系作者所著《天下真小》(生活·读书·新知三联书店,一九八四年)一书的自序。——编者注

章期刊写了不少介绍美国文学界与出版界现况的文章。我的目的不过是希望在这个越来越缩小的世界中，替我的第一祖国与第二祖国中间做个文化交流的桥梁，以我特殊的身份与处境,写些东西来促进双方的了解。替我编这本集子的编辑建议,何不以“天下真小!”为题作此集名?我惊异他的先见,把他的建议完全接受过来。在现代时空范围缩小的世界中，各国间相互了解已成为世界和平的必要条件。

“天下真小！”原是我于一九七九年十月十三日在《人民日报》发表的一篇短文的题目。那天恰是我三十二年来首次携眷返国探亲的一周年。一九七八年秋天,我在国内找回了童年的记忆,恢复了亲友间关系,对祖国充满感情,往往难以自制。那篇“天下真小！”的短文就是形容美国朋友如何因为我这个小桥梁而找到了失去几十年联络的中国老友的兴奋情绪的。

那个初夏晚上，我在纽约出席了美国出版界友人弗兰克·泰勒的宴会。主宾是《西行漫记》的作者斯诺的夫人洛伊斯·惠勒。对斯诺夫人,读者大家都熟识,泰勒也是中国的老友。他与宋庆龄是知交，四十年代他曾到过延安，与中国革命领袖都会过面。长期以来,他致力于向美国读者介绍中国。老舍小说《骆驼祥子》的第一个英译本,就是他于四十年代出版的。

那天泰勒打电话约我做陪客时，我顺便提起斯诺夫人新书《我热爱中国》的译者就是我的弟弟乐山,他惊讶地说:“天下真小！”那是他首次这么欢呼。

那晚的宴会中有另一对客人,男的是《纽约时报》科学编辑瓦尔特·沙利文,女的是他的夫人玛丽·贝瑞特,四十年代都曾在中国生活与工作过。沙利文夫妇正准备于当年(一九七九)九月初随一个美国科学作家团体访问中国。他们问我于年前回国的情况，并说要想在北京时会一会过去的老友。我马上告诉他们,没有困难,因为我自己初到北京时曾在旅馆中招待过老友,有的是作家,有的是编辑,有的是教授。我说他们可以通过接待单位找人。

他们说,困难的是,当时他们认识的朋友,对外都用英文名字,不知找起来容易不容易?我说我也有个英文名字,是在教会学校里取的。沙利文夫人就说,“我也用了个中文名字,叫贝玛丽。”

贝玛丽于一九四六年至一九四七年在上海美国新闻处任职,因不满当时美国的对华政策,愤而辞职,到美国友人鲍威尔办的《密勒氏评论报》任记者,与当时《纽约时报》驻上海记者沙利文相识,后来结了婚。

贝玛丽说,她当时在上海也认识几个文化界人士。

我说:“我在上海时有一个姓冯的文化界老友,去秋在北京一家旅馆中见了面,他现在在编《读书》杂志。”

贝玛丽说:“我们也认识一对冯姓夫妇。男的名字是冯亦代,女的是安娜……”

话音未了,我惊喜地大叫:“你的冯姓朋友同我的冯姓朋友是一个人!”

“天下真小!”室内五个人异口同声地叫了起来。

这一齐声的欢呼, 成了中美两国人民友谊的一个小小象征。我想不到在纽约曼哈顿东区的一家公寓客厅中,竟能与四个热爱中国的美国友人畅谈过去, 真是件极为兴奋高兴的事。就在这一瞬间,我突然发现自己成了一个历史、地理、时间、空间的小小纽带,把中国的过去和现在,把远隔重洋的中美人民的友谊联系在一起。特别使我高兴的是,这些美国老友对中国的深情,并不曾因历史时势暂时的逆转而有所减退。犹如沙利文和贝玛丽说的,他们热切盼望等待九月访华的心情,同我去秋“游子重归”的心情没有两样。他们也有一种好像“回家”的感觉。而我自己,仿佛双脚分跨在中美两国的土地上, 一手牵着中国过去的历史,一手携着美国当代的朋友,心情极为愉快。

一九八〇年三月初我再返北京,住在北京饭店不过三四天,再度发现美国人的口语“天下真小!”实在有意思。

话得从头谈起。我那次回国,是和三个美国杂志界与滑雪界友人,一同到中国的东北去考察滑雪情况,替美国报章杂志作报道的。回到北京后,美国友人当即启程回纽约,我则留下几天看看亲戚朋友。北京饭店显然是北京的国际人物汇集地。我先遇到了来自纽约的青年律师欧伦斯和他的夫人。欧伦斯出身于哈佛大学,满口中国普通话。他应中国政府之请,在北京向有关中国人士讲国际贸易法。他和夫人很好客,也住在北京饭店,立即要请我吃中饭。

第二天中午,我们坐在北京饭店的餐室中,谈天说地,话题转到京戏,我说在美国最苦的是没有机会看京戏。欧夫人说,她当天下午要去看京戏排演,问我是否要一同去。我因下午要访朋友,只好谢绝,一面问她怎么有看排演的机会。他指指隔桌的美国客人,说她的朋友是美国著名歌剧演出公司 S. Hurok, Inc.的经理,正在北京商谈聘请由梅兰芳子女梅葆玥、梅葆玖所率领的京剧团赴美表演的事。

我说道："天下真小！"当天下午，我正要与弟弟去梅家拜访文友梅绍武和他夫人屠珍。欧伦斯夫妇听了大笑。我又说，我虽看不到京戏的排演，但也许可在梅家看到绍武的弟妹葆玖与葆玥。

果然不出所料，当天下午，正在我们与绍武夫妇及天津人民艺术剧院田玉伦(《唐人街的传统》话剧导演)谈得很投机的时候，旁门门帘一掀，走出来一个与梅兰芳年轻时一模一样的英俊男子。这就是鼎鼎大名的京剧演员梅葆玖。

次日恰是为梅兰芳夫人福芝芳女士在八宝山礼堂举行追悼会。追悼会开始之前，我在招待室中竟有机会与同乡人戏剧家马彦祥、诗人冯至并坐相谈。最兴奋的是三十三年来未见的编剧家吴祖光也前来握手话旧。

从追悼会回来，我和弟弟与冯亦代同乘地铁，遇到外文局的赵景伦兄。闲谈之中，赵兄说当晚他要来北京饭店与美国长岛的《每日新闻报》副总编辑壁尔·萨斯顿(华名夏壁尔)共进晚餐。我不禁惊喜大叫："天下真小！"壁尔·萨斯顿是我二十年前的老友，近年来才逐渐失去联络，不料他如今竟在北京，而且住在同一旅馆。

当晚壁尔来电话,邀我与弟弟和亦代到他房间一叙。坐电梯从九楼到十六楼与壁尔叙旧。进了门,壁尔夫妇为我们介绍，与在座的挪威驻华大使易卜生先生及其夫人相识。我曾到过挪威,我妻蓓琪是瑞典籍,相谈之下,我们发现在北欧也有相识的友人。“天下真小！”

次日晚上,我与弟弟及老友李君维在冯亦代家用饭,这是我与亦代夫人安娜三十三年来的首次聚会。席间亦代说吴祖光听说我要看京戏，特地派人送来几张当晚的《三打陶三春》戏票。我要在北京看京戏的奢望终于实现了！

在北京三天,我连日遇到不少旧友新知,很多是偶然的。但这兴奋的三天,真要我连呼“天下真小！”

在这一本小小的集子中，各篇文字无非也是在作同样的欢呼。读友中如看到熟悉的名字时有了同感,那可使我更高兴了。

一九八二年八月七日

《天下真小》后记

这本集子的能出世,首先得感谢老友冯亦代兄。

一九七八年秋间我第一次偕眷回到阔别三十一年的祖国,在北京的一所旅舍中,我的弟弟乐山带来了四位三十多年以前的老友来话旧。这类相会是很激动感情的,我们的谈话不久就回到我们所喜爱的主题:文学。在场者对美国文学都有兴趣。尤其是亦代,他问了不少问题。我们很自然地谈到了“四个约翰”:契弗、厄普代克、迦德纳、巴思。我们也谈到了独创风格的唐纳德·巴塞尔姆与托马斯·品钦。我惊奇这几位朋友的博学多知。即使在过去二十余年的困难环境下,他们仍能跟上新发展,熟悉新作家。不过亦代很谦虚。他说他正在参加筹备一个名叫《读书》的月刊,问我可不可以长期撰稿,经常报道美国文学界与出版界现况。

我一时惶恐不已。我说多年没有执笔，笔头生疏,写了文章恐怕别字连篇,语句不通。亦代说,“你何不一试?你来写,我们来改。”他还明确地说清楚,所谓“改”,只是文字上的修饰,绝不改变原意。

于是,我开始恢复中文的写作。开头勉强一些,后来越来越有兴致。现在恐怕要我不写,也不可能了。

在《读书》经常发表文章后,神交已久的香港《大公报》的潘际坰兄也来信征稿。我特别高兴给“大公园”源源供稿,原因至少有二:一、日报发表迅速,对作者说来,是一件难得的奢侈品;二、《大公报》在国内外读者中一定有我很多朋友,通过它,我可向朋友们流露一些自己的心灵。

因此,这本集子中的文章,大部分是发表在《读书》与香港《大公报》的。我把这些通讯分为“书”与“人”两个部分。前者是非个人性的,所论的是书、文学、作家、出版界情况,大部选自《读书》。后者是个人性的,所谈的是自己的经验、遭遇、感触、思念、回忆之类,多半来自“大公园”。

一九八一年十一月廿一日

《温馨上海·悲情纽约》自序[1]

这里一些文字的编集,又是蒙老友沈寂助成。早在半个世纪前,我就拜服他作为编辑的鉴别能力。他在我的多年来所积聚的乱七八糟文稿中,选出百余篇他认为最有可读性而又有文史价值的集在一起,相信一定会有读者。他不要让我的主观性偏好来影响他的客观性挑择,我对他有完全的信任。

由于我是在上海成长、在纽约生活的,他特别把他的编选注意力集中在上海、纽约二地,读者可在这个集子中认识我对新旧上海的怀忆、熟悉我在纽约生活的感受。同时,由于我是干文化的,读者也不能避免我在这方面嗜好的表达:新书、报刊、文友交往等等。我看了全书目录后,

① 本文系作者所著《温馨上海·悲情纽约》(上海辞书出版社,二〇〇二年)一书的自序。——编者注

自感最触目惊心的是,在这么一个小小集子中,我竟追悼了这么多的文友:柯灵、沈毓刚、董乐山、介·莱达(中国电影史专家)、沙莱(《纽约时报》名记者)、海伦·斯诺(埃德加·斯诺前妻)、弗兰克·泰勒(出版家,宋庆龄密友),再加上一位曾在中国爬山滑雪、后来在巴基斯坦被暴徒枪杀的探险家。

有人说人生就是这么一回事。恐怖分子炸毁纽约世贸中心的"九·一一"事件,一下子改变了许多纽约居民(以及他地美国人民)的人生观。我(以及我的妻子女儿)到现在还是不能解脱三个月余前在目睹惨剧发生后所受的心灵创伤。出这个集子好像是纪念一个时代的终结。人的生命是短促而突然的,书本如果幸运的话,可以不朽永生。我的希望只是这本文集会给读者带来一些阅读求知的乐趣。

二〇〇一年十二月廿七日

《最后的罗曼史》前言[1]

对五十多年前上海友情的回忆，我最深刻的印象是一九四六年夏季一个烈日的下午。沈寂与我在跑马厅附近散步，谈论他主编的《幸福》月刊。他向我索一篇短篇小说。我们进入静安寺路大光明影院隔壁的咖啡馆去享受冷气，一面饮咖啡，一面讨论我所缀织故事情节的发展。我是《幸福》经常撰稿者，没有料及当时的编辑后来也竟成为今日这本集子的编辑。人生好似走了一个大循环，半个世纪后，沈寂与我的友谊还是如此牢固。作为一个作家，我能到哪里去找这样一位仍然对我具有信心的编辑？

那时青年作者的崇尚是喜用笔名。吴福辉于一九九

---

① 本文系作者为自著小说《幻想的地土》(正风文化出版社，一九四七年，时署笔名令狐彗)重新出版而作的自序。该书由百家出版社于二〇〇一年更名为《最后的罗曼史》，署作者本名出版。——编者注

五年出版的《都市漩流中的海派小说》中曾论到四十年代作家，把“二十多岁”的令狐彗比为当年“三十岁”的穆时英，“善于描绘新一代洋场儿女风情”，是“张爱玲时代的一个漂亮的尾音”。令狐彗就是我四十年代写小说所用的笔名。

通过《幸福》的篇幅，我的确吸引了一群读者，单行本《幻想的地土》恰在一九四七年秋我离国赴美前夕出版；即使到了美国后，有一时期我仍收到男女读者寄来的信。今日我重读年轻时期作品，颇起一阵感慨。《幻想的地土》得能保存也是一个奇迹。数年前，四弟名山的朋友在北京社会科学院文学所的藏书室找到硕果仅存的一本，替我影印下来。沈寂就是在这份影印本中挑选几篇再加上新的内容，交上海百家出版社出版。我的喜悦好似看到了一个已经失去的女儿重新“克隆”出世。

出国后，我只尝试过用英文写小说，未有发表。近二十年来我所写的则都是较为严肃的读书什感、散文、随笔之类，看到自己在半个世纪前所写的虚构小说，颇有些不自在之感。一年余前我给侄儿森林一读。他的评语是：“我的猜想是今日的青年读者仍能欣赏”。这样的反应给我极大的鼓励。

我不能相信四十年代的青年爱情故事，仍能适合二十一世纪青年男女的口味。对中国目前小说行情我太不熟悉了。我当然希望这本集子会同样受到新老读者的欢迎。少年们特别可以借此进入他们爷爷当年青春时期的心情状态，也许可以把两个时期青年男女之间的微妙关系做个比较。

《最后的罗曼史》是突出的一篇,因为它是我在十二年前退休(经过美国文化熏陶,受了西方小说技巧影响)时所写。我写那篇的用意是在表达人到老年对爱情的感受,故事虽是虚构,却是作者的真正感情。我们都在惋惜时光的消逝,为此,我也特别珍视友情的宝贵。沈寂在给我一封信中说得好:“此书出版，可说是我们两人创作友谊的结晶。”我希望我们仍有继续合作的机会。

二〇〇一年二月廿二日

第二个写作生涯……①

一九七九年标志了我第二个写作生涯的开始。那年一月，《读书》创刊号替我辟了一个名叫“纽约航讯”的专栏，专门介绍美国文坛与出版界状况(专栏后来改名为“西窗漫记”)。由于我是开放后第一个做如此报道的，专栏很受欢迎，连续写了十年，直到觉得没有必要为止。现在美国刊物充斥中国市场，不必再由我来一旁鼓吹，但我总觉得在牵线搭桥方面做了一些开拓性的贡献。到了今日，中年以上读者仍记得《读书》当年的专栏，令我欣慰者是纽约、香港、内地一些刊物仍在向我索稿。这本集子就是热心朋友给我推荐的结果，能够遇到编辑李华敏女士这样的知音乃是我的幸运。

---

① 本文系作者所著《纽约客书林漫步》(百花文艺出版社，二〇〇一年)一书的自序。——编者注

我的第一个写作生涯开始于抗日战争时期。初中时代一篇短文在宁波《时事公报》发表,取得稿费大洋两元,决定了我后来在文字工作方面生涯的命运。在上海复旦附中读高中时，我即加入了柯灵所编各种文艺副刊的作家阵营。自孤岛时期直至抗战胜利后二年,我在上海用许多笔名发表了不少散文与短篇小说。这个写作生涯于一九四七年我来美国密苏里大学攻读新闻学时中断。此后除了一时曾替雷震所编、台湾出版的《自由中国》半月刊经常供稿外,平时都用英文写作,同时,我也曾在纽约一家华文报纸当了十年国际新闻主编。

那是五十年代,虽拿了一个密大新闻学院硕士学位,作为一个外国人,很难在美国报刊如《纽约时报》、《时代》周刊一类找到工作。中国移民限额仍严,懂得中文的老华侨逐一消逝,华文报纸未能扩展,我觉得在事业上走入死途,毅然辞职,前往哥伦比亚大学再读一个硕士学位,后受聘于纽约市立大学,任图书馆资料参考部主任教授,在将近三十年工作期间,我有机会阅读到无数新书,这样的读书心得就成为我十余本文集内容的骨干。《纽约客书林漫步》是最近的一本,所集文字都是我在最近数年所发表的。

当然，过去二十年来美国移民政策开放，大量来自内地、香港、台湾，甚至东南亚的中国移民又造成华文报刊蓬勃现象，滋养了许多青年记者，也给予了我们这些老年写作者充裕的新园地。不过我还是要回味我二十余年前所经受的最兴奋时刻。

一九七八年我偕妻女返祖国做了阔别三十一年后首次探亲之行。青年时代挚友冯亦代已在文坛甚有成就，当时他正在与陈翰伯、范用、陈原诸位替三联书店筹备出版《读书》杂志，鼓励我替《读书》供稿。我回到美国就在《纽约时报》与其他刊物发表了初访中国印象记，由美联社发表。这些文字由弟弟董乐山译为中文，交《参考消息》刊出。作为当时最受读者欢迎的刊物，它与《读书》的畅销奠定了我的第二个写作生涯基础。此后各处朋友纷来邀稿，我的文兴就一发不可收拾，二十余年来没有间断。

朋友问我，退休后是否空闲无聊？我指指满屋子堆聚的未曾读完的书报与未曾写完的文稿算是作答。我通常写稿是于清晨头脑清晰之时，其他大部分时间是花在阅读上。电视新闻是每天必不可少的。去百老汇观剧，去林肯中心听音乐会也是我的“闲暇”生活一部分。我所遗憾的是时间越来越短、越少，过得越来越快，我的读书速度

[捷]
卡雷尔·恰佩克 著
耿一伟 译

园丁的十二个月

Zahradníkův rok
Karel Čapek

天津出版传媒集团
百花文艺出版社

图书在版编目（CIP）数据

园丁的十二个月 / (捷) 恰佩克著；耿一伟译. --
天津：百花文艺出版社, 2015.9
(不可思议之书)
ISBN 978-7-5306-6434-6

Ⅰ. ①园… Ⅱ. ①恰… ②耿… Ⅲ. ①随笔-作品集-捷克-现代 Ⅳ. ①I524.65

中国版本图书馆 CIP 数据核字(2014)第 303076 号

选题策划：徐晨亮　赵芳　　**装帧设计**：郭亚红
责任编辑：赵芳　叶立钊　　**责任校对**：曾玺静

出版人：李勃洋
出版发行：百花文艺出版社
地址：天津市和平区西康路 35 号　**邮编**：300051
电话传真：+86-22-23332651（发行部）
+86-22-23332656（总编室）
+86-22-23332478（邮购部）
主页：http://www.baihuawenyi.com
印刷：天津金彩美术印刷有限公司
开本：787×1092 毫米　1/32
字数：76 千字　**图数**：61 幅
印张：6.125
版次：2015 年 9 月第 1 版
印次：2015 年 9 月第 1 次印刷
定价：34.00 元

BOOKS
Unique 不可思议之书

作者简介

卡雷尔·恰佩克，捷克小说家、剧作家和诗人。生于 1890 年，卒于 1938 年。主要代表作有科幻戏剧《罗素姆万能机器人》、预言小说《鲵鱼之乱》、童话《九故事》等。伊凡·克里玛为他做传，认为正是借由他，文学中的捷克语才变得更接近于人们生活中使用的语言。

译者简介

耿一伟，台湾大学哲学系毕业，曾赴布拉格音乐学院学习研究。中国台湾艺术大学戏剧系客座助理教授，台北艺术大学戏剧系兼任助理教授。曾获“倪匡科幻奖首奖”。主编有“剧场手边书系列”、《剧场关键字》，著有《喜剧小百科》、《罗伯威尔森——光的无限力量》、《唤醒东方欧兰朵》、《在台北看书》、《现代哑剧小史》，译有《剑桥剧场研究入门》、《空的空间》、《布拉格画像》、《给菲莉丝的情书》等。

二十世纪的文学园丁（代译序）

天下之治乱，候于洛阳之盛衰而知，洛阳之盛衰，候于园圃之盛衰而得。

——李格非《洛阳名园记》

1938 年 12 月 25 日，捷克作家卡雷尔·恰佩克（Karel Čapek，1890—1938）因感染肺炎病逝于布拉格。三个月后，远在拉丁美洲的诗人 J. L. 博尔赫斯（1899—1986）于布宜诺斯艾利斯的刊物上发表一篇介绍卡雷尔·恰佩克的文章，一劈头就说："在那些放弃运用德语而宁愿采用母语的捷克作家中，恰佩克也许名气最大。他的作品在许多国家都有译本，他的剧作在伦敦和纽约都上演过。"（《博尔赫斯全集》Ⅳ）

博尔赫斯的话一点都没错，在图书馆工作的他，以自己的行为证明了恰佩克确实是 20 世纪上半叶世界文坛中最受瞩目的人物，即使当年还没到传播即时的年代，远在大西洋彼岸的作家依然不能不为恰佩克过世的消息所震动。

才华横溢的恰佩克如同一座花园，令人目不暇给，小说、散文、游记、剧本、童话、评论、论文、访谈，几乎所有的文类他都尝试过，而且成绩斐然。早年他曾出版《新时代的法国诗集》（*Francouzská poezie nové doby*, 1920），卡夫卡读了恰佩克翻译的超现实主义诗人阿波里奈尔（Guillaume Apollinaire, 1880—1918）的作品后，称赞"无论是原诗或翻译，在运字遣词上都属上乘杰作"（《卡夫卡的故事》）。

一般提到恰佩克，都会提到机器人（robot）这个词是他发明的，因为他于1920年发表了名为《罗素姆万能机器人》（*R. U. R.*）的剧本，此剧不但深获当年欧洲戏剧界的好评，也成了科幻文学的经典。从某种观点来说，恰佩克的影响力确实是通过这些具有科幻性质的文学而传播到世界各角落的。他的主要著作如《长生诀》（即《马克罗普洛斯事件》[*Věc Makropulos*], 1922）、《鲵鱼之乱》（*Válka s Mloky*, 1936）、《白色病》（*Bílá nemoc*, 1937）等，都通过科幻的想象背景来探讨人性与文明的冲突。

由此观之，手头这本《园丁的十二个月》（*Zahradníkův rok*, 1929）便显得更加珍贵与重要。在现实生活中，作为一个多产的文学家，园艺是恰佩克的最爱，他甚至为自己种的盆栽拍了不少照片。与植物的相处经验提供了恰佩克对待世界的基本立场——尊重生命，与自然为友，而他对待文学创作的态度，也是倾向百花盛开，多元而包容。实际上，恰佩克最早的散文集《克尔科诺谢的花园》（*Krakonošova zahrada*，1918）即是一本田园随笔，也透露了作家灵感温床的所在。

20世纪最伟大的图书馆员博尔赫斯的文章刊出后三个月，30年代红极一时的布拉格语言学派文学批评泰斗穆卡洛夫斯基（Jan Mukařovský，1891—1975）也发表了一篇题为《作为抒情旋律与对话的恰佩克散文》的论文，这篇文章提供了我们步入恰佩克文学花园的指南。

穆卡洛夫斯基认为，无论是剧本、小说或散文，恰佩克的文体具有口语上的韵律感。穆卡洛夫斯基发现，恰佩克通过使用破折号、分号等标点符号来达到语调上的丰富性；例如破折号经常用来显示文句中的迟疑、转折与停顿，而分号的使用，则有音乐上的变奏效果，让读者从不同角度来欣赏同一主题。换言之，恰佩克舍弃了具有中断效果的句号，而让一段句子的口感旋律不断地转换、变调，如同爵士乐一般，看似即兴，却绵延不绝。

因此译者在翻译时，特别保留了恰佩克文体的此项特点，虽然在表面上，过多的分号会带来拖泥带水的感受，但读者若能了解作者背后的美学用意，便能将此种感受转化成蜿蜒的林间小径，欣赏沿途的绮丽风光。实际上恰佩克的文体是贴近于口语效果的，在日常生活中，我们的口语对话经常充满延迟、跳跃、口气转换，恰佩克之所以愿意贴近生活，是因为他希望能保留他所使用的捷克语风格，并让读者在阅读时能体会文体的节奏与腔调。

此书的另一特色是恰佩克的哥哥约瑟夫·恰佩克(Josef Čapek,1887—1945)所绘的插画。约瑟夫与他弟弟很像,一样多才多艺。约瑟夫是捷克现代绘画中立体派的大将,并经常与弟弟联名写作,例如前面提到的《克尔科诺谢的花园》以及著名剧本《昆虫生活》(*Ze života hmyzu*,1921),都是两兄弟的杰作。

约瑟夫的早期绘画受到毕加索为首的立体派影响,画面充满了理性的抽象感,卡夫卡称他的绘画"形式并非内涵的表现,只是用来吸引人的一种力量,是通往内涵的门和道路"(《卡夫卡的故事》)。

而他替卡雷尔著作所绘的插画,像《口袋故事》(*Povídky z jedne a z druhe kapsy*,1929)和《九个童话》(*Devaterd Pohádek*,1932),则完全相反,充满了漫画式的童趣;值得注意的是,约瑟夫于1928年便开始对童画与童年主题充满兴趣,并画了不少幅此类风格的油画,而这与《园丁的十二个月》出版时间是接近的。因此我们说约瑟夫将漫画插画当做绘画艺术的实验温床,也是一点都不为过的。

插画虽然为辅,但在阅读过程中,首先映入眼帘的却是这些幽默的图像,如同花香一般,诱惑读者寻幽探胜。而约瑟夫的插画一方面与文字相应,一方面又超出了文字的想象。如此一来,插画超越了图解的功能,拥有自己的生命,却又不离文学花园的范畴,文字与插画是恰佩克兄弟关系的翻版,两者相亲又相离。

恰佩克曾有机会获得诺贝尔文学奖,可惜语言与冷战的隔阂让我们错失了好好认识他的机会。但恰佩克的影响力仍在，雅那切克（Leoš Janáček，1854—1928）改编自他同名作品的歌剧《马克罗普洛斯事件》，现今仍在纽约大都会歌剧院与欧洲的各大歌剧院里上演着，恰佩克的秘密花园依然在某处等着我们。

目录

如何盖一座花园

盖花园有许多方法;最好的一种,便是找个园丁来帮你的忙。园丁会准备各式各样的木条、细枝与扫把柄,好用来支撑那些枫树、山楂树、丁香花、标准木蔷薇、灌木蔷薇,以及其他植物;接着,他会开始挖土、翻土,用手把土拍平;铺一条碎石小径,在旁边插上枯萎凋零的树枝,宣称那是常绿植物;接着他会撒下一些草皮种子,包括英国黑麦草、剪股颖、狐尾草、狗尾草和猫尾草;接着他就离开,只留下光秃秃的黄土花圃,其景象好比创世的第一天;临走前他还不忘叮咛你,每天都要细心地为每一寸土地浇水,等到草冒出来时,别忘留下给小路铺沙子的空间。好,成了。

人们以为浇水是一件简单的事,特别是,如果你有水管的话。不过事实很快证明,水管是个狡猾又危险的家伙,它老是不安分;它扭,它跳,四处乱喷,搞得到处

湿答答的，满地都是泥泞，好像水管生来就爱这样；接着它便把头朝向用它洒水的人，试着将对方的脚团团围住；此时必须用脚踩住它，可是它却忽然扬起，翻身一转又绕着你的腰和脖子不放；而当你与这头大蟒蛇辛苦缠斗时，这厚脸皮的怪兽却又向上拧身，就这么朝向刚换上窗帘的窗子喷出大水柱。你得用力捏住它的头部，尽可能地握紧它；这头野兽终于发出痛苦的嚎叫，开始从几个裂缝喷出水柱，先是从水龙头，接着是水管中间的裂缝。至少需要三个人来做安装水管的工作，那情形像刚从战场归来，全身都布满泥巴，活像只落汤鸡；花园则一边是浩瀚汪洋，一边如久旱之地。

如果你每天都这么搞，那么十四天后，该是草皮的地方将长满杂草。这是大自然的奥秘，为何品种最优良的草皮种子会长成最茂盛狂野的野草；为了要有漂亮的草皮，或许我们该改种杂草的种子才对。到了第三个星期，花园将布满杂草藤蔓，它不但四处蔓生，根部甚至陷入地下一肘；如果想把它们拔除，你就得拔断根部，不然就是连泥块也一起拔出来。不就是这样吗：越是惹人厌的东西，生命力就越强。

在此期间，碎石小径不知掺了什么东西，居然变成又黏又滑溜的黏土，有了经验后，接下来再面对这样的事情，也就不令人感到意外了。

无论如何，杂草一定得从草皮上连根拔除；锄草，你在奋力锄草的当下，脚跟后头那片未来草皮却还是与创世第一天没两样,只见光秃秃的黄沙漫土。上头零零星星地点缀着看似绿霉，却好似一口气就可吹散的轻飘睫毛;别怀疑,那便是可爱的草皮。于是你踮起脚尖绕着它走,驱赶麻雀;当你盯着地面发呆时,醋栗与茶藨子已长出第一片小叶子,你不免发出欢呼;春天的脚步已悄然降临。

这使你对事物的观念开始改变。天降甘霖时,你会说,这雨是为花园而降;艳阳高照时,阳光是最先洒在你家花园上;当夜晚时分,你将满心欢喜地期待你的花园能高枕安眠。

一天早晨,当你张开双眸,花园将成缤纷翠绿,长草上闪耀着露珠，藏身树丛的玫瑰花苞将在阳光下化成紫色,亮丽动人;而树将会变老,长成茂密粗壮的大树,潮湿的树荫底下弥漫着一股发霉的味道。届时你将不再记得过去那个瘦小光秃的花园，那睫毛轻飘的小草,那第一株细小的绿芽,那一堆堆黏土,一座令人疼惜爱怜的美丽花园,终于盖好了。

嗯,很好,但你必须持续浇水、锄草,还有,将土里的小石头挑出来。

爱园人是如何诞生的

与一般的意见相反，对种子、发芽、球茎、根茎、剪枝等知识倒背如流，并不能成为一个好的爱园人，只有经验、环境、自然条件的交相配合，才能诞生一位伟大的园丁。

当我年纪还小时，我对父亲的花园极不友善，甚至到了厌恶的地步。因为父亲不许我踩踏苗床，偷摘未成熟的果实。就如同亚当在伊甸园，不许跨越雷池，不准偷摘智慧之树的果实一样，因为它们尚未成熟；所以亚当——正像我们这些孩子——因偷摘禁果，而被逐出天堂；自此而后，智慧之树的果实再也没成熟过。

一个人年轻的时候，总以为鲜花是拿来别在胸前纽孔里，或是送给女孩的定情礼物；他们从未正确了解，花儿是经历严冬，经过松土、施肥、浇水、移植、分

枝、剪枝、扶枝、锄草，以及清理种子和枯叶，消灭蚜虫和霉菌等一连串过程才长成的；用来培育的花床空间，男孩与女孩嬉戏玩闹，为了表现自己的野心，享受生命的果实，他们不但举止缺乏教养，简直就是破坏一词的代言人。我必须说，他们至少得等到另一个年龄，有一定的成熟度后，才能成为一位业余的园丁。更重要的，是拥有自己的花园。通常，一般家庭会找职业园丁来施工，等完工后，再来欣赏花儿的动人娇媚，聆听鸟儿的婉转啾啼。但总有一天，你将会亲手栽种一株小花；就像我种的一株家韭葱。也许你会不小心伤到手指，结果因为沾到泥巴而感染或发炎；而你对园丁这角色却越来越热衷。兴许是因为那天受了邻居园丁的感染；当你看到他园里的剪秋罗盛开时，你惊叫：老天爷！为什么我花园里的花没有开？一定是哪里搞错了，我才没有种得更好！——从那时候开始，园丁便深陷在这新燃起的热情中，在成功与失败间高低起伏；他忽然冒出强烈的收藏欲，想要追逐这令人着迷的野心，他要种尽所有从 A 到 Z 的植物，从 *Acaena*（芒刺果）到 *Zygocactus*（蟹爪兰）；接着他将发展出对某些特殊品种的疯狂热情，成为一个标准的玫瑰花迷、大丽花迷，或是其他令人着迷的花种的爱好者。有些人则特别富有艺术创造力，不断地发展、改变、布置自己的花园，安排颜色的组合，重新移动花丛，改变它的位置，为的只是求得最佳的风水地理，像个永不满足的创造者般追求着他的目标。但没有人想到，真正的园艺会让人越陷越深，它像是无法被满足的热情，为了它人们可以藐视一切。

现在我来告诉你，如何辨识一位真正的爱园人。“你一定要来看我，”他说，“我将带你参观我的花园。”当你为了让他开心，而抵达他家门口时，你会在一大堆常绿植物里发现他高高撅起的臀部。“我马上过来，”他回过头来说，“等我种好这一株玫瑰。”“希望我没打搅到你，”你很殷勤地对他说。一会儿之后，他终于完成了工作；忽然直起身子，向你伸出沾满泥巴的双手，然后热情地说，“进来进来，虽然这不过是个小花园，但是——等一下，”他把腰弯向花床，随手拔除了几株杂草。“来，你过来，我给你看康乃馨，你一定得好好瞧瞧，哎呀，我又忘了要翻土！”他边说边开始挖起来。过了一刻钟，才又直起身。“哎！我为你介绍我的威尔逊风铃草，它可是风铃草中的绝色，怎么样——等一下，我得先把这株飞燕草绑好。”等他绑好，忽然又记起什么似的，“啊，你是来看我的太阳花的，等一下，”他喃喃自语，“我得把这株紫菀移一下；这儿空间太小了。”听完这话，你踮着脚尖悄悄离去，留下那臀部埋在常绿植物中忽隐忽现。

等到下次再碰面，他会对你说：“你一定要过来拜访我;我给你看一种新品玫瑰,你一定没瞧过,你会再来吧? 一定哟!”

嗯,很好:我们就去瞧瞧,园丁的一年是如何展开的。

爱园人的一月

“即使在一月时,园丁也不可以无所作为。”园艺指南都这么说,再清楚不过了;所以园丁在一月最主要的工作就是关心与培育相关的天气。

天气是个十分古怪的家伙;总是没法子照规矩来。天气总是令人捉摸不定。温度老是不按正常升降;不是高五度,就是低五度;下大雨时,不是低于正常标准十毫米,就是高出正常标准二十毫米;不是太干,就是潮湿得令人无法忍受。

如果无须在乎天气的普通人，对天气都有这么多抱怨,那园丁就更不用说了！如果只是下一点小雪,他会理直气壮地抱怨,这哪算是下雪;如果雪下得太大,他会严正地表示，这雪会将我的球果植物和冬青压坏。如果没有下雪，他会担忧那灾难性的黑霜；如果雪融了，他会诅咒那漂泊不定的狂风，它那狂放无情的行为，以秋风扫落叶之姿肆虐花园，留身后一片哀鸿遍野。如果太阳胆敢在一月露脸，园丁会开始头痛，生怕树枝因此而过早冒出新芽。下雨时，他心疼他娇小的高山花卉；久旱不雨，他同体大悲地关怀他的杜鹃花与青姬木。最好的状况是：从一月初到一月底，气温都能维持在零下零点九度，积雪的厚度达到一百二十七毫米（最好是新鲜的轻雪），天上多云，而且平静无风，或是自西方吹来微风；那么一切都十分甜蜜美好。但实情却是这样：从来没人关心，也没人问过我们的爱园人，如果天气保持风和日丽，世界将变得如何。这就是我们的世界为何停留在悲惨世界的原因。

对园丁来说，最糟的事莫过于降黑霜。降黑霜时大地干硬到极点，日复一日，夜复一夜，寒气越钻越深；爱园人的心思都专注在藏身泥土，冻得像石头般硬的根茎上；一面担心着在干冽寒风中颤抖的嫩枝；一面望着那秋天才长大，而如今已被冻僵的球茎。如果我能帮上什么忙的话，我会替冬青披上自己的外套，为杜松穿上我的长裤；映山红，为了你，我会脱下身上的衬衫；珊瑚钟，为了你，我会摘下帽子盖在你身上；而你，金鸡菊，我只剩下袜子可以脱了；请你们心存感谢好不好。

有各种不同的技巧可以决定和改变天气。例如，如果我决定穿上自己最暖和的衣服，那么气温通常会上

升。如果一些朋友约好到山上滑雪,那么积雪通常会开始融化。如果有人在报纸上写文章,描写冷天人们在冰上嬉戏,脸冻得通红,或类似的天气,那么,当这篇文章在排字间排版时，冰将开始解冻，而人们读到它的时候,外面将细雨霏霏,而且气温骤升至零上八度;此时我们的读者不免会抱怨，报纸上老是充斥着夸大不实的报道;我们还是把报纸丢到一边吧。另一方面,骂娘,抱怨,诅咒,咆哮,发出呜呜声,诸如此类,对天气根本没啥影响。

一月里最知名的植物是所谓温室花卉。为了让这些花能及时盛开,温室必须保持温暖而潮湿的状态;如果空气干燥得没有一丝水分，那连针叶植物也一筹莫展,更别说是花了。此时最重要的,是窗户要留一点小缝:窗外吹来的阵阵冷风,是有助于冰花的生长的。所以穷人家的花要比有钱人家的开得好，因为有钱人的窗子关得比较紧。

植物学特别标明,冰花根本不是花,不过就是叶子罢了。这些叶子与欧洲菊苣、欧芹、芹菜的叶子长得很像;有时类似菜蓟、飞廉、川续断、爵床、伞形诸科植物;它们也很像大翅蓟、棉毛蓟、刺苞菊、羽蓟、叙利亚蓟、海刺芹、蓝刺头、丝毛飞廉、川续断、红花或莨芀花等,呈尖刺、羽毛、锯齿、刀剪、梳篦等形状;有时它们跟蕨

类植物或棕榈的叶子相像，有时跟杜松的针叶类似；但它们都不开花就是了。

因此，园艺手册以安抚的语调坚称，“即使在一月份，园丁一刻也不得闲”。听说降冷霜可以碎裂大地，有利于土壤培育工作。新年一来临，爱园人就会迫不及待地冲到花园，立即展开翻土的工作。他带着铲子；经过与钻石般坚硬的土壤的一番混战后，他终于将铲子给弄断了。于是他又拿了一把锄头来试；但此番他很保守地使用着它，生怕一不小心又把锄把折断了。此时耕作土壤的唯一法宝就是起子与槌头；不过这是个十分漫长的过程，很快就令人筋疲力尽；或许可以用炸药将土壤炸松，但爱园人通常都不会这么干。好吧，那我们就等天气转暖和吧。

待天气真的转暖和了，爱园人又急急忙忙地冲到花园里，准备为松土开始工作。过了一会儿，他带着工作的家伙返回家里，鞋子表面则沾满了风霜；即使如此，园丁脸上还是浮着喜悦，并坚称大地已开始复苏回春了。此时唯一剩下的，就是“为下一季的来临做好各式各样的准备工作”。“如果你的地窖里有一块干燥的角落，那么准备用于盆栽的土吧，把腐叶土、堆肥、沤透的牛粪和少量沙子混合在一起。”太妙了！可惜地窖里只有煤和炭；女人们用她们那些愚蠢的家什填满了所有空间。卧室里也许有地方掺和一小堆好的腐殖土——

“得利用冬天这段时间修复凉亭、拱门或是避暑小屋。”这倒是真的；只是我花园里恰巧没有凉亭、拱门与避暑小屋。“即便在一月，也可以栽植草皮。”但要种在哪里呢；是在门廊还是阁楼呢。“最主要的是必须注意温室里的温度。”不错，我很乐意注意温度变化，但我并没有温室。看来这些园艺手册对人们并没有太大用处嘛。

现在只有等待，再等待！老天爷，一月怎会如此漫长难熬！如果现在已是二月的话——

“二月份在花园还有粗活可以干吗？”

“那可不，说不定还得忙到三月呢！”

正当此时，神不知鬼不觉地，番红花与雪花莲已从土里悄悄冒出来了。

种　子

有人说，应该加入木炭，也有人对此表示反对；有人则建议加入一些黄沙，因为听说黄沙富含铁质，而持反对意见的，则对此项理由提出反驳。也有一些人推荐干净的河沙，加些泥炭或者锯屑也行。简而言之，如何为种子准备好栽培土壤简直是个奥秘，如同巫术仪式般不可思议。据说土里可以加入大理石粉（但上哪儿找？），或是三岁小牛的粪便（但这里含糊不清，到底是三岁公牛的粪便，还是三岁母牛的粪便），取自鼹鼠丘的一抔新土，用旧猪皮靴捣碎的黏土，也可以掺进易北河的沙（绝不能用伏尔塔瓦河的沙），而三年的温床土，里头除了含有金色羊齿植物的腐殖土外，可能还掺有取自上吊处女坟的一抔泥土——这些材料必须搅拌均匀（园艺手册并没有标明是在新月、月圆或是月缺之夜进行）；而当你把这些神秘土壤放入花盆后（必须将在阳光下暴晒三年的花盆泡在水中，然后在盆底放些陶片、木炭，当然，其他权威人士有可能对此提出反对意见），当你好不容易将一百个几乎南辕北辙的步骤完成后，接下来你便能跳到整件事的核心，可以开始真正埋下种子了。

这些种子，有的形状看来像鼻烟，有的像微不足道的淡金色粒子，或者外表发亮的深红色无脚跳蚤；有些扁平的像硬币，有些鼓起来像是会飘一样，有些细长如针；有像长了翅膀的，有全身长刺的，有绒毛覆体的，有全身光溜溜或者体多毛发的；有的像蟑螂一样大，有的小如阳光底下的微粒。我老实告诉你，它们每一种都不相同，而且都十分古怪：生命的确是错综复杂的。譬如，这个巧克力色的怪物，居然会长成一株干扁的小蓟，而从这黄色微粒里，据说会长出又肥又大的子叶来。要我怎么看待此事？反正我是不会轻易相信的。

好了，你准备开始播种了吗？你将花盆用玻璃盖住，并浸在温水中了吗？你关上面向太阳的窗户，好让室内温床保持在四十度了吗？太好了，接下来就是让每位播种者为之热血沸腾的活动——那就是，等待。全身冒汗，脱了外套，连背心也不穿，等待者屏气凝神地待在花盆前，眼睛眨也不眨地盯着新苗可能长出来的地方。

第一天什么事也没发生；等待者在床上整晚辗转

难眠，等不及清晨的降临。

第二天，神奇的土壤表面长出一小撮霉菌，等待者喜不自胜，因为这是初生生命的第一个迹象。

第三天，一棵苍白的幼芽开始疯狂地长大。他几乎兴奋地大喊，这就对了，之后他对这第一株新苗，可以说照顾得无微不至。

第四天，当新苗长到出乎意外的高度时，观察者开始不安起来，只怕这是一棵杂草。不久事实就证明，这担忧并非全不合理。通常花盆里长出的第一棵植物，往往就是纤细修长的杂草。某种程度而言，这是大自然的铁律。

好吧，到了第八天或第八天之后，没有任何迹象，在某个神秘而不可控制的时刻（因为根本没人看到，也没人注意到），大地悄悄地裂开，露出第一株新苗。我总以为，种子发芽后会如同根或马铃薯茎一样，笔直地向下或向上生长。我必须告诉你们，实情绝非如此。几乎每个幼芽都从种子下方往上长起，把种子当帽子般抬起。你可以想想看，好像小孩子用头顶着母亲成长的样子。这不过是大自然的奥妙罢了；这种运动员似的奇迹几乎发生在每株幼芽身上。种子毅然无惧地被新苗抬起，直到它们被抛弃或是脱落；等到那时候，无论幼苗体态是粗肥或是细长，它们都赤裸，脆弱，挺着两片可笑的小叶子，而在这两片叶子中间，有些事情即将发生——

欲知后事如何，可我不想告诉你们；其实这距离我想说的还差得远呢。它们不过是长在苍白小茎上的两片小叶子，但奇怪的是，这其中却蕴藏着不同的变化，每种植物都各有各的样貌——我到底想表达什么？其实我早就明白，道可道，非常道；或者事实只是这样，生命实在过于复杂，超越所有人的想象力。

爱园人的二月

爱园人在二月份延续之前一月份的工作，主要是与天气相关的培植工作。你得知道，二月是个危险的时节，爱园人为黑霜、小阳春、湿气、干旱和强风等不速之客所威胁；这是最短的一个月，但整个月却会让你心神不宁，这个不成熟、被缩短，而且毫不稳定的月份，可以说什么狡猾、诡计多端的事都干得出来；你得对此多费心思。白天它会怂恿灌木里的花苞出来，到晚上又用酷寒折磨它们；它喜欢玩两手策略，一面对你安抚挑逗，却又用另一只手掐你的鼻子。只有魔鬼才知道，为什么闰月多出来的那一天偏要加在这阴晴不一、诡谲不定、困难重重、好事多磨的月份里；闰月多出来的那一天应该加在美丽灿烂的五月，那五月就有三十二天了，事情本该如此。但若如此，我们园丁之后又会有什么遭遇呢？

二月里另一个工作就是寻觅春天的第一道讯息。园丁不信任通常报纸依据第一只金龟子或蝴蝶的出现,而宣布春天来临的那套说法。首先,他根本不在乎金龟子,再者,第一只出现的蝴蝶通常是去年未死的最后一只蝴蝶。我们爱园人寻找春天第一道讯息的方式最为可靠。它们是:

一、番红花的尖头像被吹胀般在草皮上竖起;直到有一天尖头突然爆裂(但还没有人目睹过这一幕),迸出茂盛美丽的绿叶;这就是春神降临的第一道讯息;接下来——

二、新的园艺目录固定每年寄来。虽然园丁对内容已了如指掌(正如《伊利亚特》以"歌唱吧,女神"开篇,园艺目录始于A字头的植物:*Acaena*[芒刺果]、*Acantholimon*[刺花丹]、*Acanthus*[老鼠簕]、*Achillea*[蓍草]、*Acontinum*[乌头]、*Adenophora*[沙参]、*Adonis*[侧金盏花]等,对此,园丁可以倒背如流),但他还是仔细阅读从*Acaena*到*Wahlenbergia*(蓝花参)或是*Yucca*(丝兰)的介绍,但内心却苦于天人交战,迟迟不能决定是否应该继续订购下一期。

三、雪花莲是春天的另一位信差;最开始它们自土里迸出淡绿色的尖头;之后它们会分裂成两片肥胖的子宫状叶子,就是这样了。然后得到二月初它们才开始开花,让我告诉你,不论是伟大的棕榈树、智慧之树,或

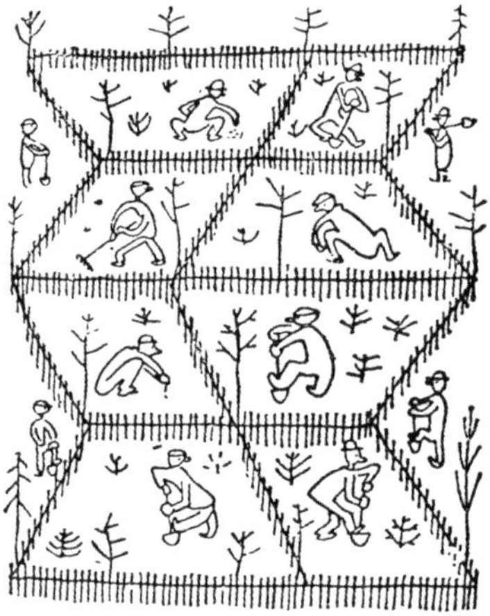

是名扬四海的月桂树，都不如雪花莲美丽，它苍白的茎上白皙而娇弱的花杯，它在春风里摇曳的舞姿，让它们相形失色。

四、邻居也是十分可靠的春日使者。只要他们带着铲子、锄头、剪刀和绳子、树洗及各式各样专供土壤使用的肥料，迫不及待地冲进花园时，经验老到的园丁就知道春天的脚步近了；然后他会换上那件旧长裤，匆匆忙忙地带着铲子和锄头往花园的方向跑，也好让他的邻居们知道春天要到了，接着他们会在篱笆边谈论这个令人振奋的消息。

此时大地已开始复苏，但还不见绿叶的踪迹；看起来还是一片光秃秃、等待春天的土地。现在仍是施肥、松土、挖排水沟、翻地与混土的时刻。正是在此刻，园丁会发现他的土壤太硬、太黏，或者是含沙过多，酸性太高，甚至太过干燥；总之，他忽然满腔热血地想改善一切。你已经猜到，改善土质的方法有上千种；但不幸的是，此时园丁却通常苦无对策。要为自己家里弄到下列事物，即使在城里也是件不容易的差事，这包括海鸟粪、山毛榉叶、腐烂的牛粪、陈年的灰泥、过期的泥煤、分解的草、鼹鼠丘上风干的泥块、树林里的腐殖土、河沙、沼泽土、池塘的泥巴、旷野的土块、木炭、木灰、骨粉、角屑、废弃的液态肥、马粪、石灰、泥炭苔、腐化的残枝，以及其他充满生机、适合培植与富含养分的物质，

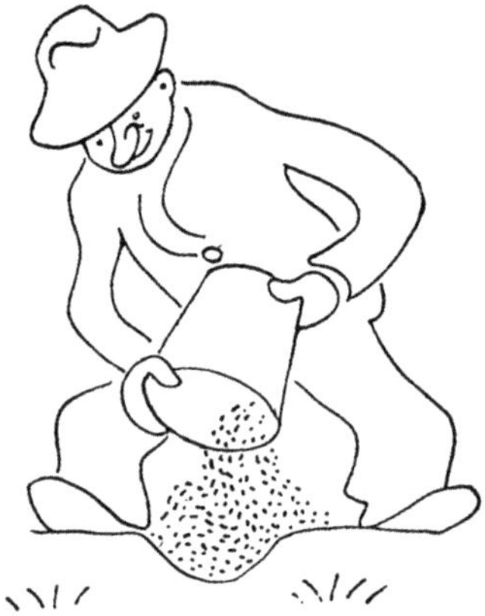

这还不包括那些上等的氮肥、碳酸钾、磷肥以及所有其他种类的肥料。

有那么几次，我们爱园人曾经期待好好整理、翻挖、组合这些珍贵的泥土、成分与肥料；只可惜如此一来，花园里便没有足够的空间留给花草了。但此时，他至少可以尽可能地改善土质；他搜集家里的蛋壳，捡起午餐吃剩的骨头，收藏剪下的指甲，扫起从烟囱落下的煤灰，挑出水槽里的沙子，到街上扫拾漂亮的马粪，然后小心翼翼地将这些宝物埋进泥土里；因为这些都是既营养又温和的土壤栽培必需品。所有的事物只能分成两类，要么适合土壤栽培，要么不适合土壤栽培。只有懦弱的羞耻心，才会让园丁鼓不起上街收集马粪的勇气；但当他在人行道上看到一坨完整的粪便时，他还是会忍不住发出暴殄天物的叹息。

你可以想象，农家门前堆得像山一样的肥料——我知道，会有各式各样的粉末装在铁罐内；只要你说得出来，不管是哪种类型的盐巴、浓缩物、矿渣与面粉，你都可以买得到；你可以往土里灌细菌；你甚至可以像大学助教或药剂师一样，穿着白色的外套下地耕种。城市里的爱园者可以想怎么干就怎么干；只是你得想象农家门前还有一堆肥沃的土黄色粪便——

但是，我必须让你知道，雪花莲已经开了；盛开的金缕梅长出黄星状的珍贵花蕊，鹿食草冒出饱和肥美

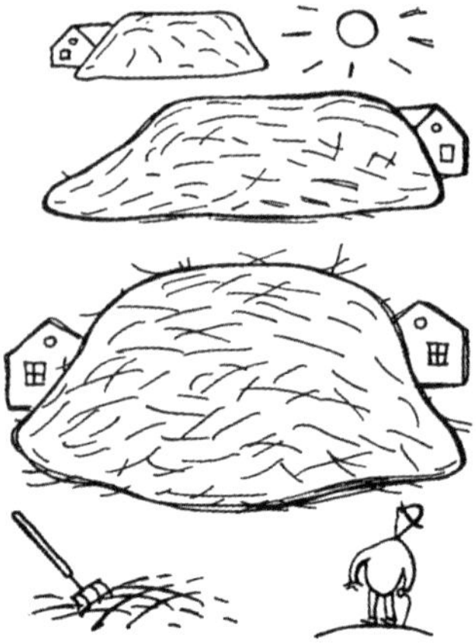

的花蕾;当你好好仔细端详时(此时你必须憋住气),你将会发现满园春色都是花苞和幼芽;来自大地的上千个生命迹象正在努力脉动着。我们这些爱园者已经忍不住了;我们已被这幅景象刺激得跃跃欲试。

论园艺艺术

当我只是远远躲在一旁，心不在焉地看着一座已经盖好的花园时，我会认为爱园人是个可爱又充满诗意灵魂的人，他会一面照料芬芳的花朵，一面聆听鸟儿婉转的歌唱。现在，当我靠近仔细端详这一切后，我发现，真正的爱园人并不是只懂得照料花朵而已；他是在照料泥土。他是会让自己钻到土里去的家伙，留下我们这些游手好闲一窍不通的人，在一旁干瞪眼。他住在大地之下。他在一堆肥料里建立自己的纪念碑。如果他步入伊甸园，他会兴奋地吸气，然后说："老天！这里可都是腐殖土啊！"我想他一定会忘了去偷吃能让人分辨善恶的智慧树之果；他会四处窥看，想着要如何从上帝那里弄到一桶天堂的腐殖土。或者他会发现智慧树旁边的花床没做好，于是他开始为泥土施肥，完全没注意到挂在自己头上的果实。"亚当，你在哪儿？"上帝会喊道。

“现在，”爱园人会回头答道，“我没空。”然后他又继续埋头侍弄自己的花床。

如果园丁是打从创世之初开始，通过物竞天择演化而成的话，那么他们今天可能会发展成某种无脊椎动物。毕竟，园丁要背部干吗？最多只是让他站起身时，能说一句“我的背好痛！”罢了。至于脚嘛，可用各种方式折起来，像是用屁股坐着，蹲在脚跟上，跪在自己脚上，甚至将脚绕在脖子上。而手指是用来挖洞的好工具，手掌可以用来磨碎小土块，或是拍掉蝙蝠排泄后的粪土；只是他的背部跟农奴的一样，根本没机会好好挺直；反正花园里的蚯蚓也一样没有背部。园丁通常都是背部朝上；脚和手伸展开来，头则藏在两膝间的某处，就像是在分娩的母马。他绝对不可能是那种“只知道搔首弄姿”的家伙；相反，他会将自己的身体对折，让屁股靠近地面，并尽可能地用各种方式将自己缩短；当你看见他时，他很少有超过一米高的。

培育土壤一方面得依靠挖、锄、翻、盖、松、拍、碎等各种不同的程序帮助，另一方面得依靠材料。没有任何一种布丁的制作要比准备花园泥土还复杂；据我的了解，你得加入大便、鸟粪、烂叶子、草皮土、耕土、沙子、稻草、石灰、钾盐镁矾、婴儿爽身粉、硝石、磷酸盐、马粪、羊粪、灰烬、泥煤、堆肥、清水、啤酒、碎掉的寄居蟹壳、烧过的火柴棒、死猫，以及许多其他必须的物质。所

有东西都通通被混在一起搅拌与调制。就像人们说的，园丁可不是只知道闻闻玫瑰香味的人，他心里老有事盘算着，像“这些土还得加些石灰”，或是这些泥土味道真重（园丁觉得像鲷鱼一样），得“多加点沙”。园艺学本来就是一门科学。现在女孩子可不能只是在一旁观望，然后唱道：“玫瑰盛开在我的窗前”；而是要改唱，有硝酸钾与牛粪堆肥在我的窗前，里头细心地混合着门牙粉。我们可以说，盛开的玫瑰是给业余爱好者观赏的；而园丁的欢乐则根植于更深层的地方，一种接生的快乐。园丁死后不会因为吸入太多的花香而幻化为一只蝴蝶，而是会成为一条蚯蚓，努力啃着暗色、含氮、略带苦味的泥土。

只要春天一到，园丁就会无法克制地被吸引到他们的花园中；只要他们吃完饭，汤匙一放下，人就立刻冲往花床那里，背拱得老高，对着天蓝色的天空；埋头苦干。一会儿在这里用手指将土块揉碎；一会儿在那里将去年留下的珍贵堆肥推近植物的根部，然后顺手拔草，捡拾小石头；此刻他正在翻动草莓旁边的泥土，才一会儿不见，他已弯腰靠近莴苣，连鼻子都快贴到地面上了，然后温柔地抚摸着莴苣如鬈发般细弱的根部。在这儿春天尽兴地卖弄风情，而在园丁的背后，只见太阳正在奋力展示着他著名的光环，而白云在天空飘荡，鸟儿们则成双成对地飞翔其间；此时樱桃树的幼芽已绽

放，嫩叶正优雅温柔地伸展它的身躯，乌鸫则尽情啼唱；然而园丁却直起身，用手在胸前画十字，带着忧郁的口吻说："等秋天一到，我还得给这里好好施施肥，而且多撒些沙子。"

但有那么一刻，园丁会站起来，身子挺得高高的；那正是下午时分，也就是花园要接受园丁圣水洗礼的时候。此时他会气宇轩昂地站着，将水柱自水管挤出来；阳光下的银色水柱发出铃铛般的呢喃；而松软的大地散发出芳香而湿润的气息，每一片叶子都翠绿无比，闪耀着令人垂涎的美妙，让人忍不住想偷咬一口。园丁会兴高采烈地说道："好啦，现在够了。"他并不是说长着绿芽的小樱桃树，也不是指紫色的荼蘼子；他指的是地上褐色的泥土。

待日落之后，他会以十分满意的口吻说道："今天的活儿可真累人啊！"

爱园人的三月

如果我们根据真理和传统经验来描述爱园人的三月，我们得小心区别两件事：一、园丁可以做与期待做的是什么。二、他实际上能做到的最好的状况是什么。

一、他自己非常明白，他最深情的期待是什么：他最希望做的是除掉枯枝，锄地，施肥，挖沟，掘土，翻土，松土，耙土，浇水，繁殖，修枝，种芽，移枝，施肥，锄草，播种，清花园，驱麻雀，赶乌鸫，闻土香，用手指挖幼芽，为雪花莲开苞狂喜，擦掉身上的汗，将腰杆挺直，狼吞虎咽地大吃大喝，陪铲子共眠，与云雀一同起床，赞美太阳与晨露，触摸坚韧的幼芽，轻抚入春以来身上结的第一个老茧与水泡，希望自此能过着充实、勤奋的爱园人生活。

二、但在期待的背后，事实却是泥土还跟之前一样硬，要不就是又结冰了，如果大雪降到花园里，园丁会

常绿植物
价目表
KV
名花录

像笼中的狮子般焦躁不安，他会坐在火炉边发抖，待会儿得去看牙医，法庭也在传唤他，还要顺道去拜访婶婶、孙子，还有那唠叨不停的老祖母，他成天为琐事从早忙到晚，与各式各样的不方便、倒霉事、意外对抗，好像他整个三月都为花园奋斗似的；因为你必须明了，“三月是花园里最忙碌的时节，因为园丁得为即将来临的春天做准备”。

没错，只有园丁能肯定，那些陈腔滥调的俗语是有道理的，例如“无情的寒冬”、“冷冽的北风”、“难熬的冻霜”以及其他所谓诗意的诅咒；算了，他还会用更诗意的表达方式，像是他会说今年的冬天真混蛋、真狗屎、真他妈的、真让人不爽、真是有够王八；与诗人唯一的差别是，他不只诅咒北风，还会臭骂狭隘邪恶的东风；比起狡诈寒冷的黑霜，他倒是较少咒骂强劲推进的冰雪暴。他倾向使用图像式的表达法，像是“寒冬正在顽强抗拒春天的进攻”，他会感到十分羞愧，因为在这场战役中，他根本帮不上忙，无法在手刃冬日暴君这件事上使上力；如果他能拿起锄头或铲子，甚至是枪或戟来攻击冬天的话，他会马上发出胜利的呼喊，然后立刻冲到战场去；但他什么也不能做，除了每晚在收音机前等待来自中央气象局有关天气战事的最新报道外，就只能在家里死命地咒骂那来自斯堪的纳维亚半岛的高气压，或是冰岛上方的强劲扰动；因为我们伟大的园丁们

都明白，风是从哪儿吹来的。

对我们园丁而言，那些广为人知的民间谚语也非常具说服力；我们仍然相信“圣玛弟亚（sv. Matěj）破冰”；如果他失败了，我们期许圣若瑟，也就是天堂的木匠，他会将冰劈碎[①]；我们知道，“在三月，大家都窝在火炉边”，我们也都相信三位冰人的存在[②]，相信春分是将昼夜平分，相信圣梅达尔（sv. Medard）头巾的传说[③]，以及其他诸如此类的预测，很明显，由以上我们可以发现，人类自远古以来就累积了不少坏天气的经验。你不必太惊讶，如果你听到有人说，“在五月的第一天，屋顶上的雪会融化”，或是“在圣若望·内波穆克（sv. Jan Nepomuk）日[④]，会冷到鼻子和手都冻僵”，或是“在圣伯

---

① 圣玛弟亚和圣若瑟瞻礼日分别为2月24日和3月19日。

圣玛弟亚（活动时期1世纪），被推选补犹大遗缺成为十二使徒之一的耶稣七十门徒之一。——编者注

② 5月12、13、14日分别为基督教殉教圣人圣潘克拉斯（sv. Pankrác，活动时期4世纪初）、圣瑟法斯（sv. Servác，活动时期4世纪）、圣卜尼法斯（sv. Bonifác，活动时期4世纪）的瞻礼日。这几天气温可能再度降至零下。

③ 圣梅达尔瞻礼日为6月8日。传说那天一旦下雨，就会连续下四十天以上。

圣梅达尔（456—545）曾任努瓦永（Noyon，今法国北部瓦兹省[Oise]城镇，早期重要的基督教会中心之一）主教。传说他庇佑露天工作，使之免遭降雨等坏天气影响。——编者注

④ 圣若望·内波穆克瞻礼日为5月16日。

圣若望·内波穆克亦即内波穆克的圣若望（1345？—1393），波希米亚基督教殉教者，捷克主保圣人。1390年任布拉格代理主教。后为波希米亚国王瓦茨拉夫四世（Václav IV，1361—1419，1378—1419在位）迫害，施以酷刑，并被投入伏尔塔瓦河。——编者注

三月
25

多禄与圣保禄日[1]，大伙都会裹起披肩”，或是“在圣西里尔与圣美多迪乌斯（sv. Cyril a Methoděj）日[2]，冷水会变冰”，以及“在圣瓦茨拉夫（sv. Václav）日[3]，前一个冬日已结束，而另一个冬日又将开始”，等等。简而言之，大多数的天气谚语都落在令人不快及阴郁的事情上。请你必须明了，尽管我们的园丁在天气方面经历过许多的不愉快，他依然年复一年地欢迎与拥抱春天的来临，为人类无可救药与奇迹似的乐观主义做了最佳见证。

老爱跟园丁混在一起的，总是那些喜欢追忆逝水年华的人。他们都是耆老，还十分健忘，每年春天来时，他们都会说不记得有这样的春天。像是天气一凉，他们就会宣称不记得有过这么冷的春天：“有一次，我记得是六十年前，天气那个暖和啊，紫罗兰都开花了。”相反，如果天气稍微暖和一点，我们这些记忆超好的老先

---

① 圣伯多禄与圣保禄瞻礼日为6月29日。

② 圣西里尔与圣美多迪乌斯瞻礼日为7月5日。

马其顿的希腊人圣西里尔（827？—869）与圣美多迪乌斯（825？—884）兄弟，神学家和语言学家，向斯拉夫人传播基督教的传教士，有“斯拉夫人的使徒”之称。他们在希腊字母的基础上创造了斯拉夫字母，即西里尔字母；并将《圣经》译为斯拉夫语。死后被东方教会追谥为圣徒。——编者注

③ 圣瓦茨拉夫瞻礼日为9月28日。

圣瓦茨拉夫（907？—929），即热心于基督教传播的波希米亚公爵瓦茨拉夫一世。为兄弟暗杀后，被奉为波希米亚的守护神。——编者注

生，就会坚称从没见过这么热的春天："有一次，我确定是六十年前，在圣约瑟日，我们出门还得用雪橇。"总而言之，从这些逝水年华爱好者的证言里，我们可以很明显地发现，其实天气是十分难以捉摸的，对此我们根本束手无策。

没错，一点也帮不上忙；在三月中旬，冰冻的花园里依然有白雪的踪迹。看看上帝能不能可怜一下爱园人的小花们。

我不会告诉你有关爱园人如何辨识彼此的秘密，听说是靠身上的气味，把它当做某种密码或是神秘暗号来解释；其实情是，不论是在戏院的前厅，或是在茶室，抑或在牙医诊所的等候室，园丁们总能第一眼就认出彼此；从第一句话开始，他们就不断交换彼此对天气的看法（"不，先生，我从不记得有过这样的春天"），之后话题会转到湿度的问题，聊大丽花，谈人工堆肥，讨论某株荷兰百合（"什么烂名字啊，算了，没错，我还是会送你它的球茎"），谈草莓，交换美国的目录，聊去年冬天造成的灾害，聊蚜虫，聊紫菀，以及其他类似的主题。表面上看起来，他们不过是戏院走廊里抽着烟交谈的两位男士罢了；但在真实的灵魂深处，他们是两个手拿铲子或是水桶的园丁。

当墙上时钟静止不动时，你会将它拆下来看看，然后送去钟表店修理;当有人车子停在路上不能发动时,他会先打开引擎盖,东摸西摸一阵之后,再叫修车工来。天地之大,什么事都有修正与改进的可能性,唯有天气,人们根本无能为力。无论什么热诚和抱负,也不管多新的方法,再多干预与咒骂,碰到天气谁也没辙;天地不仁,以万物为刍狗。因此你会了解到人类是如何的渺小;你才知道,耐心是智慧之母——

至于其他的事,我们什么也不能做。

聊聊幼芽

今天，三月三十日，上午十点钟，我身后的连翘终于开出第一株小花。整整三天，为了不错过这历史性的一刻，我一直在观察它最大的新芽，那看起来像一颗小小的金色豆荚；当它开花后，我立刻望向天空，看是否要下雨。而明天，连翘上的细枝将会长满金色的小星星。它将一发不可收拾。

而最重要的，就像人们后来知道的，丁香也已经开始加紧它的脚步；在大家注意到之前，丁香那脆弱纤细的小叶子早就长出来了。而金茶藨子也将展开它V字形、环状的襞边；但其他的灌木丛和树木却依然在等待，等待那来自大地或是天空的一声令下，“就是现在”；就在那一刻，所有新芽都将同时绽开，是的，它们一定会的。

像这类的发芽现象，属于人们所谓的自然过程，但

它也是必经过程；虽然腐朽也属于自然的过程，但从来没有人将它与威武的行军联系在一起；我可不想为腐朽的过程谱写所谓的快步进行曲；但如果我真的是位音乐家，我一定会谱一阕《新芽进行曲》；一开始是丁香军团在轻快的进行曲中分散着向前跑；再来是红莓小队；接下来进场的是踢着正步的苹果及梨子幼芽，其间小草们则尽情地拨弄着每根琴弦。而在管弦乐团的伴奏下，以军队游行里所谓“华丽的分列式”，我们的新芽军团则气宇轩昂地向前行进。一，二，一，二：哇，我的老天，好酷的分列式啊！

人们都说，大自然在春天时变得绿油油一片；其实这话并不完全正确，因为也有自深紫与玫瑰色转成红色的嫩芽。它们最后都成了暗紫或暗红的颜色；当然也有些变成褐色与暗黑色；有些白的像雌兔腹部的乳白色毛一样，但也有长成紫色和金黄色的，或是像旧皮革般深的暗色。这里有些幼芽长得像蕾丝边的须须，有些长得像手指或舌头，还有些长得像疣似的。有些幼芽全身膨满了软毛，跟圆嘟嘟的小狗长得很像；有些则长出纤细坚韧的幼枝；还有些张开来像蓬松柔软的尾巴。

我跟你说，幼芽跟叶子与花朵一样充满惊奇与变化。

人们永远没准备好去发现这其中的差别。但如果你想探索这其中的奥妙，你得挑一块小一点的地方。

如果我跑步到贝内绍夫(Benešov)①去瞧瞧，在那里可以发现的春天风情，绝对不会比我身后的小花圃多。人们一定得待着不动，静静观察；在里头你将会发现令人目瞪口呆的富饶景象，里头有温柔的抚摸与奋不顾身的呵护，这一切都令你感叹得说不出口来，因为这是顽强的春天的生命意志的表现；而你也会听到从新芽绵延不绝的行进队伍传来的微弱嘶喊声。

就是这样！当我在写这篇文章时，空中却忽然传来神秘咒语"就是现在"；早晨时还是含苞待放的新芽从脆弱的树枝尖头冒出来，连翘细枝上有许多小金星在闪烁，膨胀的梨子幼芽已偷偷绽开一点点，而其他树枝顶端，许多不知名的幼芽正如金绿色眼珠般闪耀着。青嫩绿叶在树枝顶端搔首弄姿，肥嫩的幼芽已绽放。别害羞了，脸红的小叶子；张开吧，被涂了鸟胶的树枝；起来吧，沉睡的植物们，出发的命令已经下达。开始演奏未完的进行曲吧！在阳光下闪耀吧！我的铜管，尽情地吹吧！定音鼓，大胆地敲吧！我迷人的小提琴，忘情地拉吧！因为静谧的，充满褐色与绿色的花园，已开始进行它胜利的游行了。

① 位于布拉格南方约三十公里处的小城。

爱园人的四月

四月,对园丁来说,绝对是属于被祝福的月份。让爱人们为五月颂赞庆祝吧;五月,树木和花朵只是开花而已,但在四月它们真的在盛开;你看看,看看这些嫩枝、嫩芽、幼苞、幼苗,它们真是大自然最伟大的奇迹,再来我也找不出任何形容词了;请你蹲在地上,将手指轻轻探入松软的土地,然后请深深吸一口气,因为你的手指将会触摸到一株体质脆弱而精神饱满的新苗。这经验无法描述,就像接吻和其他一些小事情的经验也无法描述一样。

好,我们回来;没有人知道它是怎么发生的,但这样的状况经常出现:当你踏在花床上,为了要捡起干枯的树枝或拔起一朵枯萎的蒲公英时,你总是会踩到还埋在土里的百合或金莲花幼苗;当新苗惨死在你脚下时,你即刻感到一阵心慌与羞愧;那一刻你将自己想象

成一头邪恶的野兽，行经之处，脚下草木都无法生长。或者当你谨慎地翻动花床的土壤时，不出意料，你的小铲子正好砍到发芽的球茎，或是差点用铲子割断银莲花的幼芽；而当你警觉地往后退时，手掌又压到正在开花的报春花，或是折断了飞燕草的幼茎。你愈是戒慎恐惧地工作，你所造成的伤害也愈多；只有多年的实践经验才能教你如何成为一位神秘而绝对安全的真正爱园人，不论你往哪儿跑，都不会乱踩到任何植物；即使踩到了，也不会造成真正的伤害。反正这一点也无须担心。

除了发芽，四月也是属于种植的月份。抱着热诚，是的，混杂着极大的热诚与忐忑不安的心情，你向育苗场订购了幼苗，没有它们你再也活不下去了；你还向你所有拥有花园的朋友保证，你会过去拿可以分栽的种苗；我早说过，你从来不会对幼苗的需求感到满足。之后，有一天差不多一百七十株种苗会全部送到你家，当那一刻来临时，它们必须被移植到土里去；当你在花园里探头张望时，你会惊讶地发现，根本没有可以留给它们的多余空间。

因此园丁在四月份成了一个这样的人，他手上握着一株行将就木的幼苗，他已经在小花园里来回奔跑了二十趟，就为了找到一小块没种任何东西的土地。

“不，这儿不行。”他咕哝道，“这里我已种了该死的菊花；在这里又会被福禄考给挤扁，这是剪秋罗，它怎么不干脆消失算了。嗯，这边我已种满风铃草，好像蓍草旁边也没多余的空间了。我应该把它种在哪儿呢？等等，这里这里——不行，这里有乌头；还是这里——但这里已有委陵菜了。或许这儿可行，但它已种满紫露草了呀；那这边呢……咦，这里长的是什么啊？我希望可以认得出来。啊哈，这里有一点点空地；等一等，小幼苗啊，我马上替你铺好床。现在你看到了吧，你就安安心心地在这儿长大吧！”

没错，才两天后，园丁就意外发现那幼苗恰好种在月见草幼苗上头。

园丁的诞生完全是文化的产物，绝非物竞天择的结果。如果他们是自然发展的结果，他们会看起来长得完全不一样；他们会有甲虫般的腿，这样就不必再蹲在脚跟上；他们也会有翅膀，第一是为了漂亮，第二是因为，他们可以借此飞越花床。没吃过苦头的人，根本不晓得人类的腿有多碍事，尤其是当没地方可以站的时候；而且人的腿又太长，如果想把手指插到土里去，就得躬身屈腿；有时腿又长得不够长，当人们想跨到花床的另一边时，他无可避免地会踩到除虫菊丛或耧斗菜幼苗。不然就是园丁能被挂在一条吊带上，然后可以这

么荡过花床；或是至少有四只手，但却只有一颗戴着帽子的头；或是像相机脚架般可以任意移动伸缩，那事情就简单多了。但园丁的构造方式跟其他人一样不完美，他所能做的，不过是尽力而为：试着用一只脚尖保持身体平衡，像俄国皇家芭蕾舞者一样浮在半空中，奋力跨过四米的宽度，或像蝴蝶或鹡鸰一般轻盈地飞过花床，努力挤进一寸大小的空间里，努力不因地心引力捉弄而让身体失去平衡，并能在此状况下任意移动与保持现场原状；而当他移动时，他还得努力保持身体的优雅姿势，以免受到旁人的嘲笑。

没错，从远处匆匆地瞥一眼，你只瞧得到园丁的屁股，其他部分，像是头、手、臂、脚都被藏在底下。

在花园里的谨慎行事总算没白费工夫，现在所有的植物都要一同盛开：水仙、风信子、堇菜、琉璃草、虎耳草、葶苈、南芥、薄果荠、报春花、欧石南，以及明天或后天就会开花的植物，你一定得过来瞧一瞧。

每个人都会过来瞧瞧，这是人之常情。“咦，这可爱的小花是紫丁香，”一个门外汉如此说道。但园丁会有些不悦地回应说：“这是比利牛斯指疳草。”这是因为园丁对花名非常敏感；没有名字的花，依照柏拉图哲学的说法，是没有形而上的理念的存在；简而言之就是缺乏真实实体与完整价值的花朵。没有名字的花就是野草；

有拉丁名字的花朵似乎被提升到某种高贵的地位。如果一株荨麻长在你的花床，而你给它取一个拉丁文的名字 *Urtica dioica*（雌雄异株荨麻），你会开始对它产生敬意；甚至为它松土，以硝酸钾帮它施肥。如果你像往常一样请教园丁说："这朵玫瑰叫什么名字呢？"园丁会很开心地回答你说："它叫布尔密斯特·凡·托勒（Burmeester van Tholle）"，"这是克莱尔·莫尔迪耶夫人（Madame Clare Mordier）。"然后他会怀着敬意，觉得你是个高尚、有教养的人。但千万不要对名字班门弄斧，例如你不要说："这株美丽的南芥正在开花。"那园丁会生气地对你咆哮说："那是席弗尔雷嘉·博恩米勒里（Schievereckia Bornmülleri）！！"其实这两个名字几乎一样，但名字就是名字，我们园丁对好名字可是十分讲究的。因此我们最痛恨小孩和乌鸫，因为他们会拔起写着植物名称的标签牌并将它们弄混；然后害我们很惊讶地说："你看看，这朵金雀花开起来跟薄雪草没两样——它可能是地方变种吧；但它的确是金雀花没错，因为这里就插着它的标签牌啊。"

庆　典

……别误会，我不是急着要歌颂五一劳动节，而是要赞扬私人财产节。如果老天没有下雨，我还是会用其他的方式来庆祝，我会坐在脚跟上，然后说："等一下，先让我给你倒点腐殖土，过几天再来替你修剪幼苗；你想不想种在土里更深的地方，你懂我意思吧？"然后小庭荠会回答说，它当然想，于是我就可以把它种在更深的地方。因为这是属于我的土地，是我用血汗灌溉而成的，这可是老实话；因为人们在修剪树枝或幼芽时，总会难免不小心割到手指，而有花园的人，免不了是私有财产的拥有者；在他的花园里生长的并非任何可爱的玫瑰，而是他的可爱玫瑰；他也不认为是樱桃树已经开花，而是认为他的樱桃树已经开花了。一个私有财产的拥有者，会与他周遭亲近的人发展出共同体的关系，像是天气就是个好例子；他会说："我们这里不能再下雨了”，或是“我们最近天气湿度还不错”。除此之外，爱园人也会有不小的强烈排他性；他会计较，认为跟他比起来，他邻居种的树木都是槁木死灰，或者认为他花园里的榅桲种得比他邻居花园里的还美，还有其他诸如此类的想法。没错，私人财产会唤起某种阶级与集体利益的意识；但以下观点也没错，那就是它也是孕育自私心态、私人企业和所有权观念的巨大温床。毫无疑问，一个人会为真理而战斗，但他会更坚决更拼命地捍卫自己的花园。一个拥有几亩地，而且在里头种点东西的人，最后都会变成保守主义者，因为他依赖的是已有千年历史的自然法则；尽你所能去做，但没有任何革命可以让发芽的时间加速，或是让丁香提早在五月前开花；谨记此点，人们会因此变得较有智慧，并乐意接受自然法则和传统的教诲。

接下来是你，高山风铃草，我要替你挖个更深的花床。劳动！你可以称像这样用手指翻挖泥土为劳动，我说，你可是会因此而腰酸背痛呢！尽管是因为劳动才这样，但毕竟还是为了风铃草；你劳动，并不是因为劳动很美，很高尚，抑或有益健康；你劳动，是因为风铃草会开花，花床上的虎耳草会长得很茂盛。如果你想要庆祝一下，你最好不要为你的劳动庆祝，而是为风铃草与虎耳草庆祝，因为你是为它们而工作的。如果你放弃写文章或写书，而以建筑工人或是铁匠作为你的职业，你工作的原因并不是因为要劳动，而是因为你需要靠它来换取腌肉与面包,因为你家有妻小,因为你想活下去。今天你应赞美面包、小孩、生命,以及所有你用工作买来与换来的事物。或者你可以为你所从事的工作高声欢唱。筑路工人们不会只是庆祝他们的劳动，而且会庆祝他们建造的大路,他们因为这条大路而得以生活下去。在劳动节，纺织工人应以他们织出的纹布与粗布的公里数作为庆祝的内容。虽然它被称为劳动节而非成就节;但人们更应该为他们所成就的感到骄傲，而非只是因为劳动而感到骄傲。

我曾问过某人,某个曾拜访过老狐狸托尔斯泰的人，问他觉得托尔斯泰自己缝制的鞋子质量如何。据说品质差得不得了。人们工作,想要工作,应该是因为觉得有乐趣,或是可以胜任,或是单纯为了生活;但若是为了原则而缝制鞋子,为了原则与美德而工作,那做这工作就不怎么值得。我期待有一天,劳动节将是表彰那些领导我们成就所有人类伟大劳动与技术的人士的高峰时刻。如果我们在这一天表扬来自世界各地的劳动兄弟，这将是无比美好的一天;它会成为一个真正的节庆,一个生命的朝圣日,一个属于所有弟兄的节日。

好吧,尽管劳动节是个严肃而骄傲的日子;但你别放在心上,我的小天蓝绣球,放心地绽开你的第一朵粉红色花蕊吧!

爱园人的五月

嘿,在经过我们细心的耕种、挖土、种植与锄草后,我们还没获得园丁专属的最大欢乐和特别骄傲,然后迈向岩石或阿尔卑斯花园的目标。人们非常谨慎地称它为阿尔卑斯花园,因为人们在这一部分的花园种花时,有可能像是在攀爬会跌断脖子的阿尔卑斯山;如果想在两块岩石之间栽种一棵小小的点地梅,人们必须先将一只脚轻轻地踩在摇摇欲坠的石头上,然后另一只脚慢慢地平衡抬起在半空中,以免踏到花床上的糖芥或南庭荠;他必须采取种种最可笑的连续姿势,在叉开两腿、跪下、转身、后退、前仰、站直、斜倚、跳高、前冲等动作之后,他才能在这如诗如画,而且石块不怎么稳固的岩石花园里进行种植、挖土、戳洞与锄草的动作。

在岩石上种植可以被视为一种高度刺激的运动;其间还可以让人获得意外的惊喜,当你攀在离地一肘

高的石块上时，你会意外发现一簇乳白色的薄雪草，或是冰川石竹，或是其他特殊的高山植物的幼苗；但我必须告诉你，那些人，他们没培育过小型的风铃草、虎耳草、剪秋罗、婆婆纳、蚤缀、葶苈、屈曲花、庭荠、福禄考（还有仙女木、糖芥、家韭葱与景天），没照管过熏衣草、委陵菜、银莲花、春黄菊和水田芥（以及石头花、岩风铃和各种百里香；还有矮鸢尾、奥林匹克金丝桃、橘黄山柳菊、岩蔷薇、龙胆、卷耳、海石竹和柳穿鱼；别忘了高山紫菀、苦艾、狐地黄、大戟、肥皂草、太阳花、薄果荠、指甲草、遏蓝菜、岩芥菜、金鱼草、蝶须，以及其他数不尽的各类娇艳花草，像十字花[1]、紫草、紫云英，还有其他同等重要的，像报春花、高山紫罗兰，等等）；那些没栽种过这些花儿，或是没见过其他许多植物（我必须提及滇紫草、芒刺果、黄羽菊、漆姑草和石竹[2]）的人，根本没资格谈论世界的美好；因为他根本没见过这粗犷的大地上最甜美温柔的创造物（它们是花了数万年才演化成今天这个样子的）。如果你见过石竹花床上开满一簇簇缤纷小花的话，如果——

　　但我跟你扯这些干吗；这是只有岩石花园的种植者才会了解的内行人的乐趣。

---

① 原作 *Petrocallis*，十字花科的一属。——编者注
② 原作 *Cherteria*，石竹科的一属。——编者注

没错，因为岩石花园的种植者不只是个园丁，而且是一个收藏家，愿为自己的喜好而成痴成迷。

如果你给他展示你种的垫状风铃草，他会趁着黑夜来偷取它，为此他甚至会干掉你，还在背后补你一枪；因为若没有它，他就活不下去；如果他太胆小或是太胖，而干不了偷窃勾当的话，那他也会哭着乞求你，要你送他一盆小株的迷迭香。好家伙，你的确是有这品种没错，于是你很骄傲地在他面前拿出你的珍宝，然后拔一小株给他。

或是瞎猫碰到死耗子，他意外地在花店里发现了一盆没有标签，却有翠绿的幼芽从土里冒出来的植物，他会战战兢兢地问："你这盆是什么啊？"

"这个吗？"花店老板尴尬地回答说，"这好像是某种风铃草，我也不清楚它是什么——"

"那你给我。"这花痴装作若无其事地说。

"不，"花店老板说，"我不卖。"

"噢，你瞧，"花痴口气开始谄媚起来，"我都是这么久的老客户了，你干吗不卖给我呢？"

经过一番你来我往，花痴步出大门后又折返回来，走到那盆无名小苗前，以坚定而明白的口吻表示，如果他得不到风铃草就不离开这家店，即使要在这里长期抗战九个星期也无所谓，用尽了所有威胁利诱的方法，他的岩石花园里终于有了这盆神秘的风铃草，他为它

在花园里挑出一块最好的花床来，然后以无比的温柔态度将它种在泥土里，并天天浇水，呵护至极，好像它是珍贵至宝一样。而风铃草也果然长得十分茂盛。

“你瞧瞧，”骄傲的主人跟客人献宝说，“这是不是一种特殊品种的风铃草？还没人敢断定它是什么品种；我真好奇，不知它花开的是什么样子。”

“这是风铃草吗？”客人表示，“它的叶子长得跟辣根差不多。”

“哪是辣根，”主人反驳道。“辣根的叶子要比这大，而且不会这么光滑，这一定是风铃草；不过也有可能，”他私下表示，“有可能是新品种。”

经过辛勤的浇水照料，所谓的风铃草以令人兴奋而惊奇的速度成长着。“你看看，”主人得意地说着，“你说过它的叶子像辣根。你见过辣根有长这么大叶子的吗？这是特大号的风铃草，它开出来的花有盘子那么大。”

好了，最后这独特的风铃草开始伸出花茎，而上头——咦，还真的是辣根啊；鬼才知道花店老板是怎么把它弄进花店的！

“告诉我，”过了一段时间，客人又来问，“那棵巨大的风铃草现在怎么样？还没开花吗？”

“怎么样？它早枯萎了。你知道的，那是十分脆弱而珍贵的品种——但也是某类杂种。”

种花真是件苦差事。三月份苗圃主人通常无法顺利交送你所订购的东西，因为天气尚未回暖，所以幼苗还长不出来；到了四月还是无法交给你，因为有太多订单消化不来；五月时情况也好不到哪去，因为大部分东西都被抢购一空了。

“报春花已经没有了；如果你还是想要，我可以换毛蕊花给你，它也是开黄花的。”

有时候事情就这么发生了，邮差寄来一个包裹，里头是你订的培育种子，太棒了！花床里实在挤了太多的高山植物，应该摆些新鲜的东西在乌头和飞燕草当中；那儿我们要种些白鲜，没错，也就是所谓的迪克特草，又称火烧树；而这些寄来的种子，别看它只有一丁点小，等它抽芽后，它长得可猛了。

等一个月满了，种子似乎不怎么想长大；看起来像矮草一样——如果它不是白鲜，那你一定会说它是石竹。我们一定得给它适当地浇水，好让它长大；瞧，这花长得像粉红色的——

“你过来看看，”花园主人对来访的内行客人说，“这不是一株小小的白鲜（dictamnus）吗？”

“你是想说石竹（dianthus）吧？”访客更正说。

“没错没错，石竹，”主人换了更亲密的口吻说，“是我口误；不过我想，在这些高山常青植物中，种上一株白鲜应该感觉不错,你说是吧?”

每一本园艺手册都告诉你,“用种子培育是最好的方法。”不过它们却没对你说,对于这些种子,大自然赋予了它们特殊的习性。这个自然法则就是,要不一颗都不会发芽,要不就是所有种子都会一视同仁地生长。人们会说:“如果这里摆一株装饰用蓟应该不错,比如羽蓟或是大翅蓟。”然后就买了一袋种子回家,兴冲冲地将它们种下,然后期盼着这些种子会漂亮地生长。过了一段时间,要分株了,园丁很期待,因为他将有一百六十盆生气勃勃的幼苗;最好的事莫过于种子发芽长大。之后他开始把所有幼株种进泥土里;而他真的有法子处理一百六十棵装饰用蓟吗?这一丁点地方都已经插满了,眼前还有一百三十棵呢。当然了,总不能把花了心血的幼苗扫到垃圾桶里吧?

“嗨,你想不想要一株蓟的幼苗?它适合家居装饰,你知道吧?”

“嗯,大概吧。”

感谢老天爷,邻居先生拿了三十棵幼苗,然后他又满身大汗地跑回花园,看看剩下的幼苗还有哪里可摆。幸好对面还有邻居可以送——

上帝保佑他们,因为这些装饰用蓟每一棵都会长到两米以上!

神圣的甘霖

我们每个人身上或多或少都有一些遗传自农夫的天赋，这是非常有可能的，即使我们窗外并没长着天竺葵或是海葱；但当太阳连续照耀一个星期后，我们也会焦虑地抬头望向天空，然后对碰到的人说："可能要下雨了。"

"大概吧。"另一个住在城里的居民说，"前几天我去莱特涅（Letná）[1]，我跟你说，那里真的是太干燥了，连泥土都龟裂了。"

"前些天我坐火车到科林（Kolín）[2]去，"第一个人说，"我觉得那里干得可怕。"

"我们需要好好下一场倾盆大雨。"第二个人叹了

---

① 位于布拉格旧城广场北方，伏尔塔瓦河对岸的一座高原。

② 北波希米亚化工城市，位于布拉格东方约五十五公里处，为易北河流经之城。

口气说。

“至少得下个三天才够。”第一个人补充道。

但在此刻,烈日依然暴晒,布拉格开始慢慢地散发出人类咸湿的汗臭味,电车上,人们的身体正在忧郁地蒸发着,他们的态度开始变得暴躁而不友善。

“我想,就快要下雨了,”一位全身大汗淋漓的人说。

“希望是这样,”第二位呻吟着说。

“至少得下个一星期,”第一位说,“下在可怜的大地与草地上。”

“真的是太干燥了。”第二位咕哝着。

正当灼人的酷热搅得大伙心浮气躁时,空气里正逐渐形成一股低气压,暴风雨似乎在空中盘旋,却没有因此稍稍舒缓大地与人们的痛苦。当暴风雨再一次于地平线上低吼,吹起饱含水汽的凉风,终于等到了:雨落在人行道上,大地几乎要开始呼吸了,雨水低语呢喃,忽而大珠小珠落玉盘,忽而踢踏踢踏响,滴答滴答地敲着窗户,从房檐流下的水滴像是有千只手指在敲打一般,哗啦哗啦地汇进小河,扑通扑通地落进池塘,人们高兴得想大声尖叫,有人把头伸出窗外,好在满天的水汽中清凉一下,有人吹口哨,有人大叫,也有人光着脚站在沿街窜流下来的土黄色水流中。神圣的甘霖,清凉欢乐的雨水!洗涤我的灵魂,滋润我的心灵,闪烁而清凉的露水。我曾被酷热搞得十分难受,不仅难受而且懒散。我曾经如此懒散、笨拙、迟钝、贪婪与自私;我被干旱弄昏了头,悲喜失衡。响吧,银色的笨钟,在饥渴的大地接受天降甘霖的时候,请你为这神圣的一刻鸣响;流水的面纱飞扬着,清洗了所有的事物。任何太阳的奇迹都无法与神圣雨水所带来的奇迹相比。流吧,忘忧的水,奔向那大地里的小溪;为那些因干旱而如同被困在牢房里的生灵,解决它们的饥渴。我们再度呼吸,草、我、土壤,还有世间所有的一切;这世界是多么美好啊。

倾盆大雨停了,好像有人在背后拉了线似的;大地上闪耀着银色的露水,一只乌鸫在灌木丛里啼叫着,像是疯了似的嬉戏着;我们也忍不住想跟着嬉戏一番,但是我们光着头走到屋外,去呼吸空气与大地里弥漫的水汽。

“这场雨下得太妙了。”我们这么说。

“太妙了,”我们接着说,“但应该再多下一点。”

“没错,”我们自问自答道,“但它应该是一场神圣的小雨。”

不到半小时,雨又如丝丝长线般落下来;这是真实、静谧而美好的一场雨;宁静而宽阔,落在收成物上。这已经不是汹涌急溅的奔流;而是非常柔和平缓地在空气中飘着的小雨。从这小雨而来的怯怯甘霖,没有一滴会被白白浪费掉。但是云霭渐渐散开了，太阳斜倚在细细的雨丝身上；雨丝骤然断掉，雨水逐渐消失，大地呼出温热的湿气。

“那就是五月的梅雨，”我们赞许地说，“现在世界将变得美好而翠绿。”

“再下几滴雨，”我们说，“再多下几滴就够了。”

太阳热力四射地照耀在大地上，温热的土壤里冒出潮湿的热气，空气沉闷而不通风，让人觉得像是处在温室里。天空的一角正在形成一场新的暴风雨，你呼吸着热气，几滴沉重的雨水滴落在大地上，而某些角落，大地上吹起饱含凉爽雨气的风。你厌倦了像温水浴房间里的温热潮湿空气；你呼吸着空气里的水滴，你涉水经过小溪，你看到天空中正在聚集白色与灰色的云团；好像全世界都想溶化在温暖而柔软的五月梅雨里。

“应该再多下一点雨的。”我们如此说着。

爱园人的六月

六月是制备干草的主要时节；但对我们这些城市里的爱园人来说，你可别以为我们会在某个露水未干的大清早，磨好镰刀，穿上衬衫，敞着怀，唱着民歌，跳着秧歌去割草。完全不是这样。首先，我们园丁会期待有一块英国草皮，它绿得像撞球桌面，密得像毛毯，近乎完美的草皮，毫无缺点的草皮，天鹅绒般的草皮，如同餐桌般平整。没错，春天时我们发现，这块英国草皮居然是由苔藓、蒲公英、车轴草、泥土，还有黄色韧草所构成。一定要先将杂草斩除；于是我们坐在自己的脚跟上，将草皮上所有不规矩的杂草拔掉，留下身后一块不毛之地，像是刚刚有泥瓦匠在上头跳过舞，或是被一群斑马踩过一样。之后，它将被浇水灌溉，任由阳光暴晒；直到我们决定修剪它的那一刻为止。

没经验的爱园人做了决定后，便来到最近的郊区，

十八码线

在光秃干燥的河岸上，他看到一位老妇，她的瘦山羊正在啃荆棘或网球场的围网。

“老婆婆，”园丁十分开心地说：“想不想给你可爱的山羊喂好一点的草？——你来我那儿割草好了，想割多少就割多少。”

“那我有什么好处？”老太太考虑了一阵，问道。

“我给你二十克朗，”园丁说。然后便回家等着老太太带山羊和镰刀来。但老太太却没现身。

然后园丁自己买了镰刀与磨刀石，他宣称，他无须拜托任何人，他可以自己割草。但不知是镰刀太钝，或是城里的草太韧，还是怎么的，总而言之，这镰刀根本一点都不管用；他只好用力拉着草茎的尾端，然后使劲用镰刀砍断底部，此时草根通常也会被拔起。用剪刀剪可能还会快些。当园丁终于割完草，拔完草根，蹂躏完草皮后，接下来的手续是，他会将这些草耙成一小堆；然后他拍拍身子，又出发去寻找那位带着山羊的老婆婆。

“老婆婆，”他很甜地说道，“想不想从我这儿拿些干草来喂你的小山羊？那可是既爽口又干净的干草——”

“那我有什么好处？”老太太想了一下，问。

“给你十克朗，”园丁表示，然后他便兴冲冲地跑回家等老太太来拿干草；如果就这样将这堆漂亮干草丢

弃,那就太可惜了,你说是吧?

最后还是由清道夫来处理这堆干草，但他坚持要收钱。“先生,你得知道,”他补充说,“我们没有车可以载这堆东西。”

较有经验的爱园人会去买一台割草机；这是一种带轮子的东西,会像机关枪般嘎啦嘎啦乱叫;当它在草地上工作时,被割断的茎干会在空中四处飞舞;但我跟你说,这真是一种乐趣。当割草机刚来到这个家时,家里所有的成员,从祖父到孙子,都争相要拿它割草;当你推着嘎嘎叫的割草机在杂乱无章的草皮上割草时,那可真是一种享受。“看这里!”园丁说,“我现在要向你们展示如何使用它。”然后他拿出一副专业技师的样子,将割草机推向草皮。

“可以换我了。”家里的另一成员请求说。

“再一下就好。”园丁坚持自己的权利,然后他又推着嘎啦嘎啦叫的割草机割草,然后碎草四散飞舞。那是第一个干草丰收节。

“听着,”一段时间后,园丁对家中的另一个成员说,“你想不想推着割草机去割草？那可是让人非常愉悦的。”

“我知道,”另一个成员冷淡地回答,“但是我今天没空。”

收割干草的时候，众所皆知，通常也是暴风雨的季节。有好几天它会在天空和地上凝聚水汽；太阳像是不怀好意地照着，大地龟裂，狗身上散发出异味；农夫则忧虑地抬头望着天空说，要下雨了。有时那不祥的云会忽然出现，然后吹起一阵狂风，将尘土、帽子与落叶扫落一地；园丁顶着乱发冲向花园，他绝对不是要学浪漫派诗人去和大自然对抗，而是去绑紧所有在风中摇曳的东西，他带着工具箱和凳子，准备去处理满地狼藉。当他徒然地试着把飞燕草绑紧时，天上已经落下第一滴又大又热的雨滴，有那么一刻天地像是闭塞住了，然后，轰隆！在轰隆隆的雷声里，倾盆大雨自天而降。园丁跑到门阶上，抱着一颗沉重的心，看着他的花园如何受狂风暴雨的摧残；当最坏的状况发生时，他会像个要抢救溺水小孩的男人，冲到残破的百合花面前，为的只是把它绑紧。我的耶稣马利亚，这是水灾啊！落在地面上的冰雹啪啦啪啦地乱跳，脏水形成一条小溪；而园丁的心在为花儿的命运担忧的同时，也混杂着一种赞叹的心情，因为他见证了大自然不可抗力的崇高。之后隆隆声慢慢弱下来，滂沱大雨转成凉爽的雨水，接着下起绵绵细雨来。当园丁跑进清凉的花园，失望地看着覆着泥沙的草皮、折断的鸢尾以及被打坏的花圃时，第一只乌鸫忽然开始叫起来，它拉大嗓门对篱笆外的邻居叫道："哈啰，这雨应该再多下一点；对树木来说这场雨实在太小了。”

那天之后，报纸描述了这场天灾，说它如何对农作物造成了灾难性的损害；但里头却没有提到，它对百合花所造成的严重伤害，或是对东方罂粟的破坏。我们园丁总是被人忽略。

如果真的有那么一点效用，那我们爱园人每天都会跪下这样祈祷：“亲爱的上帝，你可不可以换个方式下雨，像是每天从午夜下到凌晨三点，但你知道的，必须是缓慢而温暖的小雨，好让水分能充分被吸收；但请不要下在剪秋罗、庭荠、半日花、熏衣草，以及你的全知全能所知道的其他旱生植物上——如果你想的话，我替你把名单抄在纸上；太阳最好能全日普照，但不要无所不照（例如不要照在绣线菊上，也不要照在龙胆、玉簪花或杜鹃花上），而且阳光不要过强；还要有充分的露水与微弱的风，足够的蚯蚓，没有蜗牛和蚜虫，也没有霉菌；每周要下一次稀释过的肥料雨，还有鸽子粪会从空中落下来。阿门！”如果真的如此，那你将会看到伊甸园；好像换成别的方式，你的花园就什么也长不出来了。

如果我提到“蚜虫”这个字，那我应该补充，六月的蚜虫一样要被消灭。为了除掉蚜虫，园丁们已经用过各

类粉末、药剂、酊剂、浓缩剂、浸剂、熏剂、砒霜、烟草、肥皂粉和其他毒药，正当园丁一样接一样尝试时，他将会发现玫瑰花上已经爬满了数不尽的多汁肥大的蚜虫。如果你很细心地注意这些药剂的使用处所，你将发现那些没受到蚜虫肆虐的叶片和花蕾，会因为药剂的使用而开始变得枯萎；那蚜虫呢，它们可以在非常态的药物用量下繁殖，将玫瑰嫩枝覆盖得像浓密的绣织品一样。之后只好这样做——伴随着恶心的表情——一枝嫩枝接一枝嫩枝地用药淹死它们。通过这种方法可以消灭蚜虫；但烟草叶的精油味道还是会伴随园丁好一阵子。

谈种菜者

有些人在读这些令人莞尔的文字时，一定会酸溜溜地说:“这算什么,这家伙大谈花花草草,可胡萝卜、小黄瓜、球茎甘蓝、皱叶甘蓝、卷心菜、花椰菜,还有洋葱、韭葱、萝卜、芹菜、细香葱、欧芹,以及其他可食用的绿色植物的根和嫩叶,这些他连一个字都没提到！这算哪门子园丁,简直是骄傲无知，无知到无视园丁能培育最美好的作物,比如这块花床上长的莴苣！”

我来回答这项控诉，有一段时间我也曾疯狂地在好几块花床上种满胡萝卜、莴苣、皱叶甘蓝与球茎甘蓝;我当时那样做是有些浪漫主义在作祟,不过为了满足当农夫的幻想。但在收成的那段时间,我却必须每天奋力嚼着数以百计的胡萝卜，因为家里根本没人愿意吃它们;隔周,我又被淹没在皱叶甘蓝里,再来是球茎甘蓝，最后是芹菜。曾经有好几个星期,我一天三餐都必须吃莴苣,不然就得将它们丢弃。我不是有意要破坏那些种菜者的乐趣;但如果你得吃光它们,你真的会崩溃。如果我被迫必须吃我种的玫瑰或是啃我的铃兰,我想,我一定会丧失对它们的那份尊敬。山羊一定更想当个园丁,园丁却肯定不想成为山羊,因为他得嚼掉自己的花园。

除此之外,我们园丁已有够多的敌人了:像是麻雀、乌鸫、小孩、蜗牛、蠼螋和蚜虫;扪心自问,我们何必对毛毛虫宣战?又何必追赶来搅局的小白兔呢?

每位公民都曾有那么几次梦想过,如果能当一日的独裁者,那时他要做些什么。如果是我的话,我铁定会尽我所能地对许多事物颁布规定;别的不论,我一定会下达所谓的“木莓禁令”。它是这样的命令,禁止任何园丁在篱笆边种木莓,否则就要接受砍断右手的处罚。很抱歉,如果你的邻居种了木莓,以至于无法无天的它甚至蔓延到你的杜鹃花中间,你会怎么想?这些木莓可以长到离地数米高;没有任何篱笆、墙壁,甚至战壕、铁丝网或是警告标识可以阻挠它;之后甚至在康乃馨或月见草的枝干上也会冒出木莓芽根,我跟你说!甚至木莓的果实都让蚜虫觉得太苦!甚至你睡觉的床中间也会长出木莓幼芽!甚至你库房里的大斧头都会不知不觉地冒出木莓来。如果你是个既有美德又有纪律的园丁,那你就不该在篱笆边种木莓、两耳草、向日葵,或是

其他我们所谓会侵入你邻居私有领域的植物。

当然，如果你想讨好邻居，那就请在篱笆边种甜瓜吧。曾有那么一次，邻居花园的甜瓜甚至长到越过我家篱笆，由于它是如此破纪录的巨大而甜美，以至于所有的植物图鉴出版商、诗人，甚至大学教授都大吃一惊，因为他们无法了解，为什么这么庞大的甜瓜可以挤过篱笆间的空隙。一段时间后，那甜瓜已经看起来大得不怎么讨人喜欢了；于是我们将它砍下来，然后为了惩罚它而将它吃到肚子里。

爱园人的七月

依据正规的园丁守则，七月是玫瑰接枝的时候。通常我们得这样做：先准备野蔷薇、野苹果或是其他可用于接枝的树种；然后要有大量的韧皮和所谓的园艺用刀或是剪枝刀。当一切都准备就绪后，园丁就会用自己的拇指尖试试刀口利不利；如果这把剪枝刀够利，那它应该能割伤拇指并留下一道流血的伤口。然后你得用好几米纱布来包扎伤口，最后开得又大又满的花苞会从这手指长出来。这就叫玫瑰接枝。如果你手头没有野蔷薇，还可以通过别的机会来获得同样的结果，像是开动车床，让狼咬一口，切掉枯枝和干花，修剪灌木或是其他类似的活动。

完成玫瑰接枝的工作后，园丁会发现他必须再次松动花圃中被烤焦的土壤。这活儿一年至少得做六次，

而且园丁每次都会从土里挖出让人无法置信的大量石头与其他杂物。部分原因可能是石头会从某些种子或蛋里长出来，或是持续地从神秘的地底世界冒出来；也许土地会用某种冒汗的方式将石头冒出来。园丁利用所谓的腐殖土来做花园的培育土，实际上它里头必须包含以下成分：土壤、肥料、腐叶、泥炭、石头、碎玻璃、破杯盘、钉子、铁丝、骨头、胡斯派的箭（husitské šípy）[①]、巧克力锡箔纸、砖块、旧硬币、旧烟斗、厚玻璃、小镜子、旧标签、罐头盒、线头、纽扣、鞋底、狗粪、煤块、锅子把手、脸盆、抹布、瓶子、内衣裤、奶罐、搭扣、马蹄铁、果酱瓶、绝缘材料、报纸碎片与其他不胜枚举的东西，害得园丁每次在花园里挖到这些东西总是惊讶不已。或许某天他会从他的郁金香底下挖出美国炉子、阿提拉的坟墓（Attilův hrob）[②]或西比尔预言集（Sibylliny knihy）[③]；在一块培育

---

① 胡斯派指追随波希米亚宗教改革家胡斯（Jan Hus，1370？—1415）的基督教徒。此处指波希米亚民族英雄杰士卡（Jan Žižka，约 1360—1424）。他早年一目失明，后来在领导胡斯派反对波希米亚国王西吉斯蒙德（Zikmund，1368—1437，1419—1437 在位）的战斗中，另一只眼睛为箭所伤。——编者注

② 绰号上帝之鞭的匈奴王阿提拉（Attila，？—453）陵墓所在，始终不为世人所知，因为埋葬他遗体和财宝的人都被匈奴人处死了。——编者注

③ 西比尔（Sibyla，或译西比拉）是古希腊传说和文学中的女预言家。起初她的名字用单数，西比尔一词被当做其专有的名字。公元前 4 世纪晚期始，西比尔的数目有所增加，并成为一个头衔。传说著名的库迈（Cumae）西比尔预言集残卷收藏在卡皮托利尼山（Kapitol）的朱庇特神殿里，供紧急时刻查阅。人们相信，一位犹太或巴比伦的西比尔写过一部犹太-基督教的《西卜林神谕集》（*Oracula Sibyllina*）。这些预言实际出自某些犹太教和基督教作家之手，约在前 150 年至后 180 年间。——编者注

用的花圃里是什么东西都可能被挖出来的。

但是七月最令人操心的还是为花园浇水与灌溉。如果园丁用洒水壶浇水，他会像里程计数器般算着自己浇了几壶水。“啊哈，”他像是破了纪录般骄傲地宣称，“我今天浇了四十五壶水！”你必须了解，把清凉的水浇在干枯的大地上，是多么令人欣喜的事；想想傍晚时分给已被晒昏的花朵与叶子洒水的感觉；当整个花园被浇上解渴的甘霖时，它会像干渴的朝圣者般舒一口气——“啊呀，”朝圣者抹去胡子上的水珠，说：“真的是太渴了！神啊，再赐我一杯吧！”为了解决这七月之渴，园丁会飞奔去再灌一壶水。

用水龙头和橡皮水管浇水，当然速度更快，范围更大；在很短的时间里，我们不仅浇了花床，也浇了草坪，连隔壁喝下午茶的一家人、过街路人和屋内的家庭成员也不例外，当然被浇得最多的还是我们自己。像这种从水龙头喷出来的水柱有惊人的功效，几乎等于机关枪一样；只要一瞬间的工夫，你就可以用这水柱在地上挖出一条壕沟，除掉遍地杂草，横扫枝上枯叶。为了削减它的威力，你可以迎风喷出这水柱；保证你马上全身湿得像做过水疗一样。水管对于漏水口似乎有特别的癖好，尤其喜欢在水管中间漏水，那个让你真想臭骂一顿的位置；然后你就像维纳斯般站在喷泉水柱中间，一

条水管长蛇蜷曲在你脚边；这可真是震撼人心的一幕啊。当你已经湿得像个落汤鸡时，你终于满意地宣称花园已经浇了足够的水，然后转身准备去将自己身体弄干。就在这时，你的花园又发出嗷嗷的渴叫声，原来刚刚浇的水已被吸得一干二净，它又像之前一样干渴了。

德国哲学家主张，这个粗糙的经验世界应该是受无上命令统治的，也就是“你应该，所以你能够(das Sein-Sollende)”[①]，因为应该发生，所以一定会发生。我们园丁到了七月特别欣赏这条法则，因为他们深知，哪些事是应该发生的。“老天应该下场雨，”园丁用特有的口吻表达他们强烈的看法。

但你会发现事情常常是这样：当太阳射线，所谓的生命源泉，让地面温度升至五十度以上时；草地会变得焦黄，树叶会变得枯萎，树上的细枝也会因为干渴与酷热而垂下头来；大地龟裂，或是被烤成石头，甚至碎裂成灼热的粉末，然后，合理的推论是——

一、园丁的水管干裂，无法为花园浇水。

二、自来水站出了问题，一滴水都流不出来，而你，像是活在烤炉中；而且绝对是烈火灼身的大烤炉。

这段时间，园丁徒劳地用自己的汗水来灌溉土地；

① 这是18世纪德国哲学家康德所提出的看法。

你可以想象，我们这样说好了，连最小的一块草皮，也不知要流多少汗才够。不论你怎么骂娘、诅咒、谩骂、吐口水，都毫无作用，即使我们每个人都跑去吐一口口水（每滴水都有它的用处），也是丝毫无补。于是园丁只好寻求老天的帮助，开始听天由命地反复说："我们应该下一场雨。"

"今年夏天你打算去哪儿度假？"

"哪儿都可以，但是老天也该下场雨了吧。"

"那你对恩格利索夫（Englišově）的辞职有什么看法呢？"

"我觉得，该下雨了吧。"

先生，不然你学学人们，想象那美好的十一月雨季吧；连续四、五、六天都飘着冷冷的细雨；天气一片灰暗与湿冷，寒气从鞋底蹿上来，冻僵你的双腿，直钻到你骨子里去——

就像我说的，老天爷该下雨了。

我们有玫瑰、福禄考、堆心菊、金鸡菊、萱草、唐菖蒲、风铃草、附子草、旋覆花、龙头花和黄金菊——老天保佑，在这种坏时节，我们还有足够多的花可以绽放。总是会有些花开，有些花谢；你总得剪去一些枯萎的花枝，而且一面剪一面低语（当然是对花儿说，而不是对自己说）："现在轮到你了，阿门。"

请你仔细瞧瞧，瞧那些花儿，它们可真的很像女人;她们是如此美丽,如此娇艳欲滴,你的眼睛一直盯着不想放,你永远无法窥尽她们的美貌,每次都有新发现,老天爷,她们每一个的美都绝代无双！但当她们开始枯萎时,我不晓得为什么,好像是她们忽然停止打扮自己(我谈的是花没错),而那些粗鲁的人,会说她们怎么看起来跟泼妇一样。真是太可惜了,我的心肝美人啊(我说的是花没错),真的很令人惋惜,光阴似箭;香销玉殒后只剩园丁长存。

园丁的秋天早在三月便迈开它的脚步：第一步便是雪花莲的枯萎。

植物学专题

人们都知道如何区分各种不同的植物群落，无论它们生长在冰河、草原、寒带、地中海、亚热带或是沼泽地区,同样我们也可以根据其品种来源、发现地点和分布区域来区分它们。

好吧,如果你对植物学有兴趣,你会发现有一些植物喜欢生长在咖啡屋旁边，另一些偏好长在屠宰场附近;有些种类对于火车站的环境特别怡然自得,另一些则对铁路信号员的小屋情有独钟；如果对此做更深入的比较,我们一定会发现,那些长在天主教徒窗外的植物与长在无神论者窗外的植物大不相同，更进一步观察，只有人造花可以在纪念品商店的橱窗里存在,等等。尽管植物地志学据说还在襁褓阶段,但我们可以专注在几种清楚而明显的植物群上。

一、火车站植物可区分成两类:长在月台上的与种在站长花园里的。月台上的植物通常是高挂在篮子里，有时则摆在檐边或是窗边，车站特别适合旱金莲、半边莲、天竺葵、矮牵牛与秋海棠生长，这里总是会有一些较为高贵与高级的植物。火车站植物吸引人的地方在于它不寻常的繁花盛开现象。站长花园里的植物则较为逊色；你只能发现一些普遍流行的类种，如玫瑰、勿忘我、半边莲、忍冬等。

二、长在铁路信号员花园里的铁道植物。属于此类的植物包括蜀葵和向日葵，还有旱金莲、野蔷薇、大丽花，有时也有紫菀；很明显，这些植物大部分会攀满围篱，或许是为了安慰某位火车司机才长成这样的——野生的铁路植物则长在铁轨边；它们包括半日花、金鱼草、毛蕊花、春黄菊、牛舌草、野百里香以及其他的铁道植物种类。

三、屠宰场植物则长在屠夫窗边，长在被肢解的动物尸体、火腿、羔羊及香肠之间。它们的种类并不太多，主要是桃叶珊瑚、非洲天门冬和仙人掌科植物如仙影掌和刺猬掌；在宰猪场有时也可以发现种在小花盆里的南洋杉与报春花。

四、酒馆植物共有两类，分别是长在门前的夹竹桃与长在窗边的蜘蛛抱蛋；一般卖家乡土菜的小酒馆里，他们的窗边通常有瓜叶菊随风摇曳；在餐厅里则有龙血树、喜林芋、宽叶秋海棠、各色锦紫苏、马缨丹、无花果等植物，现场就像是那些好玩弄词汇的作家所形容的，“这片台地沉浸在热带林叶的甜美怀抱中”。在咖啡屋里，只有蜘蛛抱蛋长得好；相反，在棚屋区则繁茂地生长着半边莲、矮牵牛、紫露草、月桂和常春藤。

据我观察，没有任何植物能在以下地方长得好，像是面包店、兵工厂、汽车卖场、农机商店、五金行、皮货行、文具店、帽店，等等。在办公室窗边，要不是冒不出芽来，就是长出红白相间的天竺葵；办公室植物的生死完全操控在职员或主管的意志和想法上。由此我们可以看到各种不同的办公室传统；虽然在铁路局那儿可以长出多彩多姿的植物，但在邮局和电报局那里则几乎看不见什么植物；自治性强的办公处所，那里的植物长得要比纯官僚机构里的繁茂，后者尤其是税捐处，根本就是荒漠一片。

当然还有自成一格的植物阶级，那就是墓园植物，尤其是名人墓园里围绕着石膏像的各类花草，它们包括夹竹桃、月桂、棕榈以及心情不佳的蜘蛛抱蛋。

至于窗边植物，也可分成两类：穷人和富人的。穷人家的植物通常长得较好；而有钱人家的窗边植物则一定活不长，那时他们都待在夏日度假小屋。

关于各类植物会在哪些特定地点长得繁茂的植物学研究，是不可能被穷尽的。若将来有机会，我一定会去调查哪一类人会种倒挂金钟或西番莲，而哪一种职业的人又会对仙人掌狂热不已；可能有那么一天，我们会发现专属于某一政党的植物。世界是如此辽阔与丰饶；每种职业，说真的，甚至每一个政党，都可以有属于他们自己的植物！

爱园人的八月

八月是这样的时节，通常业余园丁会抛弃他心爱的花园而跑去度假。一整年他都发誓说，今年夏天他不会去任何地方，因为他的花园比任何度假小屋都好，而且身为一位园丁，他绝不会疯到让自己被困在火车上，然后因旅途的不顺而不断诅咒。尽管如此，他还是抵挡不住夏日的诱惑，飞也似的逃离城市，或许是因为身上还有游牧民族的血统，也可能只是因为邻居的絮叨。当他离开时心情沉重，心中依然充满了对花园的不舍与挂念；如果没有找到一个可信赖的朋友或亲戚，在他不在的这段时间照顾他的花园，他是绝对不会离开的。

“你看，”他说，“现在花园里根本没有什么活；如果你每隔三天来瞧一瞧，打理一下，那就够了；若是你发现有什么问题，就寄张明信片通知我，我马上赶回来。所以一切就拜托你了。就像我说的，五分钟就好，你只

需稍稍打理一下就成了。”

把花园托付给某位热心好友后，他就离开了。第二天这位好友接到一封信：“我忘记跟你说了，花园每天都需要浇水，最好是清晨五点与傍晚七点各浇一次。这也没什么，你只消将橡皮管接到水龙头上，然后浇它一个钟头就可以了。拜托你一定得给每一棵球果植物浇水，尽量每片叶子都浇到，草皮也是一样。如果看到杂草长出来，请顺手拔了它。好了，没事了。”

隔天又一封：“天气十分干燥，拜托你行行好，请给每株杜鹃花至少两桶温水，每株球果植物五桶水，至于其他的树至少也得浇四桶水。而那些正在开花的常绿植物，则需要大量地浇水——请给我回信，让我知道有哪些正在开花。枯萎的枝干一定得剪除！如果你能用锄头来松土的话，那就更好了；这样泥土就可以更好地呼吸。如果玫瑰上有蚜虫，请你买烟草萃取液来清洗，记得只有在清晨露珠未干或是刚下完雨的时候才可以使用。目前大概就交代这些。”

到了第三天：“我忘记跟你说了，那就是草坪一定要修剪；你可以用割草机，如果有割草机无法修剪的，就用剪刀剪。但请注意！完事后一定得把草耙好，并用扫把扫干净！否则草皮会变得很丑的！还有浇水，得不断地浇水！”

第四天：“如有暴风雨来袭，请你立刻跑去看一下

我的花园。有时大雨会造成严重的破坏,所以你最好现在就在那儿守着。如果玫瑰害了霉病的话,麻烦你早早在露水未干的清晨为它撒上硫磺粉。常绿植物请绑在支架上,以防被风吹断。我这里实在太棒了,满山遍野都是蘑菇,还有令人筋骨舒张的温泉。别忘了每天为屋边的蛇葡萄浇水,那里太干燥了。顺便帮我收好小袋子里的冰岛罂粟种子。我希望你已修剪了草坪。这样的话,除了扑灭蠼螋外,你就再也不必做什么了。”

第五封信:“我给你寄了一小箱植物,那是我在森林里采集的。包括好几种兰花、野百合、复活节花、鹿蹄草、响穗草、银莲花等。如果你收到包裹,请你马上,立刻打开它,先为这些幼苗浇点水,然后在花园里找块荫凉的地方将它们种下去!请加些泥炭和腐叶土!一旦种好,请每天浇三次水!最后拜托你,请修剪玫瑰的枝叶。”

第六天的信:“我寄了一个快递包裹给你,里头都是从乡间采集来的植物……请立刻将它们种到土里去……晚上的时候,请你提着小灯到花园里看看并顺道扑灭蜗牛。如果能除掉小道边的杂草更好。我希望不会因为照顾我的花园而花掉你太多的时间,也期待你能享有自得其乐的时光。”

当那位热心的友人想到自己所担负的责任,灌溉,修剪,松土,除草,还得抱着那箱幼苗在花园里四处寻

觅，看看哪里才可以将它们种下去；他从头到脚都大汗淋漓，因为他恐慌地发现，这里有些植物在枯萎，那里有些花枝已折断，而草坪变得杂草丛生，整个花园看来一副饱受摧残的样子，他开始埋怨，后悔当初为何要将责任揽在自己身上，然后他开始祈祷，希望秋天能早日来临。

而此时，花园的主人也正在惦记着他的花儿和草皮，睡也没睡好，不免责怪起他那热心的朋友，怎么没每日按时写信向他报告花园的近况呢，然后他算着归期，每隔一天就寄一箱从乡间采集来的植物，里头并附上一封像是青年守则的信。最后他终于回来了，行李还提在手上，就迫不及待地冲到他心爱的花园里，四处张望，眼眶湿润——

"那个懒鬼，那个笨蛋，真是头猪，"他痛苦地想，"看他把我的花园搞成了什么样子！"

"谢谢你，"他勉强对他朋友说，然后像是当场给他难堪似的将水管扯过来，接着便转身去灌溉这可怜的花园。（白痴，他心里这么想，亏我这么信任你！以后我再也不会做如此疯狂的事了，就为了度假而将你交到别人手里！）

至于那些野生植物，园丁抱着神奇的梦想，希望可以将它们栽入自己的花园；但加入这些野生植物后反

而看起来不自然。“该死，”他望着远方的马特峰（Matterhorn）[①]或是格尔拉赫峰（Gerlachovka）[②]，心里头想着：“如果我花园里也有座山该多好；还有长着巨木的原始森林、开垦地、溪流或是湖泊也不错；一片绿油油的草原若能摆在我的花园里不知有多好，或是一个海湾和一座阴森的哥特式修道院。我多么想拥有一棵古老的酸橙，一座古典喷泉摆我这儿一定不错；再加上一群雄鹿或是一些羚羊，或至少一条老白杨林荫道；还有石头、小河、茂盛的橡树林、水花飞溅的瀑布，最少也给我一块幽静的翠绿山谷吧——”

如果可以与魔鬼订下契约，用自己的灵魂换取所有的愿望成真，园丁肯定会出卖他的灵魂；但可怜的魔鬼，你得小心了，因为你将会为收买这灵魂而付出巨大的代价。“可怜的家伙！”魔鬼最后说，“你无须被欲望所折磨，你还不如上天堂去吧——地狱不是属于你的地方。”魔鬼愤怒地甩着尾巴，将种了小白菊和堆心菊的花园蹂躏一番后，才扬长而去，留下爱园人与他热情而永不满足的欲望。

---

① 位于瑞士与意大利交界，阿尔卑斯山脉著名山峰，滑雪圣地，海拔 4478 米。

② 斯洛伐克境内最高峰，海拔 2655 米。

你要知道，我谈的是花园的园丁，而非种果者或种菜者。就让种果者去对他的苹果与梨子微笑，让种菜者去欢喜采摘他的甘蓝、西葫芦和芹菜吧；真正的园丁明明白白地体认到，八月才是所谓的转换期。才刚盛开的花朵，随即便随风凋落；虽然秋天还有紫菀和菊花的花季，但之后也就拜拜了！但是，但是，还有闪耀的福禄考、金黄的千里光和一枝黄花、耀眼的金光菊和灼亮的向日葵，还有你和我，都还不到轻言放弃的时候！一年到头都是春天，而整个生命将永远保持年轻；万物将不断绽放；我们只能说，秋天是这样的；我们不过换种方式绽放，我们在地底生根，我们在抽发新芽；永远有事可做。只有你，你们这些只知游手好闲的人，才会说情况越来越差的风凉话；对那些即使是在十一月也能开花结果的植物来说，它们不懂什么是秋天，只知永恒的夏日；更不明了凋零一词的含义，而只知生生不息。秋天的紫菀，亲爱的朋友们，一年是如此漫长，它是永无尽头的。

关于种仙人掌的人

我称他们为基本教义派，并不是因为他们以极大的热诚来培植仙人掌;这种状态只能被称为狂热、癖好或是迷恋。基本教义派的本质不在于狂热地去做某件事,而是狂热地信仰某些东西。那些所谓的仙人掌栽植者,他们有些人相信大理石粉的功效,有些人则信赖砖粉,还有些人信赖炭粉;一个人认为要浇水,另一个就持反对意见;什么是真正的仙人掌专用土,向来是个大秘密,即使你打断他的腿,也没有任何一位仙人掌迷会吐露半句。所有的宗派、仪轨、学派、传承、门徒、炼金术士、仙人掌迷,都莫不宣称只有他们的绝学才能使奇迹式的结果诞生。瞧瞧这棵僧帽掌。你在别的地方见过这样的僧帽掌吗？我跟你说,但你得保证不泄露出去:绝对不可以直接浇水，而只能洒水。就是这样。——什么!另一位仙人掌迷大叫。你听谁说可以给僧帽掌洒水的？你要冻坏它的叶柄吗？哎，我说先生，若不想你的僧帽掌直接烂掉，你必须连盆将它浸在水温二十三点七八九摄氏度的软水中，每周一次。之后，跟你保证，它会长得跟芜菁一样大。——我的老天爷，第三位仙人掌迷尖叫，看哪，这可怕的凶手！先生，如果你将花盆弄湿，那仙人掌就会变得绿色原球藻般软绵绵的，它的土会变酸，那你就有好戏瞧了，没错，有好戏瞧了！因为你的僧帽掌会自根部开始腐烂。如果你不想让土壤变酸，你得每隔两天浇一次蒸馏水才成，你得确保每立方厘米的土壤只含零点一一一一一一克的水分，水温必须比室温高上半度。——忽然这三位仙人掌爱好者同时尖叫起来，然后开始用拳头、牙齿、脚与指甲攻击彼此；但是世界就是这样，真正的真理并不是靠暴力就可以得到的。

事实是，仙人掌确实值得我们付出狂热的迷恋：因为它们是如此的神秘。玫瑰很美，但并不神秘；神秘的植物包括百合、龙胆、金羊齿、智慧之树、原木、几种蘑菇、茄参、兰花、冰花、有毒与药用植物、睡莲、日中花以及仙人掌。这里头到底蕴含着什么样的神秘性，我也说不出个所以然来；但神秘性的确具有一些特征，一些能迷惑你，让你发现的特征。有些仙人掌长得像是豪猪、黄瓜、西葫芦、烛台、细颈瓶、神父方帽、蛇穴，覆盖着鳞片、乳头、毛发、爪子、疣子、刺刀、弯刀和星星；它们或笨重或细长，像一团枪骑兵森然的长矛，或一排步兵乱舞的长剑，胖大，细瘦，起皱，有疤，多须，乘张易怒，阴沉忧郁，鹿砦般刺人，草篮般缠绕，看上去好似肿瘤，动物或是武器；这是在创世第三天所创造的植物里最具阳刚气的。（“我真的是疯了，”造物主看到自己的杰作，也不免大吃一惊。）你可以为它痴狂，但不可以无礼地触摸它，甚至亲它一下，或是给它一个拥抱；它们不接受任何亲昵或是轻浮的举止；它们如同石头般坚硬，全副武装，绝不退让；再过来一点试试，小白脸，你再过来，我就开火了。这一小簇仙人掌，看起来像是一群处于备战状态的小精灵。你可以将其中一个的头或手砍掉，但它们马上就会生出另一个手中挥舞长剑和匕首的新战士。生命是一场战斗。

但在有些神秘时刻，那顽固又乖张的仙人掌会突然遗忘一切，然后做起白日梦来；接着从它身上便开出花来，那花儿可是开得既饱满又亮丽，出刀光剑影而不染杀戮之气，充满了皇家气质。这可是上天神圣的赏赐，不是人人都能得的恩宠。我跟你说，仙人掌迷吹嘘的口吻可不比爱子心切的母亲差，因为他种的仙人掌开了花。

爱园人的九月

根据我的观察——从园艺学的角度来看——九月是个值得感谢又深具意义的月份；不只因为此时将会盛开一枝黄花、紫菀和印度菊，以及对任何人来说都是娇艳动人的大丽花；你们这些多疑的家伙，九月可是被挑选出来让百花再度盛开的月份：二度花开之月，葡萄酿酒之月。九月是如此的神秘，处处充满深刻的含义，大地为了九月再度敞开心房，我们因此又可以再度栽种植物！现在让我们去瞧瞧大地，看看在下个春天来临前我们可以种什么；这让园丁又有了机会，可以再跑到苗圃主人那里，看看他们到底在培育什么新植物，好为明年春天挑些宝贝；这也给了我们机会，让我们可以从日常生活的轮回里脱离出来，然后去向那些专家致敬。

伟大的园丁或是苗圃主人，他们通常都不喝酒，不

抽烟，一言以蔽之，品德高尚者；在历史上，他的名字不会跟任何引人注目的罪恶、战争与政治事件牵涉在一起；他的名字通常因培育出新品种的玫瑰、大丽花或苹果而永垂不朽；这样的名声——通常不为人所知或是隐藏在别的名声背后——对他来说已经足够。似乎是造物主的游戏，园丁往往有点肥胖且体型庞大——也许他是恰好被创造出来与柔弱而优雅的花儿配对的吧；或者，造物主创造他的时候参照了大地之母库柏勒（Kybele）[①]的形象，这象征了他广博的慈悲母性。实际上，当他十分专业的手指在盆盆罐罐里翻弄时，我们几乎可以说，那就像他在给予他的小保护人庇护一样。他厌恶景观设计师，而景观设计师也将苗圃主人当草包看。你要晓得，苗圃学不只是一种技艺，而且是一种科学和艺术；当人们都不了解此点时，他会反唇相讥，称他的竞争者为精明的商人。当你光顾园丁的苗圃时，你碰到的状况可不比你去逛服饰店或是五金行的时候，因为在那里，你只要说出你想买什么，付了钱后，拍拍屁股就走。去园丁那里是为了聊天：请问他这花叫什么名字，怎么种的，告诉他你去年买的薄果荠现在开得真

---

① 或译大神母。起源于小亚细亚的大地女神，也是众神及地上一切生物之母，使自然界死而复生，并赐予丰收。

对库柏勒的崇拜，较早与对希腊女神瑞亚（Rhea）的崇拜合流；在罗马，则与当地的播种和丰饶女神俄普斯（Ops）合流。——编者注

好;或是抱怨今年你把滨紫草给种坏了,想请他介绍一些新的品种。还得跟他来一番辩论,看到底是鲁道夫·歌德(Rudolph Göthe)好,还是爱玛·贝度(Emma Bedau)更漂亮(它们都是紫菀的名称),而且还得顺道猜一猜,到底种克氏龙胆是用泥煤好还是用腐殖土好。

在聊完这些和更多的话题之后,你终于选择了某个新品种的庭荠(老天,要将它种在哪儿?),一株飞燕草,好用来取代之前枯死的,还有一个中看不中用的花盆;特别的是,在经过这具有启发性与娱乐性的几个小时后,一样得照常付钱,即便他不是生意人,你还是得付大约五或六克朗。而你,可怜的家伙,当你碰到一位真正爱苗圃胜过爱生意的园丁时,他是不会轻易就放你走的,他还会继续纠缠,好比要你请求他帮着挑选六十种"最高级、最上等的花儿"。

每位苗圃主人都发誓说自己花园的泥土糟透了,而且他绝对没有施肥、灌溉,更没在冬天时进行覆土的工作;部分原因是他想告诉你,他的花儿会长得那么好,纯粹是一片至情所感。这里头包含一些事实:在园艺领域,人们的确需要幸运之手的眷顾,或是来自更高存在的关爱。真正的园丁随手在地面插一片叶子,不久那里就会长出灿烂的花朵,同一时刻,我们这些俗人却只能乖乖地播种、插苗、灌溉、施肥、除虫;而最后,我们还是落得眼睁睁看它们枯萎的悲惨下场。我想,这里头

存在一些魔力,就像狩猎或是医疗时所需要的一样。

培育新的品种，是每位热情的爱园人心中深藏的秘密梦想。先生,如果我能培育出金色的勿忘我,令人难忘的蓝色罂粟花,或是白色的龙胆——什么,你说蓝色会比较美?其实什么颜色都一样;但是白色的龙胆还不存在啊。再者,你知道的,即使只是培育花草,人们也会有些排外心态；如果捷克玫瑰在世界性比赛中胜出美国的独立纪念日或是法国的赫里欧(Herriotkou)[①],那我们心中可是会充满了骄傲和喜悦啊。

我诚恳地建议你，借花园一角的斜坡或是围篱来布置一个岩石花园。想想看,岩石花园布满了虎耳草、南庭荠、庭荠、水田芥以及其他令人目不暇给的小型高山花卉,这将是多么动人的一幅画面呀;再者,布置岩石花园这件事本身,就是项有意义与令人着迷的工作。布置岩石花园时，你会感觉自己就像库克罗普斯(Kyklop),用所谓原始的神力把一块又一块石头堆砌成山丘、峡谷、险峰、峭壁[②]。接着,你忍着腰酸背痛,检视自己刚刚

① 即 Mme. Édouard Herriot，赫里欧玫瑰。以法国政治家和文学家赫里欧(Édouard Herriot,1872—1957)为名。培育者是法国园艺家佩尔内-迪谢(Joseph Pernet-Ducher,1859—1928),时在1913年。——编者注

② 库克罗普斯即独目巨人。古希腊人认为,凡有所谓巨人建筑物,即迈锡尼时代用巨石砌成的宏伟建筑之地,都是其建筑者独目巨人居住过的地方。——编者注

完成的伟大杰作，却赫然发现与原先设想的浪漫山水大相径庭；它的造型看来就像是一堆任意摆放的凌乱石堆。不过也别太在意；不消一年的光阴，你的石头就会转化成最美丽的苗圃，上头布满星星点点的小花，它已变成最漂亮的花床；此时喜悦将重新降临到你身上。我跟你说，你一定得造个岩石花园。

一切已无法掩藏：秋天来了。一叶知秋，你可以借着秋天的菊花与紫菀听到秋的脚步——秋天的花儿绽放得如此丰盛而饱满；它们一点也不虚张声势，花就是花，但它们是如此动人夺目！我跟你说，秋季的繁花盛开要比初春的百花争妍来得热情。它们散发着成熟动人的优雅气质：当要开花时，便毫无保留地展现生命的丰润；溢出的诱人花蜜，让蜜蜂为之疯狂。这代表什么，在丰饶秋天里飘落的一片叶子为我们说明了什么？难道你还不明白，自然是生生不息的？

大　地

已逝的母亲还年轻的时候，喜欢用扑克牌算命，当她从牌堆里抽出一张纸牌时，她总是呢喃道："我脚下踩着什么呢？"当时我不理解为何她会对踩在脚下的东西有兴趣。多年之后，我也开始对踩在脚下的东西充满兴趣。我终于发现，我是踩在大地上。

人们从不关心他们脚下踩着什么；人们像发疯了似的忙进忙出，最多在四处张望的时候，不经意间会注意到头顶上飘浮的云朵，或是远处的辽阔地平线与苍翠群山的美丽；但人们却吝于低头看视，好给脚下那片土地一声关爱与赞美。即便只拥有巴掌般大的花园，即便只拥有一小块苗圃，你也得知道，你脚下踩的是什么。只有这样，老兄，你才会明白，任何天上的云霞都不如脚下的大地美丽与伟大。你要知道，土地可以是酸的、硬的、黏的，也可以是湿冷、多石与腐坏的；你应该能分辨，泥土可以像姜饼般蓬松温暖，也可以如面包般柔软细致，接着你说，真是太美了，就像你平常赞美女人和天上的云彩。当你用木棍探入那蓬松而易碎的土地时，当手指感受到小土块松软而微温的触感时，一股来自心窝的疼惜会不自觉地油然而生。

如果你体会不到这种特殊的美感，那就让命运送你几亩黏土地作为处罚，那黏土地像晴时多云偶阵雨般不可捉摸，把你搞得团团转，锄头一锄就像口香糖般软塌塌的，太阳一晒就焦黑，暗处一晾就酸败；它油滑，脾气不好，可塑性差，它像熟石膏般黏腻，蛇一样滑不唧溜，砖头般干燥，锡一样密不透风，铅块般沉重。不论你用斧头砍，用锄头敲，用榔头捶，不论你多么努力地收服，咒骂，哀求，它还是无动于衷。

然后你就会了解，那充满生机的大地要保护自己时，它会以什么样的敌意与冷酷的化身来抗拒这个世界；你也会明白，植物要在地下生根需要经历多么艰苦的奋斗过程，而这就是所谓的生命，不论对人类或是植物都一视同仁。

接着你会知道如何对待土地——给予当多于索取；为了使它变得松软、肥沃，你必须拿石灰来调理，以温肥来灌溉，将煤灰撒在土壤表层，让大地充分吸收阳光与空气。这样，黏土会裂开，粉碎，像是静静地在呼吸一般；锄头轻轻动一下，它就毫不费力地被敲碎；握在手掌里,可以感受到它的热度与可塑性;它已完全臣服了。我跟你说，让几亩黏土地臣服可是不得了的大胜利。现在它躺在那儿,等着被耕种,泥土又软又湿,你会想用手抓一把，在指间揉搓，好确定这是属于你的胜利;即使你还不知道该种些什么。当你望着这深色的松软泥土时,你不禁自问,难道它还不够美吗？难道这不比一床三色堇或是胡萝卜更令人心动吗？你几乎要嫉妒这些植物了,它们是如此紧密地依附于这高贵、仁爱的作品,它的名字叫沃土。

自此之后，你再也不会对脚下所踏的这块土地毫无知觉了。你会尝试用手掌与手杖去感觉每一堆黏土,田野里的每寸土地，这好奇感与期待心就如同其他人热爱观星、看人、赏花一般;你会因为发现一片黑色沃土而感到欣喜若狂，你会充满爱意地抚摸森林里的腐叶土,甚至用手掂量泥煤的重量。先生,你将会说,为了它我希望能拥有一驾马车;即使只有一堆,一小车的腐叶土也好;还有这些沃土,我可以将它们堆在园土的表层,再加点牛粪也不错,再混些河沙也可以,还有砍树后留下来的树屑也是精品,这里还有些小溪里的淤泥,大街上扫来的尘土也不赖,不是吗？还有磷肥与刨花,都是可以拿来调理大地的珍宝,老天爷,你说是不是!还有些土壤肥如烟熏猪肉,轻如飘逸鸿毛,软若蜂蜜蛋糕,有浅有深,或干或湿,这都是大地变化多端的美丽面貌;至于那些泥泞、湿冷、粗硬、板结、贫瘠、荒芜、死寂的土壤,是对人类的诅咒;它们就像人类的灵魂一样丑陋,充满冷酷、麻木与恶意。

爱园人的十月

有人称它十月；有人说这是大自然陷入沉睡的时刻。园丁这方面比我们精通，他会跟你说，十月如同四月一般美好。你应知道，十月是春天的第一个月份，是地底种子悄悄萌芽、嫩枝暗暗生长的月份；你只消轻轻挖开一点点土，就会发现已长成拇指粗细的嫩芽，旁边是脆弱的幼枝与耐不住性子的根——没想到春天已经在这里了；出门吧，亲爱的园丁，该栽种了（但请注意，别让你的铲子割伤正在萌芽的水仙球茎）。

在所有的月份中，十月是栽种和移植之月。初春的时候，园丁站在花床前，望着地面冒出的几棵嫩芽，若有所思地说道：这儿看来有些空荡荡的，我得在上头种些什么。几个月后，园丁再次站在同一花床前，那儿早已长满了两米高的飞燕草、一丛小白菊、一大片风铃草，天知道还有些什么。然后他若有所思地说：这里好

像种得太多，有些过于拥挤了，我得重新安排，将它们移开些——等十月到了，园丁再度站在同一花床前，望着散落四处的枯枝落叶，他若有所思地说：这儿有些单调与空洞，我得种些什么，看是六枝天蓝绣球，还是较为高大的紫菀。接着他会立即行动。园丁的生命总是充满变化，并且拥有旺盛的意志力。

当园丁在十月发现他的花园里有块空地时，他会暗暗发出满足的呻吟。哎哟！他对自己说，我看这里以前一定种过些什么，等等，我该在这块空地上种点东西才是；到底是一枝黄花好，还是响穗草好，这些我都没种过，我想还是种泡盛草才对；不过秋天应该多种除虫菊，虽说那个多椰菊若在春天种也是不赖的。停，我该在这里种香蜂草——不论是日落绯红或是剑桥赭红都成。那这样如何，把萱草种在这儿该也是个好主意吧。随后他在冥思中步上回家的路，沿途他还想到，刺续断也是惹人爱怜的植物，更别提金鸡菊了，至于药水苏的表现也不落人后；然后他赶忙从育苗场订购了好几床的一枝黄花、响穗草、泡盛草、除虫菊、多椰菊、香蜂草、萱草、刺续断、金鸡菊、药水苏，最后他还在名单里添上牛舌草和鼠尾草，接下来是连续几天的抱怨，因为他订的花苗还没寄来；等邮差终于送来一整箱的花苗时，园丁拿上铲子，拔腿就冲往那块空地。铲子才刚挖下去，他就翻出一大把植物的根结，上头还附着一堆肥嫩幼

芽。我的耶稣马利亚，园丁大声惊呼，我忘了我已经在这里种了金莲花！

没错，他们都着魔了，老是想在自己的花园里种满各种植物，他们想要拥有六十八种双子叶植物、十五种单子叶植物、两种裸子植物——隐花植物里的蕨类缺一不可，因为石松和苔藓实在太难搞了。除此之外，还有比着魔更疯狂的，他们将生命奉献给某一种类的植物，这一种类中所有可以种植的、能喊得出名号的变种他们都要。举例来说，像鳞茎类花卉的爱好者，他们对郁金香、风信子、百合花、雪百合、水仙花，以及其他鳞茎类植物，有着不可言喻的痴迷；而耳状报春花的崇拜者，他们将忠诚全部奉献给报春花；至于银莲花属植物的追随者，他们则不顾代价地收购风花；还有鸢尾属植物或是旗瓣[①]的迷恋者，如果他们没收集到无髯群、具髯群、美髯群、突环群、朱诺群和剑叶群鸢尾等品种，他们将会痛不欲生；飞燕草属植物的爱好者，以专门种植飞燕草为乐；专攻玫瑰栽种的，他们据传只与德鲁施基（Paní Druschki）、赫里欧（Paní Herriotovou）、泰斯托（Paní Karolĭnou Testout）、科德斯（Panem Wilhelmem Kor-

① 鸢尾花冠裂片六枚，外轮三枚外弯，称为唇瓣（垂瓣）；内轮三枚直立，称为旗瓣。——编者注

desem)、佩尔内(Panem Pernetem)[①]等上流社会名人转世投胎的玫瑰长相厮守；至于对福禄考属植物很着迷的人,他们会尽情嘲讽那些热爱菊花的人士,而菊花的热爱者会在每年十月以其人之道还治其人之身，因为那时是菊花盛开的季节；还有那些充满忧郁的紫菀狂恋者,他们生命中的乐趣只献给秋天的紫菀。在所有的狂热者中,最疯狂的(当然除了仙人掌迷之外)是大丽花爱好者,他们会毫不迟疑地买下新品种的美国大丽花,即使要以二十克朗的高价购得,他们也会在所不惜。他们里头只有球茎类爱好者拥有某种历史传统，甚至还有自己的守护者,那就是圣约瑟,他手握圣母百合的形象广为人知,虽然今天他握着的可能是更为洁白的布朗百合。除此之外,没有其他任何圣者是拿着福禄考或是大丽花的;结果是这些信徒将自己献给花的祭坛,甚至还有人建立了属于自己的教堂呢!

为何这些信徒不能拥有属于自己的圣者的传说呢?让我们虚构一位大丽花圣者的一生,就叫他圣乔治(sv. Georginus)[②]好了。乔治是位正直而虔诚的园丁,在经历长期的祈祷与禁食后，他终于成功地培育出第一

---

① 第一个玫瑰品种由德国的兰贝特(Peter Lambert)培育,第四个由德国的科德斯(Wilhelm Kordes)培育,其余三个皆由法国的佩尔内-迪谢培育。——编者注
② 这是一个双关语,大丽花的捷克语是 jiřina 或 georgina。——编者注

圣乔治 祝福你

株大丽花。当酷爱福禄考属植物的皇帝听到此消息时，作为异教徒的他十分震怒，立刻派遣法警前去逮捕虔诚的乔治。“你这个种土豆的，”福禄考皇帝怒吼道，“现在给我过来敬拜这些凋零的福禄考！”“我不要，”乔治坚定地回答，“因为大丽花是我的大丽花，而你的福禄考不过就是福禄考罢了。”“给我剁了他！”残酷的福禄考统治者下达命令；于是大丽花的圣乔治被剁成肉酱，而他的花园则被夷为平地，上头还撒满了绿色的硫酸盐和硫磺；但圣乔治被剁碎的肉块却化成不同品种的大丽花，有芍药型、银莲花型、单瓣型、仙人掌型与星型的，也有绒球型、木犀草型、微型、玫瑰型、领饰型与混杂型的。

其实秋天是植物大量繁殖的季节；相比之下，如果真要我说，那我觉得春天实在太挑剔了。秋天喜欢以超高标准来行事；你可曾见过春天的紫罗兰长到三米高，或者郁金香长得比树还高？明白了吧；如果不信，你可以尝试在春天种下秋紫菀，等到十月的时候，它就会长成两米高的原始森林，只怕你不敢踏足其间呢，因为一进去可能就会找不到出来的路；或者你在四月时埋下向日葵的根，而现在，你得抬头看它，因为它那金黄色的花朵正嘲讽似的向你挥手致意，你即使踮起脚尖也够不着它们。花园里的事往往逸出常轨，因此在秋天，

花儿会自然改变；每一年园丁会像抱着小猫似的捧着他的常绿植物;每一年他都会满足地说:现在我已将花园里的一切安置妥当了。到了明年他还是会发出同样的感叹。对花园的爱是永无止境的。从这观点来看,花园就像是人类的世界,也是所有人类的志业。

谈秋天之美

我可以写各式各样的题材,秋天喧腾的颜色,令人厌恶的青蛙,亡者的灵魂,天上的星座,最后一朵紫菀,努力绽放的红玫瑰,夜晚的灯光,墓园里蜡烛所散发的气味,干枯的树叶,还有其他种种令人伤感的事物。但我在这里却要为我们捷克秋天的另一美景作证,并且极力赞美它。那就是甜菜。

在这块孕育我们的大地上,没有任何作物像甜菜一样如此大量。通常玉米会被运进谷仓,马铃薯被囤积在地下室;但甜菜却是被堆成堆的;甜菜会像小山般被堆积起来;它们被堆集在小小的乡下火车站旁。火车不分昼夜地运送着一车又一车的白色菜球;男人用铲子将甜菜愈堆愈高,高到几乎像是锥形的金字塔。其他农产品是以各种不同的方式流通到人们屋顶下的,但甜菜却呈现单一方向的流动:它们流动到最近的铁道,或是距离最近的糖厂。甜菜的产量是如此的大;它们像是群众的游行;它们如同军队的阅兵;有一旅、一师及一个军团的甜菜被运输。因此它们是以军队秩序被放置;以几何图形被呈现的,而硕大的几何形有种崇高之美。甜菜农将甜菜堆积得有如纪念碑般宏伟;将它们建造得如同一栋建筑物似的。一堆马铃薯看起来并不像建筑物,但一堆甜菜却不只是甜菜,它们是一栋大楼。城里来的人并不怎么喜欢甜菜园;但在此刻的秋天时节,甜菜却具有永恒不朽的纪念价值。像这样一个由甜菜堆积成的金字塔就有其令人惊叹之处。它是对多产大地的一种纪念。

但请容我高歌一曲,让我为秋天最谦卑的美丽唱一首咏叹调。我知道你家里并没有农地,你也不懂如何将甜菜堆成一大堆;但你曾为花园施过肥吧?当工人把整车还冒着烟、热乎乎的肥料堆到你家门口时,你会围着它转,张大鼻孔与眼睛,细心品鉴它,然后赞许地说:"感谢上帝,这可真是堆好肥料。"

"是不错,"你又说,"就是浓度有点不够。"

"都是稻草,"你很不满意地评论着,"粪肥只有一点点而已。"

"说实在的,像你们这种只知道掩着鼻子躲得远远的,不敢靠近这堆高贵柔软的粪肥的家伙,你们去别的地方做买卖好了;你们根本不明白,什么是好粪肥。"当园圃施过肥后，通常人们的内心会有一股神秘的感受油然而生,因为大地受到了眷顾。

光秃秃的大树,看起来并非如此绝望的景象;它们看起来有点像扫帚或桦树，有时有点像盖房子用的鹰架。但是树上若还有一片孤零零的叶子,在风中微弱地颤抖,那它就像战场上最后还在飘扬的旗帜,在这杀戮之地死去的战士手中仍紧握的军旗。我们虽倒下,但我们绝不投降,我们的精神仍在飘扬。

还有菊花也尚未放弃。它们是如此的轻盈与脆弱，像是诞生自白色或粉红色的泡沫，令人爱怜的模样好似穿着舞衣的小女孩。亲爱的太阳公公起床太晚?清晨迷蒙的雾打搅你了?夹带冰雹的大雨令你心烦?别在意这些,开花是唯一重要的。人类抱怨恶劣的环境,菊花却顺其自然。

信仰也会随着季节改变。夏天人们可能会成为泛神论者，他们认为自己是大自然的一部分；但到了秋天,他们再度回复成平凡的老百姓。即使我们不是虔诚的教徒,我们也会慢慢地重新做人。每个家庭的炉火都是为了向家神致敬而燃烧。对家庭的爱如同对天上星辰的崇拜,是永恒不变的仪式。

爱园人的十一月

我知道，这个世界上有许多不错的职业，例如替报纸撰稿，进入国会为选民服务，列席董事会或者签署官方文件；但无论这些职业有多好或多受人尊崇，从事这些职业的人都无法与拿着铲子的园丁相比，因为他们并没有园丁那种充满纪念性、可塑性，几乎是雕像般的可敬姿态。先生，当你站在花圃前，一只腿倚着铲子，一面擦汗一面说“哦！”，此时你看起来就像一座伟人的雕像；只要将沾在身上的土弄干净，然后在脚下摆一个刻有“工作胜利”、“大地先生”之类文字的基座就行。我这么说，是因为现在正是锄土的时刻。

没错，泥土需要在十一月被翻动和松动：用铲子挖土就跟用勺子或汤匙取食一样，都会给你一种诱发食欲的满足感。好的泥土，如同好的食物，不能太肥，也不能太重，更不能太冷、太湿、太干、太油、太硬、太粗或是

HOMO
HORT. EDULIS

太生；它应该像面包、姜饼、蛋糕或发酵的面团般松软；像沙一样细致，完全无须粉碎；好的泥土在铲子下碎裂时，不会发出扑哧声；好的泥土不应像板、砧、蜂窝或是饺子；当你用铲子翻土时，它应该像是透气良好而且蓬松柔软的可耕地。它们是既可食用又美味的泥土，既有教养又高贵，潮湿而厚重，透气而柔软。简而言之，好泥土就像是好人；更重要的是，即使伊甸园里的泥土也不会比它更好。

嗨，起来，你这照料花园的家伙，秋天的时候还是可以做些移植的工作啊。一开始得先在灌木或树丛周围尽量深挖；然后用铲子从底下将它们挖出来，此时铲子通常都会折断。有些家伙，主要是批评家与演说家，特别喜欢谈论有关“根”的话题；例如他们会宣称我们应回归“根”本，或是有些罪恶需要连“根”拔起，或者我们应探索事物的“根”本源头。没错，我倒很想看看他们如何将一株树龄三年（而且根扎得很深）的榅桲连根拔起。我也很想见证一下，阿尔内·诺瓦克先生（Arne Novák）[1]去挖假叶树的根会是什么样子。我也很想观察一下，兹德涅克·内耶德利先生（Zdeněk Nejedlý）[1]如何将一株老杨树连根拔起。我想，在经历一番苦战后他们会挺直腰

---

① 捷克文学史家（1880—1939），曾是恰佩克在捷克《人民日报》的同事。
② 捷克著名历史学者与社会运动改革者（1878—1962）。

杆，然后吐出一个词。而我可以对天发誓，那个词一定是“该死”。我自己曾拿榅桲做过实验；我必须承认，要与植物的根搏斗实在是件苦差事，最好的方法还是将根留给大地；植物自己心知肚明，为何要把根钻到大地深处；我必须老实说，它们根本不在乎我们的观点；最好还是放任根部自由伸展，我们只要致力于改良泥土就成了。

是的，改良泥土。在酷寒的天气里，一车堆肥看起来更明媚动人，因为它们会像祭坛般冒出热气。当堆肥的香气直达天庭时，上帝会闻一闻，然后以内行人的口吻说：嗯，这可真是堆好肥料啊！——在此，我们正好借机谈谈生命循环的奥妙：当马儿吃完燕麦后，它随餐附赠的粪便恰好可以拿来当康乃馨或玫瑰的肥料，而下一年我们将因繁花盛开而赞美上帝，感谢他赐给我们这无法形容的馥郁芬芳。没错，园丁早在冒着热气和草香的堆肥里发现了这香气；他会一面心满意足地闻着香气，一面小心翼翼地将这上天的礼物分配给整个花园，就像在给孩子的面包涂抹果酱。来来来，我迷人的小花儿，好吃的来了！尤其是你，法兰西玫瑰小姐（Paní Herriotová）[1]，这一堆都给你享用，因为你绽放得

[1] 即前述佩尔内-迪谢培育的赫里欧玫瑰。——编者注

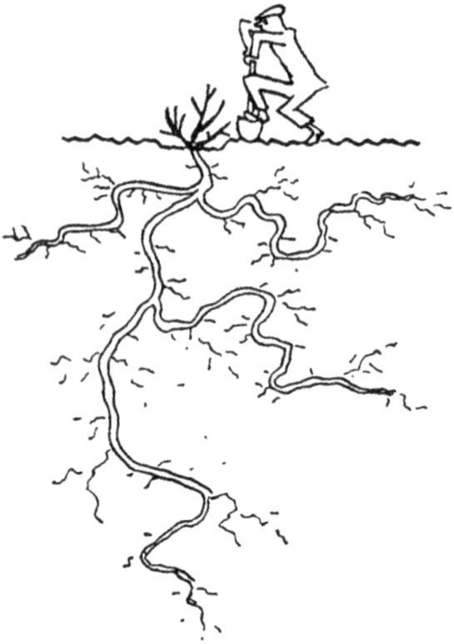

如此美丽与繁茂;你别吵,小白菊,这里这块是给你的;还有你,你这爱吃醋的天蓝绣球,我用褐色稻草替你铺个床总行了吧!

亲爱的朋友,为何你们的鼻子皱了起来?难道你们不喜欢闻我的味道吗?

还有最后一步,我们要为我们的花园提供最后一项服务:等下了几次秋霜之后,我们得替花园铺一层绿色的树枝;然后将玫瑰折弯,用泥土覆满其茎部,并在花圃上铺上芳香的云杉枝,接着就可以道晚安了。通常人们会将树枝覆盖在其他东西上头,像是折刀或水管;春天来临,当树枝被移开之后,我们又可以在原地发现当初的每一样东西。

但我们操之过急了,植物尚未停止开花呢;米迦勒雏菊依然眨动着淡紫色的明眸,报春花与紫罗兰也还在尽情绽放,十一月依旧春意盎然;印度菊(虽然这样称呼,但实际上它们并非来自印度,而是来自中国)不管外界的空气或政治情势多么险恶不堪,绝不轻言放弃,依旧绽放脆弱而丰盛的花朵,有枣红色的,也有雪白、金黄与石榴红色的;而玫瑰,也坚持着最后一次的绽放。花中之后,你已盛开了六个月;盛开,是你的责任和荣耀。

叶子也在努力表现自我:黄色、紫色、火红色、橘黄色、赭红色与血红色的秋叶;此外还有红色、橘色、黑

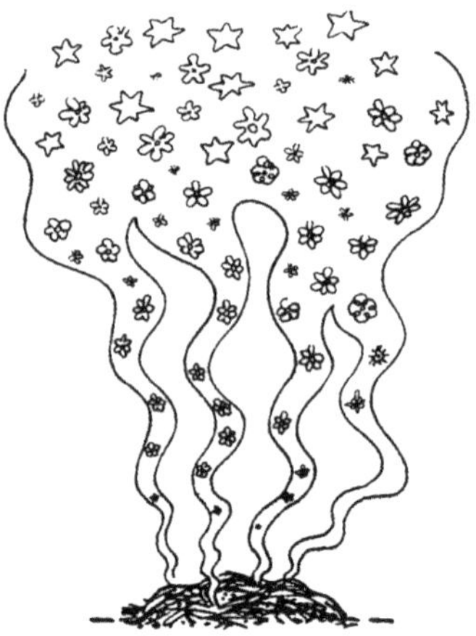

色、蓝色的秋熟浆果；枝干光秃秃的黄色、深红色和金黄色的树木；我们还没结束。即使老天开始降雪，也还有结着红色果实的深绿色冬青，黑色的松树，小的柏树和紫杉；一切没有终结之时。

我跟你说，死亡在植物身上是不存在的；甚至冬眠也是虚幻的。只有季节与季节之间的轮替。我们对生命必须有耐心，因为生命是永恒的。

但是还有你，你这种在浩瀚宇宙中不拥有一丁点花圃的人，也可以在秋的时节咏叹大自然。更进一步说，你可以在花盆内栽下风信子与郁金香的球茎，它们在冬季可能冻死，但也有可能开花。做法说明如下：请购买你最喜爱的植物的球茎，并从最近的园丁那儿弄一袋上好的堆肥， 接着从地下室或阁楼里搬出所有老旧的花盆，然后一个萝卜一个坑地在每个花盆里放一颗球茎。最后你会发现还有一些球茎，但花盆已不够用。于是你会再买一些花盆，然后你又发现球茎用完了，但花盆与泥土却还有剩。没办法，你只好又去买更多的球茎，但泥土又没了，你只好再去买一袋新的堆肥。接着，又有堆肥用不完，因为舍不得丢掉，于是你决定再去多买一些花盆与球茎。这样不断循环，直到家人出面制止。这样，你在窗台、书桌、衣柜、储物间、地下室与阁楼都摆满了花盆，然后，你平静而自信地期待冬季的降临。

冬眠的准备

无须多言，所有的迹象都显示，如同人们常说的，大自然已进入冬眠状态了。叶子一片接一片地自桦树上飘落下来，以一种美丽而哀愁的动人姿态；盛开之后，一切再度回归大地；繁花落尽，留下的是冷清的枝干，萧瑟落魄；而孤单的大地也散发出悲伤和腐朽的味道。无须多言：一年将尽。菊花啊，别再虚掷美好的生命；委陵菜，别把最后的阳光误认为三月灿烂的阳光。没什么好玩的了，孩子们，游行结束；好好躺下吧，是冬眠的时候了。

你说啥！你这是什么意思！你在搞什么鬼！你还没回答我的问题！这哪儿是在睡觉？我们每年都说大自然已经进入冬眠；但我们却没好好观察过这所谓的冬眠；或者更精确的说法，我们从来没有从地底观察过这一切。如果想了解事情的真相，你就得颠倒过来观察；如果我们想看清自然,我们就得颠倒过来看;让我们从植物的根部开始往上看。我的老天,这能叫睡觉吗?你说这算是休息吗?应该说是植物停止向上生长,因为它们没空,因为它们现在正忙着向下伸展手脚;它们将自己深深地埋进地底。请仔细瞧一瞧,地面上是苍白的面孔,地底下却是全新的根部;请看仔细,瞧瞧它们钻到哪里去;咻嘭!咻嘭!难道你没听到在它们的努力奋进下,大地所发出的爆裂声吗?报告将军,根部大军已经深入敌军后方;福禄考侦察兵已经与风铃草的前锋部队正面接触。很好,很好;让攻击继续进行;我们的目标已经达到了。

而这些又肥又白的脆弱家伙,却是全新的嫩芽与幼苗。你瞧瞧,它们有多么茂密;假装枯萎凋零的植物先生,你的秘密繁殖计划进行得如何,一切都还顺利吧,可别用力过猛!你称这个为冬眠?管它花散叶落,何须无病呻吟!在这下头,冬日的活计才刚刚开始,在这里呢,就在这里,还有这里,新生的茎干正在成长;从这里到那里,四处可见三月的新生命正在十一月朝气蓬勃;在地底下,伟大的春天计划正在筹备之中。根本没有时间冬眠;瞧,这里就是建筑的蓝图,在这儿,地基正在开凿,下水道正在兴建;我们得继续向下钻,绝不让寒冬的硬土阻挠我们前进。春天翠绿的地下室建立在秋天开拓者所奠立的基础上。那就是我们,地下生力军，我们已完成自我交付的任务。

强韧而肥大的新芽正在地底下生长，球茎的顶部稍稍鼓起，奇妙的生长正在枯叶底下发生；好家伙，春天将在此处开出美丽的花朵。我们说，春天是萌芽的季节，但真正的萌芽季节却是秋天。如果我们观察自然，说秋天是一年的结束一点也没错；但说秋天是一年的开始，也完全符合真理。一般的观念是叶子在秋天散落，对此我并不否认；我只是要申明一点，在更深层的意义上，秋天实际是叶子萌芽的季节。叶子干枯是因为冬天的降临；但叶子散落也是因为春天已经开始。因为如雷管般细小的新芽将在春天爆发成长。秋天树木萧瑟不过是视觉的假象；事实上，万物之中到处点缀着将在春天展现的珍宝。花朵在秋天枯萎也只是视觉的幻象；实则它们不是死亡，而是新生。我们总是说，大自然在沉睡，但她却像女神般辛勤地化育着万物。她只是关了店铺，拉下百叶窗；但在铺子里，她却忙着拆箱开包，将新货品上架，东西多得都快把货架压垮了。朋友们，这才是真正的春天；现在准备不完的，到四月还是准备不完。未来并不在我们前方，因为它已在此刻化身为新芽；它早与我们同在；而现在没有与我们同在的，在未来不会存在。我们没看到新芽，是因为它藏身在地底下；我们不识未来，是因为它就在我们左右。有时我们似乎嗅到腐朽的味道，其实我们是被过去无明的习惯所蒙蔽；但我们只消看看有多少又肥又白的幼芽正从老朽的大地冒出，它将被称为今日；多少种子秘密萌芽;多少老朽的植物再度转化为新芽,而这些新芽有一天将会盛开；如果我们仔细看看神秘的未来是如何聚集到我们身边的,我们不得不承认,我们的郁闷与猜忌都是可笑的庸人自扰;身为一个活着的人,就是人生最美好的一件事;要成为这样的人,就得不断地成长。

爱园人的十二月

没错,现在一切都功德圆满了。在此刻之前,他曾锄土、挖土、松土、翻土、施肥、撒石灰,也曾在土壤里掺上泥炭、灰烬和煤灰;他修剪、栽种、植株、移植、分植、埋球茎,在冬天来临前挖出块茎;他浇水,灌溉,打理草坪,清除杂草,小心翼翼地替植物覆盖上树枝,把泥土耙到茎干边上——所有这一切,都是园丁在二月到十二月间完成的,而现在,当整个花园为积雪所覆盖时,他才想起他忘了一件事:好好欣赏它。好好瞧瞧吧,再不看就没时间了。夏天时他跑去看龙胆开花,一路上仍不得闲,还得停下来锄草;他想欣赏飞燕草盛开的风姿,却发现还得替它插上支架;紫菀绽放时,他却得跑去拿桶子浇水;福禄考开花时,他还得帮着拔除庸医草;当玫瑰怒放,他却东张西望,考虑如何剪去侧枝或消灭锈菌;菊花盛开,他还得拿着锄头替它松土。你到

底还想怎样，休息一下好不好？什么时候你才可以将手插在口袋里，悠闲地欣赏自己的花园？

好了，感谢老天，一切都结束了；不过好像还有些工作没完成；那后面的泥土也还跟铅块一样硬，而且我真的很想将这株矢车菊移到别处去，但我很忙，没时间招呼你了；因为老天已开始降雪了。我说园丁啊，为了让自己好好地瞧瞧自己的花园（头一次），你可不可以放下手边的工作？

这个从雪里冒出来的黑东西是枯掉的洋剪秋罗；这干枯的花梗是蓝色耧斗菜；那一堆枯萎的叶子是泡盛草；看，那儿一堆都是柳叶白菀，而这边现在什么都没有，本来这里是长着橘色金莲花的；这堆雪下面有可能是石竹，没错，果然是石竹。那边那叶柄则应该是红色的蓍草。

噝噝，冷死了！在冬天是不可能怡然自得地欣赏花园的。

好了，让我们先生个火吧；且让花园在雪的鸭绒被下面沉睡。深思一下别的事也不错；桌上摆着许多我们未读过的书，现在让我们来好好阅读；我们还有许多其他的计划和该操心的事，现在也可以开始着手了。但我们已将所有植物都用树枝覆盖好了吗？观音兰穿得够暖和吗，我们是否忘记了白花丹？山月桂一定得用小枝

玫瑰
名花录
价目表
常绿植物
1928

保护;映山红如果冻僵了该怎么办?波斯毛茛的块茎如果长不出来怎么办?在这种状况下我们就得改种……等一下……等一下,让我们先查查价目表再说。

十二月份的花园身影,只能在密密麻麻的园艺目录中寻找。戴着眼镜的爱园人此时正独自在温暖的房间中休息,整个人深陷在,当然不是堆肥和树枝覆盖之中,而是一堆园艺目录、年鉴、书本与小手册里,从中他了解到:

一、最珍贵、最令人赞赏与最不可或缺的植物,就是目前他花园里还没有的;

二、他目前所有的,都是"非常娇弱"与"易受霜冻"的植物;他居然将"极需要水分"与"须远离湿气"的植物种在同一个花圃里;他特予关照,种在阳光充足之处的植物,居然需要"完全荫凉"的生长条件,反之亦然;

三、有三百七十种或更多的花种,是"值得特别注意"的,为"花园基本必备";它们是"令人惊讶的全新品种,远远超越之前的旧有成就"。

在读完这些之后,十二月的园丁通常会变得很忧郁;他开始担忧,春天的时候,他的植物会因为霜冻、霉菌、湿气、干旱、烈日或是阳光不足等原因,而一株接一株地死亡;为了弥补可能造成这些悲惨状况的漏洞,他开始绞尽脑汁地思考对策。

再来,园丁会发现,即使他躲过了前述的灾难,他

也没有那些他刚在六十本目录中见识过的“最珍贵、花开繁盛、全新、超越群伦”的品种;这绝对是他无法忍受的苦痛,一定得想办法弥补。所以越冬的园丁,完全对自己花园里所有植物丧失了兴趣,他将全部心力集中在追求那些他缺少的品种上;他埋首于目录,然后将他想订购的都做了记号,看在老天的分上,这些都是他的花园不能或缺的。通过第一轮筛选的有四百九十种常绿植物,不惜任何代价都要把它们买下来;不过算过数量之后,他便稍稍冷静下来,在内心淌血的情况下,他开始删除那些今年不打算种的植物。没想到这样的痛苦抉择,居然花了他至少五倍的时间,直到最后终于只剩下一百二十种“最美丽、最令人赞叹、最无法取代”的常绿植物——在兴奋过度的驱使下——他马上下了订单。“请务必在三月初寄给我!”——上帝啊,为何现在不就是三月呢!他以冬季特有的没耐性,急迫地思考着这一切。

没错,他已经完全失去了理性的判断能力;他将会发现,无论怎么努力,等三月真的一到,花园里最多只有两三块空地可以拿来栽种新植物,而且这几块空地还紧靠树篱,在日本榅桲的后头。

做完这些最主要的——如大家所见——有些忙碌的冬季事务后,爱园人开始觉得极度无聊;因为“万事

始于三月”，所以他开始日子，但是到三月实在太遥远，他就减掉十五天，因为“有时万事亦可始于二月”。但结果还是一样，他还是得等。于是园丁便想尝试点什么不同的，然后他开始在沙发、长椅或是躺椅上滚来滚去，因为他想学大自然好好冬眠一番。

半小时后，他突然自平躺的姿势中跳起来，脑袋里灵光一闪。花盆！可以把花种在花盆里啊！于是棕榈树、红脉葵、龙血树、紫露草、天门冬、君子兰、秋海棠等热带植物茂密丛生的美丽影像，就立刻浮现在他的脑海中；而我们知道，这些植物，像报春花、风信子和仙客来都是会开花的；我们可以在客厅建一座赤道丛林，四处蔓延的藤蔓自楼梯上垂悬下来，在窗户旁边我们会放一些花朵怒放的植物。然后园丁很快地用眼睛扫视四周；他见到的不再是以往居住的房间，而是他内心所创造出来的森林天堂，他立即飞奔到街角的花店那儿，准备将一大堆植物珍宝抱个满怀。

当他带了尽可能多的植物回到家之后，他赫然发现：

当把所有花盆植物摆在一起时，它们看起来一点也不像赤道雨林，反倒像小型的陶艺店。

他不可能将它们摆在窗户旁边——因为家里那些蠢女人坚称——窗户是为了通风才安装的。

他也不可能在楼梯上摆置任何东西，据说那会使

楼梯沾满泥土并把水溅得四处都是。

他不可能将客厅变成热带雨林，因为不论他怎么请求与咒骂,女人们坚决不让步,还是大开窗户,放冷空气不断进来。

于是我们可怜的园丁先生只好将他的宝贝抱到地下室去,在地下室里,他自我安慰说,至少植物在这里不会被冻僵;待春天降临,他马上跑到户外,将自己埋进潮湿的泥土中,完全忘了地下室还有挚爱的存在。但此番经验，却不能阻止他在明年十二月又跑去买新的花盆，为的只是想满足将自己的居所改造成冬季花园的心愿。在这里，我们一样见证了大自然永恒的生命力。

论园艺生活

有人说，时间造就了玫瑰；这道出了一部分的真理——因为玫瑰通常需要到六月或七月才会开花；至少需要三年的时间，它才能长出真正漂亮的花冠来。我们宁愿作出这样的判断，例如时间成就了橡树；或时间造就了桦树。我曾经种过几株桦树，并发出豪语：这里将冒出一片桦树丛；这角落将长出一棵巨大的百年橡树。当我真的种下一棵橡树幼苗后，两年过去了，巨大的百年橡树依然未见踪影，更别说会有小仙女在里头跳舞的百年桦树丛了。真相终于大白，我的确得再多等几年；不过我们园丁具有无比的耐性。在我的草皮上，有一棵长得几乎与我一样高的黎巴嫩雪松；据专家的说法，雪松可以长到一百四十米高，十六米宽。太好了！我希望见到雪松真的长那么高大健壮；如果我真的能活到那一天，能亲眼见证自己辛勤工作的成果，那该是件美好的事。在此期间，我的腰围也胖了二十六厘米；很好，我会继续等下去的。

以小小的草坪为例。如果你撒下草种而且它们没被麻雀吃掉的话，两周后它就会发芽，到第六个星期，你就得动手割草了，但它还不能与英国草坪相提并论。我知道一个如何培植英国草坪的秘诀——非常像是制作伍斯特（Worcesterskou）蘸酱的秘诀——是我从一位“英国乡绅”那儿听来的。一位美国的百万富翁对这位乡绅说：“先生，我愿意付你开的任何价码，只要你告诉我如何种出这样完美、翠绿、茂盛、无瑕、整齐、闪耀，像极了天鹅绒的英国草坪。”——“这还不简单，”我们这位英国乡绅回答道。“一开始准备的时候，土必须挖得又深又好；而且一定要肥沃，透气性好，绝对不能过酸，也不能太黏，更不能太硬或是太稀；然后要把泥土压平，得像桌面般平坦；然后将草种种下去，小心翼翼地将土拍平；接着你要每天按时浇水，等到草长出来后，每周都要定期修剪，而且要拿扫把将刚割下的草扫干净，并记得最后将草皮碌平；务必每天洒水、浇水、喷水，给它们充足的水分；如果你这样做上个三百年，那你就能像我一样拥有一块美丽的草皮了。”

你还可以加入我们的行列，我们每位园丁都希望有机会去实际比较各种不同的玫瑰，看看它们的幼芽、花瓣、茎干、叶片、花冠与其他部分，到底有什么差异；

我们希望将所有种类的植物名单，像郁金香、百合、鸢尾花、飞燕草、康乃馨、风铃草、泡盛草、紫罗兰、福禄考、菊花、大丽花、唐菖蒲、芍药、紫菀、报春花、银莲花、耧斗菜、虎耳草、龙胆花、向日葵、萱草、罂粟、一枝黄花、毛茛、婆婆纳等，都罗列出来；而且每种植物至少都有一打以上最好、最不可或缺的亚种、变种与杂交种。我们必须再加上几百不同属种的植物到名单之中，虽然它们只有三到十二种不同的变化；还有，我们一定要特别注意像高山、水生、球根、石南、羊齿、喜阴、木本与常绿植物；如果我们把所有这些植物加起来，那我们将会得到非常惊人的答案，因为得需要至少一千一百年的时间。也就是说园丁要花一千一百年的时光，才能完整检验、观察与评价他所拥有的植物。时间不能再少了，不过我还是可以替你打个九五折，毕竟你不需要全部都要种，虽然那是很值得的；但如果你想在期限内达成任务的话，那你得加紧动作，而且一日都不可虚掷。人们得完成自己踏出第一步之后的事；你必须忠于自己对花园的责任。我绝不会透漏任何秘诀给你；你得自己去探索并坚持下去。

某种程度上，我们爱园人是为未来而活的；如果我们的玫瑰花开了，我们就会想，明年它们会开得更好；再过个几十年，这株小云杉就会长成大树了——如果我还有几十年可以活的话！我真的很想看看，五十年后这片桦树丛会长成什么样子。说句老实话,最美好的还在前方等着我们。每过一年,植物就长得更加茁壮与美丽。感谢老天爷,我们又活过了一年!